NE M'APPELEZ PAS BLANCHE-NEIGE

GALLY LAUTEUR

NE M'APPELEZ PAS BLANCHE-NEIGE

hachette
ROMANS

Hachette Livre, 58 rue Jean Bleuzen, 92170 Vanves

À ma famille

Si vous voulez que votre enfant soit intelligent,
lisez-lui des contes de fées.
Si vous voulez qu'il soit plus intelligent,
lisez-lui plus de contes.

Albert Einstein

CHAPITRE 1

Il était une fois

Vous connaissez ce son que l'on entend dans les films, dans les scènes d'hôpital, quand un encéphalogramme plat annonce le décès subit d'un patient ? Oui, ce son : « bip bip biiiiiiiiiiiip ! » Celui avec le « i » ultra prolongé.

Eh bien, c'est exactement le son que produit mon cerveau en ce moment. Alors, soit ma cervelle est en train de griller, soit je deviens folle, soit… je ne sais pas… Peut-être que nous sommes dans une dimension parallèle et que je me suis trompée d'appartement quand j'ai ouvert la porte !

Parce que mes yeux sont en train d'analyser une chose à laquelle je n'étais pas préparée. Pas du tout ! Vraiment pas du tout !

Je vais vous la faire courte, parce que je n'aime pas trop raconter ma vie : il se trouve que je viens de rentrer plus tôt que prévu chez moi, j'ai posé mes clés sur le meuble dans l'entrée, enlevé mon manteau, et je les ai vus.

Tous les deux sur mon canapé. Ils ne sont pas assis à regarder la télé. Non. Ils s'embrassent, et pas discrètement en plus !

Que mon père retrouve l'amour, je suis assez pour. Je suis une fille unique très compréhensive et mon père est un coureur, alors j'ai l'habitude. Je peux gérer. Je peux… normalement. Mais sa langue dans la bouche de ma meilleure amie, c'est très, très, euh… limite. En fait, je crois que j'ai envie de vomir. Carrément.

Je pourrais hurler « C'est une blague ? » ou « Avez-vous perdu l'esprit ? » mais les mots meurent sur mes lèvres. En fait, c'est moi qui me sens stupide.

Depuis quand ?

Depuis quand font-ils ça ?

CHAPITRE 2

Fuir le château

Je dois sortir d'ici ! Fuir l'appartement est devenu une urgence vitale. Si je les regarde encore avec leur air « désolés-mais-nous-on-s'aime-c'est-toi-la-méchante-qui-ne-comprends-rien », je vais... je vais... Je n'en sais rien, mais ça risque d'être atroce à voir.

Dans les escaliers que je dévale à toute vitesse, je croise le voisin de palier, qui me voit passer en coup de vent. Me voilà dehors...

Je marche sans savoir où je vais. Impossible de connecter mes neurones pour réfléchir posément. Me voilà à errer dans un état second. Je ne m'appartiens plus...

J'ai besoin de parler à mon chéri en urgence ! J'essaie de prendre sur moi, je souffle fort et j'inspire profondément pour ne pas pleurer ou m'énerver au téléphone.

La tonalité résonne longtemps dans le vide. Fred, réponds ! Allez, je t'en supplie ! Rien. Répondeur. Il est tard, j'imagine qu'il est parti travailler. Fred a un job étudiant à la réception d'un hôtel de luxe. Il a déjà dû prendre son service de nuit. Impossible de lui parler avant demain.

Je soupire et marche dans la ville. Je me sens vide et triste.

Combien de temps a duré ma promenade ? Aucune idée. Suffisamment, semble-t-il, pour que je me retrouve dans un quartier de Paris que je ne connais pas. Des fêtards discutent sur le trottoir et parlent des langues qui me semblent venir du bout du monde. Une petite femme vêtue d'une robe noire me fixe soudain de ses grands yeux. Je me sens transpercée par son regard hypnotique. Elle s'approche de moi, sans que je sache pourquoi.

— Tiens, chérie, c'est happy hour, ce soir ! m'explique-t-elle en me tendant un flyer avec les mots *The Forest – bar lounge*. Pour oublier tes soucis, ma jolie Blanche !

— Comment connaissez-vous mon prénom ?

— Je suis une sorcière !

— Ouais, c'est ça ! (Je me moque.)

Elle me prend la main et regarde ma paume :

— Problèmes familiaux et aussi trahison, pas vrai ? analyse-t-elle.

— Comment… comment le savez-vous ?

— Magie…

— Bien sûr ! ironisé-je.

— Toi, tu doutes de mes pouvoirs !

— Nous ne sommes pas dans un conte de fées, dis-je en soupirant.

— Vraiment ? sourit-elle. Mais si la vie en général était un conte de fées, quel rôle voudrais-tu ? Un rôle de fée, d'héroïne, de princesse ?

— Un rôle qui me sortirait de ma colère, dis-je, impatiente. Un rôle qui me permettrait de comprendre ce qui se passe dans la tête des gens. Mais il est évident que c'est impossible…

Elle regarde ma main et hoche la tête.

— Rentrer dans la tête des autres pour comprendre leurs sentiments, répète-t-elle. Je vois, ce dont tu as besoin, c'est d'ouvrir ton cœur pour saisir l'esprit des gens, ma jolie Blanche. Es-tu amoureuse en ce moment ?

— C'est vous la voyante-sorcière. Vous devriez le savoir.

— Je le sais, Blanche. Je connais la réponse, mais toi ? Connais-tu le véritable amour ?

— Bien sûr ! Je suis en couple après tout !

Mais qu'est-ce qui me prend de croire à la bienveillance d'une inconnue et de parler de mes histoires de cœur avec elle, je suis folle…

— À demain ! me sourit-elle. Tu as besoin de la soirée pour réfléchir à ma question. Ah ! Et n'oublie pas : c'est happy hour mais c'est un évènement privé, alors, pour en profiter, il faut t'inscrire sur ce site.

Elle me montre le flyer qu'elle m'a donné.

Je lis : « Pomme-d'amour.com, soirée dans la forêt ! Application gratuite pour toute la soirée ! »

— C'est une blague ?

— Tu n'as rien à perdre, Blanche.

— Bon, après tout, si c'est gratuit…

Je télécharge l'application sur mon téléphone, c'est une sorte de réseau social si je comprends bien. Je ne suis pas trop fan de tous ces trucs, mais c'est gratuit et rien ne m'empêchera de le désinstaller demain…

— Rien n'est jamais totalement gratuit dans la vie, ma jolie Blanche-Neige ! se moque la sorcière en s'en allant.

— Ne m'appelez pas Blanche-Neige !

La sorcière disparaît dans la foule.

Elle m'a prise pour une touriste crédule ou pour une paumée, c'est sûr. En même temps, que pourrais-je dire ? Avec mon maquillage défait d'avoir trop pleuré et mes cheveux en bataille, je dois ressembler à une furie shootée à la vodka.

« Relativisons ! » dirait mon Fred chéri.

En premier lieu, pourquoi n'ai-je rien vu entre mon père et ma meilleure amie ?

Quand Laurine m'a annoncé, il y a quelques semaines, qu'elle trouvait mon père « pas mal, voire sexy », j'ai recraché un peu de mon Coca dans mon verre (oui, quand je suis surprise, j'ai des réactions féminines hautement glamour…). Comme elle était encore célibataire, et moi seule pour la soirée, on s'était organisé une soirée habituelle entre filles dans le bar d'à côté, notre planque ultime pour nous échouer librement telles de grosses baleines en manque d'eau. Je me suis plainte que papa squattait un peu trop le canapé de notre colocation depuis son divorce, Laurine n'a pas reparlé de mon père et a dévié le sujet.

On a beaucoup ri, parlé de tout, de rien, et pris beaucoup de photos pour qu'elle les poste sur ses réseaux sociaux et son blog. Ça m'a toujours fait rire, mais je ne juge pas : chacun son hobby. Moi, j'aime dessiner, Laurine, elle, est fan d'Internet. Ça nous fait une petite activité commune. J'aime illustrer son blog, ça donne une visibilité à mon activité de graphiste. Étudier aux Beaux-Arts est très sympa, mais mes professeurs ne jurent que par l'Art avec un grand A. Je me cache presque pour dessiner dans les marges de mes feuilles de petits univers imaginaires et colorés. Je rêve d'illustrer des livres pour enfants. Mais peut-être que, au fond, c'est moi l'enfant.

La seule qui ne se moque pas de mes crayonnés est Laurine. Elle aussi rêve de percer comme graphiste ou artiste. Mais ses dessins sont autrement plus matures et complexes que les miens. Notre légère différence d'âge y est pour quelque chose. Cette année est son avant-dernière à la fac alors que c'est ma première. Depuis quelques mois, elle préfère se consacrer à son blog. Ma meilleure amie est très dépendante de sa popularité sur les réseaux sociaux. Elle prétend que ça nous fera une bonne communication, qu'il sera plus facile de nous lancer dans le monde professionnel si nous avons déjà une petite notoriété. Je crois plutôt qu'elle est accro à son portable et au nombre de like de ses abonnés. Fred dit que c'est un peu sa manière de tester l'amour qu'on lui voue :

« Petit écran magique : Qui est la plus belle, la plus populaire ?

— C'est Laurine, bien sûr ! » répondent les abonnés.

Même moi je la trouve sublime. Chacune de ses interventions sur le Web est suivie par des centaines de followers dans l'heure. Elle explique dans ses petites vidéos comment se maquiller, draguer un mec, elle fait de l'humour et un peu de publicité pour certaines marques. Elle est devenue une reine du Net en quelques mois, et j'assure le design de ses avatars, de ses logos, ou je retravaille ses vidéos. Pour la taquiner, j'ai créé pour son blog une bannière où elle pose devant un miroir comme la reine dans *Blanche-Neige*, c'est mon clin d'œil à sa manie des selfies. Ses activités nous permettent de passer du temps ensemble et de rire toutes les deux.

Je n'avais pas pensé à cette histoire de papa sexy depuis cette soirée…

Les jours suivants, j'ai envoyé des CV un peu partout pour trouver un stage pour l'été qui arrivait.

Papa, quant à lui, restait collé sur le petit canapé en mode « la-vie-sans-l'amour-de-ma-vie-c'est-plus-la-vie ». Retourner vivre dans la maison familiale était impossible car le divorce l'avait forcé à tout mettre en vente. Il avait pris un congé sans solde pour s'en remettre, et avait atterri chez nous. Au début tout allait bien, l'appartement était petit, avec deux chambres séparées et un petit coin salon, un loyer correct dans le centre de Paris. Mais, à trois, on commençait à se sentir à l'étroit. J'étais gênée, je m'excusais tout le temps auprès de Laurine. La pauvre, me disais-je, elle n'a pas signé pour ça. On s'était promis une vie sans parents intrusifs, une entrée de plein fouet dans le monde adulte, et papa n'était pas prévu dans le tableau… Elle avait eu la bonté de me dire que ce n'était pas grave.

Laurine m'a toujours semblé plus mature que moi. C'était d'ailleurs la force de notre amitié atypique. Elle était la fille avec les pieds sur terre, une sorte de grande sœur. J'étais la gamine rêveuse qui se laissait porter par les évènements. Souvent, elle me confrontait à la réalité du terrain et moi je la sortais de la routine avec mes idées de contes de fées. La création de son site était à mi-chemin entre mon humour de gamine et sa volonté d'avoir un métier lui permettant d'être son propre patron, sans dépendre financièrement de qui que ce soit.

Laurine était mon modèle sur bien des points. Elle pouvait dire non de but en blanc à n'importe qui sans passer pour quelqu'un d'agressif ou d'autoritaire. Elle sortait toujours avec des hommes plus âgés qui avaient plus de classe que nos amis étudiants et finissait par les quitter, parce qu'ils la contraignaient trop dans son indépendance. Je peux dire que, jusqu'à aujourd'hui, je l'admirais réellement. Alors, le jour de mes dix-huit ans, quand j'ai décidé de prendre mon envol pour faire mes études sur Paris, elle m'a invitée à vivre avec elle. Nous ne nous étions pas vues depuis des années, car elle était partie à l'université avant moi. Nous ne communiquions que par e-mail et téléphone, trois ou quatre fois par an ainsi que pour nos anniversaires, mais je l'ai retrouvée telle que je l'avais quittée : belle (peut-être même plus que dans notre adolescence), volontaire et décidée à s'en sortir dans le milieu de la mode et d'Internet.

Papa de son côté semblait reprendre du poil de la bête depuis quelque temps. Il se rasait de nouveau, parlait de retourner bosser et lisait les petites annonces de logement sur Internet. Une véritable révolution après des semaines de « loque attitude » ! Mais ce changement de comportement aurait dû me mettre la puce à l'oreille.

Je ne veux pas rentrer.

Je leur en veux tellement. Je me sens trahie, humiliée. Mais qu'est-ce qui leur a pris ? Pourquoi m'ont-ils menti ? Depuis quand ?

Est-ce que c'est du sérieux entre eux ?

Non, impossible ! L'idée me glace le sang. Je sais déjà comment ça va finir. Comme tous les divorcés de la terre, papa a trouvé une fille de transition avant de se remettre avec quelqu'un de bien pour lui. Oui, bon, en même temps, il collectionne les aventures depuis longtemps. Mes parents sont séparés depuis des années, le divorce, ce n'était qu'un bout de papier officiel, pas un évènement surprenant.

Quant à Laurine, je connais ses habitudes avec les hommes. C'est le schéma classique qui s'annonce : grand amour passionnel au début, puis lassitude, et bientôt elle le quittera par besoin d'indépendance, sa liberté lui manquera forcément…

Ils finiront chacun avec le cœur brisé et moi, au milieu, je devrai recoller les morceaux. Mais je ne veux pas ! Je n'ai pas de super glu pour cœurs brisés ! Et puis, je vais devoir prendre parti pour l'un des deux ! L'horreur ! Qu'ils se débrouillent : ils sont adultes et responsables !

Je ne veux pas revivre une séparation comme celle de mes parents et me retrouver seule à me débattre entre les deux personnes que j'aime le plus au monde ! J'ai assez pleuré, enfant.

Pourquoi mon père et ma meilleure amie ne voient-ils pas le côté malsain de toute cette histoire ?

Et s'ils restaient ensemble pour toujours ? Est-ce que je devrais supporter leurs bisous baveux sous mon nez ? Je vais vomir… Je dois déménager.

Ah ! Pourquoi ça tourne en boucle dans mon esprit ? Je veux arracher mon cerveau et ne plus penser à rien !

J'ai beau chercher à me calmer, pour moi c'est un cauchemar.

Soudain, sur le bord du trottoir, je vois des jeunes qui discutent et rient, un verre à la main. C'est un bar qui met de l'animation dans le quartier. Je lis *The Forest* sur l'enseigne.

CHAPITRE 3

La Forêt

Je ne bois pas souvent, mais pourquoi pas ! Après tout, c'est happy hour ! Je rentre dans le bar, il est blindé ! Toute la jeunesse hipster, dorée et branchée est là. Je n'ai pas la bonne tenue, juste un jean de tous les jours et un gilet beige. Je remonte mes cheveux en queue-de-cheval avec un élastique qui traîne au fond de ma poche.

Je rentre à coups de coude dans la foule. Je suis déterminée à me payer un verre. En me penchant au-dessus du comptoir pour appeler le serveur, je vois mon reflet dans le miroir, derrière les bouteilles d'alcool. J'ai l'air d'une étudiante qui a trop bu. Le mascara a coulé sous mes yeux, j'ai la mine défaite. Je décide d'aller me rafraîchir aux toilettes avant de commander quoi que ce soit. Ce ne sera pas du luxe.

En longeant les murs étroits d'un couloir, je me retrouve dans une queue sans fin. Les toilettes sont prisées, à ce que je vois… J'hésite à attendre au milieu de ces girafes à talons aiguilles. Je n'aurais pas dû entrer dans ce bar. Laurine dirait que c'est trop « hype » pour moi. Laurine… Non, je ne veux pas penser à elle en ce moment. Je ravale mes larmes et ma colère. J'entends derrière moi des rires de filles qui détaillent ma tenue : elles se moquent. Je suis prête à en découdre si elles continuent, je ne suis pas d'humeur ce soir !

Une femme brune avec un chignon et une robe rouge parfaitement ajustée sur son corps de rêve sort des toilettes sans me regarder et s'adresse aux filles qui gloussent toujours.

— Lâchez l'affaire, dit-elle avec un sourire entendu, les toilettes sont un peu trop « animées » en ce moment… On risque d'attendre longtemps.

Ses copines font demi-tour toutes en même temps, façon banc de poissons. Elles ont un seul cerveau en commun pour agir de manière aussi simultanée ? D'autres femmes devant moi, à la plastique tout aussi parfaite dans des tops à strass, s'en vont en entendant les paroles de la brune à chignon. Je me retrouve seule dans le couloir. Je viens de gagner au moins huit places. Moi, ça ne me gêne pas d'attendre. Ce n'est pas comme si j'avais un truc prévu ce soir…

J'appuie ma tête contre le mur en carrelage noir. Le contact froid me ramène à la réalité. Je ne peux pas rester ici. Je vais repartir immédiatement, j'ai assez d'argent pour me payer un petit hôtel pour la nuit. Je me mettrai en boule devant la TV pour regarder un film à la demande. Un film drôle ou un film de serial killer, ça me plairait bien. Ça me paraît plus raisonnable et ça me ressemble plus que de traîner seule dans cet endroit.

Soudain, la musique de fond se fait moins assourdissante, et j'entends des cris et des gémissements explicites venir des toilettes. Combien sont-ils là-dedans ? En tout cas, je reconnais clairement une voix d'homme. Maintenant, je comprends ce que la brune voulait dire par « animées ». Tout le monde ne passe pas une aussi mauvaise soirée que moi… Je me sens soudain très bête et décide d'imiter le reste de la queue. Aucune envie de passer pour une perverse qui écoute aux portes.

En me retournant soudainement, je me cogne le nez sur un truc bleu.

— Attention, voyons ! marmonne une voix masculine.

— Attention toi-même ! dis-je, passablement énervée.

Je lève les yeux, le type me dévisage. Il est très grand. Je suis rentrée dans son torse. Il porte une chemise bleue qui lui donne un air de gendre idéal. Je fronce les sourcils en le voyant me regarder avec un sourire en coin et remarque ses yeux d'un bleu très sombre, presque noirs.

— Ne me dévisage pas comme ça ! répliqué-je, consciente et gênée de mon allure générale.

— Je fais ce que je veux ! rétorque-t-il très calmement, en passant la main dans ses cheveux châtains en bataille.

— Je…

J'hésite à lui en mettre plein les dents, façon punching-ball, comme si je cherchais un exutoire à ma journée atroce, mais son regard qui plonge en moi ne dénote aucune colère, juste une sorte d'étonnement. Un sourire se dessine sur son visage. Il ouvre la bouche pour parler quand, brusquement, la porte des toilettes s'ouvre dans mon dos. Un « salut ! » résonne dans le couloir. Surprise, je me retourne. Un garçon avec des cheveux noirs et des yeux verts me fait face.

— Oh, Rob, t'étais là, mec ? lance-t-il au garçon à la chemise BCBG. Ça ne se fait pas d'écouter les potes dans ces moments-là ! C'est intime !

— J'ai entendu pire, lui répond le dénommé Rob en me désignant de l'index. La demoiselle ici m'a limite agressé, tu peux croire ça ?

Monsieur-chemise-bleue se penche vers moi, il est suffisamment près pour que son parfum sucré emplisse mes poumons d'une envie de bonbons. Il sourit malgré mon « agression ».

— Toi, agressé par… une fille ? Tu veux dire encore une qui te fait du rentre-dedans ? reprend le type des toilettes en passant devant moi.

Il est plus grand que son ami Rob, et je me sens bien petite à côté d'eux.

— Ou alors c'est moi que tu cherchais ? me provoque-t-il en se recoiffant. Je suis plus disponible que Rob. (Je grimace en voyant une trace de rouge à lèvres carmin dans son cou.) On pourrait passer du temps ensemble ?

— En enfer, tu veux dire ?

— Elle a une sacrée répartie ! dit Rob, qui éclate de rire devant la mine déconfite de son ami.

Son rire est franc et spontané, et je me surprends à penser que j'aurais aimé le partager en d'autres circonstances.

Mais je les ignore tous les deux et fonce, bien décidée à me rafraîchir le visage.

— Hé, mais reviens ! lance le Roméo des WC.

— Pas la peine !

— Agressive, comme tu les aimes, Jay ! commente Rob en tapant sur l'épaule du rustre au col taché.

— Mais elle n'a aucun sex-appeal ! se plaint le dénommé Jay.

— Au moins, moi j'ai un cerveau ! répliqué-je en ouvrant la porte.

Une fille sublime sort à ce moment-là des toilettes. J'en conclus, non sans gêne, qu'elle était la partenaire de jeu de ce crétin. Elle me détaille de la tête aux pieds en passant et hausse les épaules. Son mépris est si évident qu'il me rappelle amèrement à quel point je ne suis pas à ma place.

— Jay, darling ! minaude-t-elle avec un accent anglais, commande-moi un mojito.

— Avec plaisir, my dear !

Je les vois partir tous les trois. Jay-trace-de-rouge-à-lèvres-dans-le-cou prend la belle fille par la taille et Rob me fait un clin d'œil en quittant le couloir.

Enfin seule. Je m'enferme dans les toilettes et je passe de l'eau sur mon visage. Le mascara sous mes yeux part difficilement. Je me promets de ne plus jamais en mettre, histoire d'arrêter de ressembler à un panda. J'enlève mon gilet beige. J'ai beaucoup trop chaud, je suffoque dans cette atmosphère humide. Je me retrouve en débardeur jaune clair face au miroir et transforme ma queue-de-cheval en natte sur le côté. Je ne ressemble pas aux autres filles branchées de la soirée, mais c'est déjà plus acceptable que tout à l'heure. Mes cheveux d'ébène accentuent mon teint pâle et mes lèvres pourtant sans maquillage sont toujours d'un rouge saisissant. La sorcière a raison : je ressemble presque à Blanche-Neige. Pourtant, je n'ai aucune envie de pousser la chansonnette ou de faire le ménage… sauf si je dois nettoyer le chaos de ma vie qui part en miettes !

— Tu prends un verre et tu te trouves un hôtel dans le quartier, dis-je à mon reflet d'un ton convaincu.

Dans le miroir, les yeux noisette et la bouche écarlate semblent approuver l'idée dans un sourire forcé. Je ne vais pas me laisser aller !

Je souffle en m'asseyant au comptoir. Le bar est encore animé, même s'il s'est légèrement vidé. J'en déduis, vu l'heure, que les gens sont certainement venus faire le before ici avant d'aller en boîte.

Le barman me regarde du coin de l'œil. Je ne sais pas quoi commander. Devant mon manque de réaction, il décide de servir une autre personne. Je ne bois jamais sans Laurine et, habituellement, c'est elle qui décide des boissons. Elle adore choisir des cocktails sucrés pour moi. Je pense tout à coup à la manière qu'elle a de prendre des selfies d'elle avec de beaux cocktails colorés, pour les poster sur Internet, avant même de penser à les boire. C'est la première fois que je suis seule en soirée depuis des lustres et que je vais boire seule. Ça me semble pathétique et triste. Je fronce les sourcils et appuie sur l'aile droite de mon nez avec l'index. Je ne dois pas pleurer, pas ici.

Une boisson rouge, avec une paille et du sucre cristallisé sur le bord du verre, se pose devant moi. Je fixe le petit parapluie rose en papier inséré dans une cerise et lève la tête.

— De la part des garçons là-bas, me sourit le serveur. On m'a précisé que c'était « pour la fille agressive des toilettes ».

Je me retourne. Rob et son copain Jay – le tombeur des toilettes – sont assis à la terrasse intérieure du bar. De grands canapés blancs encadrent des petites tables pleines de verres vides et de bouteilles de champagne. Ils lèvent tous les deux leur verre en me souriant, et j'incline légèrement la tête pour les remercier. Il y a au moins une dizaine de filles autour des deux garçons. Elles me jettent des regards noirs. Je me détourne.

C'est la première fois qu'on m'offre à boire. Le cocktail est sucré et très frais. Au bout de quelques gorgées, j'ai déjà la tête qui tourne. Je suis à jeun, je n'ai rien mangé depuis longtemps. On devait sortir ce soir, avec Laurine et papa, manger japonais et… Mes sourcils se froncent à nouveau et j'appuie encore une fois sur ma narine droite. Ne pas penser à ça, ne pas penser à eux, ne pas penser du tout.

Je finis mon verre d'un coup et commande un whisky sans glace. Je n' en ai jamais bu avant, mais je décide d'innover.

— Eh bien ! tu ne fais pas dans la dentelle, miss ! Un whisky, carrément ! Si j'avais su, je ne t'aurais pas commandé un cocktail aussi léger.

Rob, avec sa chemise de premier de la classe, s'assied alors à côté de moi. Je sens le regard haineux des filles dans mon dos.

— Tu as quitté ta cour, don Juan ? dis-je, méfiante. (Je n'aurais pas dû accepter son verre.) Personne à emmener aux toilettes à ton tour ?

— Ouch ! Tu es dure ! Un « merci » pour le verre aurait suffi.

— Oui, merci !

Je réponds un peu plus sèchement que je ne le devrais.

Je suis soudain mal à l'aise. Est-ce qu'il me drague ? Personne ne m'a jamais draguée, en dehors de Fred… et disons que ce n'était pas vraiment de la drague, puisque nous étions amis avant d'être en couple. Et si je parle à ce type, que va dire Fred ? Ça y est, je panique, me voilà à me tortiller sur ce tabouret trop haut.

— Je vais y aller ! Je dois sortir d'ici au plus vite.

— Et ton whisky ? demande-t-il déçu.

Je prends mon verre et j'avale le liquide ambré, cul sec. C'est le truc le plus fort que j'aie jamais bu. Je tousse, descends du tabouret avec la grâce d'un pachyderme qui a le tournis et fonce vers la sortie. Enfin, c'était mon intention, mais Rob me rattrape par le poignet.

— Une fille qui descend le whisky aussi bien, c'est rare ! Impossible de te laisser partir comme ça, ce serait dommage. Reste, je t'offre un autre verre. On est plein là-bas, rejoins-nous. Après, on ira faire la fête en boîte, ça te dit ?

Je reste interdite.

— Moi, faire la fête avec des inconnus ? Certainement pas !

— Mais, on ne mord pas… Sauf sur demande !

Il penche la tête sur le côté, une mèche châtain suit le mouvement de son visage parfait et je souris, quasiment sans m'en rendre compte, à sa moue de gamin.

Mince… Pourquoi je lui souris !

— Tu as mieux à faire ce soir ?

Je dois admettre qu'il marque un point. Je n'ai rien de mieux à faire ce soir et, surtout, je ne veux pas rentrer chez moi.

— OK ! (Attends, c'est moi qui ai dit ça ? « OK » ? Je deviens folle ?) Mais moi, je ne vais pas aux toilettes avec toi, on est d'accord ?

Il rit encore et découvre ses dents blanches. Il me pousse vers les tables dehors et demande aux autres de me faire de la place avant de s'asseoir à côté de moi. J'essaie de me déplacer pour que nos cuisses ne se collent pas, mais, avec les autres filles sur le canapé, impossible de bouger. Je suis coincée.

— Les filles, je vous présente ma nouvelle copine de beuverie, elle a une descente de dingue !

— Et la répartie qui va avec ! commente Jay, assis en face de moi avec une fille sur les genoux.

Le garçon aux yeux verts est beaucoup plus taciturne que je ne l'aurais pensé. Pendant une heure, durant laquelle Rob commande des verres que je descends sans demander mon reste, Jay me dévisage d'un air sombre, sans lâcher un seul mot.

— Tu veux ma photo ? dis-je avec un air de défi.

Blanc autour de la table. J'ai l'art et la manière de plomber l'ambiance. Je me déteste de réagir comme ça, mais je me sens tellement mal à l'aise.

— Une photo ? s'écrie Rob, venant à la rescousse de son pote. *Yes !* Un selfie avec ma nouvelle copine ! Bonne idée !

Le voilà qui dégaine son portable et colle son visage au mien. Un flash m'aveugle avant que j'aie eu le temps de réagir.

— Je te l'envoie tout de suite, c'est quoi ton profil sur Pomme-d'amour ?

— Oh ! C'est vrai que tous les gens ici sont des membres de ce réseau… Je… Je n'ai pas encore de profil défini.

— Tu n'as pas de profil ? Attends, on va t'en créer un tout de suite, comme ça, toi et moi, on sera potes d'éternité. Ton prénom, c'est quoi au fait ?

Je me rends compte que je ne me suis pas présentée, mais Rob a l'air de s'en moquer.

— Blanche.

— Quoi ? Blanche, comme… Blanche-Neige ?

— Tiens, on ne me l'avait pas faite celle-là !

Je soupire, blasée.

— Mais Blanche-Neige, c'est super classe ! se moque-t-il. J'ai toujours rêvé de croiser une belle princesse.

— Et donc, tu serais le prince ? fais-je, méfiante.

— Bof, un prince, non merci ! Les collants blancs me vont assez mal, fait-il en haussant les épaules. Mais, pour toi, je peux peut-être faire un effort.

Ses yeux plongent en moi et je ne sais pas ce qui se passe, mais sa fossette, son sourire léger et sa cuisse qui se colle à le mienne me donnent soudain très chaud. Je pose mon verre pour me ressaisir.

— Il va faire un nain ! rit une jolie blonde en se servant un verre de champagne.

— Si ça vous fait plaisir… mais le plus marrant alors ! Disons un « nain-corrigible » joyeux fêtard ?

Et il éclate de rire pour se moquer de sa blague nulle.

— File ton téléphone, princesse, je vais te créer un miroir magique rapidement.

— Un quoi ?

CHAPITRE 4

Le miroir magique

La tête me tourne après l'alcool, je n'ai pas la force de le contredire. Je fouille dans mon sac et lui tends mon vieux portable. J'effacerai de toute façon ces données demain.

— Sur Pomme-d'amour.com, m'explique Rob, les profils sont appelés des « miroirs magiques ». C'est lié au fait que les photos, ou les avatars, ont une forme de miroir ovale. Les miroirs de tes amis sur le site vont s'adapter à ton profil et créer un univers précis autour de ta passion. Par exemple, si tu aimes les fruits – ceci est un exemple débile –, alors tous tes amis auront une photo de profil représentant un fruit.

— N'importe quoi…

— Mais si c'est marrant, tu vas voir ! Alors quel est ton âge ? demande-t-il.

— Dix-huit.

— Ah, moi aussi ! commente-t-il distraitement en pianotant sur le téléphone. Voilà !

Il me montre soudain mon écran, avec un profil :

Prénom : Blanche-Neige

Nom : « Attend-son-Prince »

Ville : Paris
Âge : 18

Mon avatar – ou plutôt mon miroir magique – est bien sûr l'héroïne de Disney en gros plan.

Il s'est même ajouté en ami dans ma liste de contacts et le site a adapté sa photo pour la transformer en image du nain Joyeux de Disney.

Sur mon mur d'actualités apparaît déjà le selfie qu'il vient de prendre. J'ai l'air complètement ivre et un sourire niais. Alors je ressemble à ça en ce moment ? Rien à voir avec une princesse, je peux le confirmer…

— Tu te moques de moi ?

— Juste un peu ! rit-il en finissant son verre. Allez ! On va danser maintenant !

Toute la bande se lève en même temps que lui. Quelle aura possède ce type pour que tout le monde le suive si facilement ? Il n'y a que moi qui reste assise, au milieu des filles qui cherchent frénétiquement leur sac. Jay me dévisage d'un air narquois.

— Quoi ? dis-je sur un ton de défi.

Mais pourquoi est-ce que je suis si agressive ? Il ne m'a rien fait, ce type.

— Rien, Blanche-Neige. Tu sais danser, au moins ?

CHAPITRE 5

La clairière

Le décor semble tourner autour de moi lorsque les filles me poussent dans un taxi. Serrée entre leurs corps magnifiques et leurs jambes infinies, je me sens prise au piège. Je n'ai pas la force de penser logiquement. J'entends la voix de ma conscience murmurer comme un cri de souris : « Mais qu'est-ce que tu fais avec ces gens que tu ne connais pas ? »

Je ferme les yeux pour me faire oublier. Rien n'est réel, je vais sortir de cette soirée comme d'un rêve. Tout cela n'est jamais arrivé : papa et Laurine qui s'embrassent, la sorcière qui m'annonce plus de malheurs, et moi qui me dirige vers un lieu inconnu, avec des filles tout droit sorties de publicités pour la femme parfaite. Je souffle et compte jusqu'à trois en pensant que tout va disparaître.

— Un, deux, tr…

— Enfile celles-là !

— Quoi ?

J'ouvre les yeux. Des chaussures se balancent sous mon nez.

— Mets ces chaussures, tu ne comptes quand même pas entrer au club avec des ballerines ? s'impatiente la plus belle fille du groupe.

Depuis le siège avant, elle me tend des escarpins vertigineux et rouge cerise. La fille à ma droite, une brune avec des cheveux bouclés au fer, approuve :

— Roxanne a raison. On ne rentre pas en boîte avec des chaussures de… euh… (La brune fixe mes pieds.) De supermarché ?

Elle fronce le nez d'un air dégoûté et Roxanne me jette les chaussures sur les genoux.

— Elles sortent d'où ?

Je les regarde comme un mollusque fixe le soleil.

Ce sont des Rosso, je les reconnais au strass incrusté dans le haut du talon. C'est la première fois que j'en vois des vraies. Laurine a même le livre de Silvio, le designer de la maison Rosso – connue pour être la marque des stars –, et m'a juré que la première chose qu'elle se paierait, lorsqu'elle aurait fait fortune, serait une paire de ces chaussures de luxe.

— J'en ai toujours deux paires dans mon sac, on ne sait jamais… Imagine que je me casse un talon en dansant, m'explique Roxanne très sérieusement.

— Ce sont… des vraies ?

Je les retourne pour voir la finesse du cuir et l'outrageuse semelle compensée. Jamais je ne pourrai marcher avec ces échasses.

— Bien sûr que ce sont des vraies, pourquoi porter des contrefaçons ?

Elle rit aux éclats et l'autre brune hausse les épaules en levant les yeux au ciel. De toute évidence, elles se moquent de moi.

— Qui a un top supplémentaire dans son sac ?

— Ah, non ! Je ne fais pas dans le relooking, moi. (Et la brune croise les bras, énervée de ma présence.) Si elle veut venir avec nous, elle s'assume et se débrouille.

Roxanne me fait un clin d'œil, et insiste pour que j'enfile ces souliers hors de prix.

— Avec de jolies chaussures, au moins, ton look fera bohème chic.

— Pff… Chic, tu parles ! crache une des filles en regardant dehors.

Les lumières de Paris éclairent l'intérieur du taxi et son profil se reflète dans la vitre. J'ai conscience d'être une intruse dans leur groupe de fêtards, et cette madone hautaine a l'art de me renvoyer ma condition sociale au visage.

Le taxi s'arrête dans la cour intérieure d'un hôtel particulier proche des Champs-Élysées. J'ai à peine le temps de changer de chaussures que nous voilà dehors. Je découvre sans souffler mot des dizaines de voitures de luxe de marques italiennes ou allemandes avec des écussons sur le capot que même une néophyte dans mon genre peut reconnaître. Un peu plus loin, une file de gens attend devant une porte rouge d'où s'échappe parfois de la musique. Rob nous fait un signe depuis la porte. Il discute avec le vigile, comme s'il le connaissait.

Au-dessus de nos têtes brillent des néons avec les mots *La Clairière* annonçant avec ironie la suite de ma soirée loufoque. Alors que tout le groupe pénètre dans le night-club, le vigile reste de marbre au moment où je passe devant lui en disant bonsoir. Une hôtesse nous débarrasse de nos vestes et nous oriente vers un espace qui surplombe la piste de danse. C'est le carré VIP. Il est entièrement « boisé ». Les murs sont en végétations diverses et en lichen, les tables basses sont recouvertes de lierre et les canapés sont de faux troncs d'arbres, certainement coupés par un designer-bûcheron à l'imagination tordue. Contrairement à ce qu'on pourrait penser vu le nom de l'endroit, la lumière à *La Clairière* est presque inexistante : il n'y a que de la lumière noire et la piste de danse bondée qui amènent un peu de visibilité dans ce lieu si sombre.

Je m'agrippe à la rampe des escaliers menant au carré VIP. Elle aussi est recouverte de faux gazon et parsemée de petits champignons fluorescents.

— On ne paie pas l'entrée ? murmuré-je à l'oreille de Roxanne, en espérant ne pas avoir à rembourser quelqu'un car je n'ai peut-être pas assez d'argent pour rester ici et prendre un verre si je veux aussi avoir un hôtel pour la nuit.

Elle me regarde comme si j'étais une demeurée et je me mords l'intérieur de la joue : qu'est-ce que je peux être stupide parfois !

— Jamais quand on est avec Rob ! sourit-elle soudain.

Son regard se fait plus doux et elle me prend par l'épaule.

— As-tu une idée des personnes qui sont là ce soir ?

— Comment ça ?

— Tu ne sais pas qui je suis ? Qui est Rob et qui sont les autres, n'est-ce pas ?

— Comment ça, « qui ils sont » ? Vous êtes des célébrités ?

Elle rit.

— Non, pas vraiment. Dis-moi plutôt ce que tu faisais au bar ce soir.

Je la regarde. Elle est si belle que j'en ai le vertige. Je n'ai pas envie de lui raconter ma vie, surtout mes misérables aventures avec mon père et Laurine, mais je ne sais pas bien mentir non plus. Je décide de rester évasive.

— Je suis rentrée là pour boire un verre et me remonter le moral.

— Et Rob ?

— J'ai croisé Rob en allant aux toilettes, c'est tout.

— Typique de lui…, marmonne-t-elle. Écoute, les gens qui sont ici ne sont pas forcément des gens bien, alors fais la fête ce soir, bois tout ce que tu veux, danse à t'en faire mal aux pieds, mais demain retrouve ta vie. C'est mieux pour toi, OK ?

Je fais ce que je veux, je n'ai pas à me faire dicter ma conduite. Mais je vois à son air concerné que ce conseil n'est pas méprisant. Elle ne cherche pas à me rejeter, elle cherche juste à être gentille. Elle me sourit et m'embrasse sur le front, comme le ferait une grande sœur. Son geste me laisse perplexe.

— Vraiment, c'est pour ton bien !

— Oh ! Blanche-Neige ! hurle Rob passablement éméché, depuis un canapé de l'espace VIP. Viens boire avec nous ! Levons nos verres à la santé de ma nouvelle copine ! Santééééé !

Je ris. Il est complètement saoul ! Et je ne suis pas loin d'être dans le même état. Je dois me remettre à l'eau rapidement.

CHAPITRE 6

Joyeux

— Pourquoi m'as-tu invitée ce soir ?

Je pose la question à Rob alors qu'il m'indique un tabouret en forme de buisson rond près de lui.

— J'ai l'habitude d'inviter un peu n'importe qui de sympa à nos soirées. Je sais que ça énerve la bande, mais ça m'éclate. Pourtant, une fille comme toi, c'est bien la première fois.

Il sourit et je fronce les sourcils.

— Ça veut dire quoi : une fille comme moi ?

— Eh bien, hésite-t-il devant mon air vexé. Tu ne ressembles en rien aux filles que nous fréquentons habituellement : pas de maquillage, pas d'œil smoky ni de faux cils. Ton jean à peine ajusté ne dévoile pas tes jambes et ton débardeur simple, sans aucune prétention, m'étonne un peu. Personne ne sort comme ça à Paris, mais…, me murmure-t-il à l'oreille, cela me donne des envies de déchirer ce tissu de coton pour dévoiler ta peau si blanche qui ne doit pas supporter les cabines à UV.

J'ai un léger mouvement de recul.

— J'ai un copain ! lancé-je pour repousser ses avances.

— Et où est-il ? demande-t-il avec un air méfiant ou déçu. (Pas facile à dire avec lui…)

— Il travaille.

— Bon sang ! lance Jay depuis le canapé d'en face. Rob, pourquoi as-tu recruté cette coincée ?

— À vrai dire je n'en sais rien, mais ça me plaît, sourit-il. Ça me plaît au point de vouloir qu'elle reste avec nous toute la nuit. Ça me plaît qu'elle fasse semblant de trinquer avec un sourire timide, quand je vois bien qu'elle ne tient pas l'alcool. Ça me démange de la questionner depuis que j'ai vu son dos frêle courbé sur le zinc du bar tout à l'heure. À quoi pensait-elle ?

— Hé, dis-je. J'entends ce que vous dites. Ne parlez pas de moi comme si je n'étais pas là !

— Tu as raison, petite ingénue, se moque Rob en vidant son verre. Tu n'es pas « tordue » comme nous. Pourtant je viens de t'entraîner dans mon monde, pourras-tu y survivre au moins une nuit ? Je n'aurai aucun remords, tu sais ?

Il me regarde de ses prunelles sombres, je baisse les yeux et fixe ses lèvres sans y réfléchir. Il a quelque chose de provocant et de charmant sous son air calme et faussement enjoué. Je ne sais pas ce que je ressens à présent, mais mon estomac se contracte et je détourne le regard pour éviter de penser à quoi que ce soit.

Mes yeux tombent alors sur Jay, qui rit dans son verre en nous regardant. J'ignore ce que ces garçons veulent de moi, mais je n'ai pas l'intention de m'attarder ici. J'irai voir mon petit ami dès qu'il sera de retour de son travail de nuit. Plus que quelques heures à tenir.

— Allons danser ! s'écrie Rob devant mon mutisme. Allez, Blanche !

J'ai du mal à me laisser aller sur la piste. Je ne vais jamais en boîte de nuit, ce n'est pas mon environnement préféré. Moi, j'aime la tranquillité de la bibliothèque de l'université ou la sécurité de ma chambre, je suis une solitaire et une timide en réalité. Normalement, je parle rarement à des inconnus. Me retrouver ici a quelque chose d'étrange et de vraiment inhabituel…

Je ferme les yeux doucement et laisse le rythme de la musique électronique entrer en moi comme un sortilège magique. Tout ceci n'est pas si réel, ce n'est qu'une parenthèse avant que ma vie reprenne son cours. Mes bras se balancent le long de mon corps, mes jambes défoulent leur trop-plein d'énergie, je sens la colère sortir de moi en même temps que la musique frappe mes tempes. Je chasse tous ces sentiments douloureux hors de ma tête, de mon cœur. Si on peut faire taire mes pensées à coups de refrains violents, je suis preneuse.

Je danse depuis longtemps, toujours les yeux fermés. Ici, il n'y a que moi. Peu importe la foule, peu importe l'endroit. Ici c'est moi, seule. J'enfouis ma peine tout au fond de la vaste forêt. Quand j'en sortirai, je reprendrai les rênes de ma vie. J'espère tout du moins…

Soudain, une main se pose sur mon épaule et je sursaute. C'est un homme que je ne connais pas, il s'approche tout près de moi. Je ne l'ai pas vu arriver ni entendu venir avec cette musique trop forte. Il sent l'alcool et ses yeux me dévorent. J'ai peur. J'ai oublié… qu'il y a du danger dans les forêts. Je recule, mais le type me colle. Je le repousse et essaie de quitter la piste ; sa main qui enserre mon bras me fait l'effet d'une branche sèche éraflant ma peau.

— Reste encore un peu, dit-il.

— Laissez-moi !

Ma voix est étouffée par les sons du DJ, l'homme ne m'entend pas ou fait semblant. Je ne suis pas sûre. Il se rapproche encore et je me débats. Personne ne fait attention à moi dans ce lieu sombre.

Une main s'interpose soudain entre ce type et moi et le met à distance en le repoussant au niveau du torse. Je lève les yeux.

C'est Rob.

Il m'attire contre lui et sourit affablement à l'homme ivre.

— Elle est avec moi.

— Duval, crache l'homme, comme s'il connaissait bien Rob. Arrête de te la jouer. Tu as déjà les plus belles de la boîte, tu peux me laisser celle-là ! Ce n'est pas du tout ton type, en plus.

— Elle est avec moi ! répète Rob d'un ton glacial tout en me serrant contre lui.

L'homme recule en maugréant, Rob ne me lâche pas. Je lève les yeux vers lui. Je suis un peu gênée de la proximité de nos corps, de sentir son parfum sucré et de penser, l'espace d'un instant, que son torse est si chaud contre ma joue.

Rob salue l'homme d'une façon courtoise et me pousse vers la sortie.

Je le regarde, sans un mot, alors qu'il demande mon sac à la fille du vestiaire. Je ne dis toujours rien quand il me le tend. Il me jette dehors, c'est assez évident. C'est mieux comme ça… Je dois quitter cet univers pour ne pas m'y perdre.

Lorsque je sors, Rob me suit de très près. Dehors, le ciel est noir. Aucune étoile n'est visible dans le ciel de la capitale, seule la lune est ronde et jaune, comme une pomme.

— Alors, Mademoiselle-je-danse-comme-si-ma-vie-en-dépendait, dit-il en me souriant, tu as besoin d'un preux chevalier pour te tirer des griffes des bêtes féroces ?

— Je pouvais me débrouiller seule !

— Je n'en doute pas…, fait-il semblant de croire. C'est moi qui ai mal agi dans ce cas. Pour me faire pardonner, je te propose une visite de Paris by night. Qu'en penses-tu ?

Ses yeux observent la lune avant de se poser sur moi. Il sourit paisiblement, rien à voir avec le faux sourire qu'il adressait à l'homme ivre.

J'hésite.

— Je ne vais pas te dévorer, princesse, se moque-t-il. Je ne suis qu'un malheureux nain. D'ailleurs, les autres nous attendent déjà.

Il tend le bras vers un groupe qui s'éloigne de nous. Ce sont Jay et les filles qui rient et dansent encore sur les trottoirs en se dirigeant vers la Seine.

Je baisse les yeux et regarde mes chaussures rouges à hauts talons.

— Je dois rendre les chaussures !

Je m'assois sur le rebord du trottoir et me déchausse, sors mes ballerines de mon petit sac et les enfile rapidement. Lorsque je me relève, les chaussures à la main, Rob rit :

— Tu es toute petite sans tes talons !

Il ébouriffe mes cheveux noirs et, bizarrement, mon cœur bat plus vite.

— C'est toi qui es très grand pour un nain…, marmonné-je en me recoiffant.

— On ne choisit pas toujours son rôle dans cette vie, princesse. J'ai eu droit au nain, je fais avec.

Il pose une main dans le creux de mon dos et ce contact me fait légèrement trembler. Il me pousse gentiment vers le groupe avant que je ne puisse répondre. Nous nous dirigeons vers les bords de Seine. Je reconnais le pont que nous traversons. Il est connu pour ses grilles couvertes de cadenas que les amoureux du monde entier viennent y accrocher.

CHAPITRE 7

Le cœur dans un écrin

Sur le pont, les filles rient et se prennent en photo. Je reste un peu en retrait en m'accoudant au parapet pour observer la lune qui se reflète dans la Seine. J'ai la tête qui tourne, mais je ne suis pas euphorique comme les autres. Je sens le vague à l'âme monter après tous ces évènements.

Que font Laurine et papa en ce moment ? Je n'ose pas regarder mon téléphone. M'ont-ils appelée ? Sont-ils inquiets ?

M'enfuir comme ça, c'était très immature. Pourtant, la colère est toujours tapie au fond de mon estomac. Elle ne part pas. Je n'arrive pas à me calmer. Je m'accroupis devant les cadenas qui sont attachés aux grilles. J'en prends un du bout des doigts. L'amour, qu'est-ce que c'est ? Est-ce que c'est pur et éternel ? Est-ce une promesse de rester toujours ensemble ? Est-ce que je peux accepter que papa et Laurine ressentent cela l'un pour l'autre ?

L'amour…

— Qu'est-ce que c'est ? murmuré-je pour moi-même.

— De toute évidence, ceci est un affreux cadenas ! me répond Rob.

Je sors de mes pensées. Il se penche, puis s'assoit à mes côtés. Jay et les filles, tout au bout du pont, se chamaillent gaiement. Nous sommes trop loin pour entendre leur conversation.

— Tu déprimes un peu ? Tu as trop bu ?

— Je réfléchissais, c'est tout.

— Donc…, reprend-il un peu taquin, ceci est un cadenas. On s'en sert pour fermer des coffres, ou des carnets intimes, ou bien ton vestiaire à la piscine. Voilà : la leçon est terminée.

Je fais la moue.

— Je sais à quoi sert un cadenas, merci. Je me demandais ce que c'était que l'amour. Et si je pouvais accepter tous les genres de sentiments amoureux.

— Ouh là là… Philosophons tant que nous sommes saouls ! Examinons tout cela logiquement. De toute façon, demain, on ne s'en souviendra plus !

Rob semble prendre cela à la légère, mais je ne sais pas si je peux vraiment y croire. Son attitude joyeuse a parfois quelque chose de forcé.

— Si l'amour était un cadenas, on s'en servirait pour camoufler de mauvaises choses dans un bel écrin, me dit-il tout bas. C'est une vaste supercherie pour nous faire croire au bonheur.

— Tu ne crois pas à l'amour ?

— Non, répond-il en haussant les épaules d'un air triste. L'amour, c'est pour les gens sincères au cœur pur. Je ne suis pas une gentille personne. Je ne comprends pas ce sentiment… L'amour, je le laisse aux autres.

— Un peu sombre, ton commentaire, pour un joyeux fêtard, non ?

— N'y fais pas attention. Mais n'es-tu pas censée être amoureuse ? Tu sais de quoi tu parles, non ?

— Je me demande…

— Est-ce qu'un chasseur garde ton cœur dans un écrin, Blanche-Neige ? Si ce n'est pas le cas, tu es libre de faire tes propres choix et de sortir avec qui te le souhaites, même un bref instant.

Il pose son regard bleu sur moi avec insistance et je détourne brusquement le mien vers la Seine, que l'on voit au travers des grilles.

— Je ne sais pas, dis-je calmement. Moi, j'aimerais croire en un amour permanent. Je préfère faire des efforts pour rester avec la même personne, et pour toujours.

Je pense à mes parents qui se disputaient quand j'étais enfant. Je ne veux pas reproduire la même chose. Je souhaite être différente. Vraiment !

— C'est assez irréaliste, commente Rob en se relevant. Je ne crois pas que l'amour se maintienne juste en faisant des efforts. Les amoureux qui accrochent ces cadenas jettent ensuite la clé dans la Seine, ça me fait bien rire : ce n'est pas parce que tu enfermes ton amour à double tour qu'il va rester intact. Parfois les sentiments changent, parfois ils sont incompréhensibles, parfois ils sont méprisables ou non souhaitables.

— Non souhaitables… Oui, c'est un peu ça.

Je pense à mon père et Laurine… J'ai beau retourner la question dans ma tête, je déteste toujours autant leur couple.

— Si c'est ça l'amour, alors je n'en veux pas.

— Allons, Blanche-Neige, reste ouverte aux possibilités qui s'offrent à toi. Peut-être que nous allons trouver ton prince charmant. « Un jour ton prince viendra », se moque-t-il en fredonnant, mais il se peut qu'il ne reste qu'une nuit.

— Un prince d'une nuit ? Non, merci !

— Ha ha ha, tu es une romantique ? Très bien, je respecte ça !

Il lève les paumes vers le ciel et hausse les épaules avec une moue de petit garçon déçu. Ce type est atrocement charmant. Même moi qui ne regarde pas les garçons, je suis obligée de constater son côté adorable et un peu mystérieux, que sa jovialité permanente ne peut cacher complètement. Avec ses cheveux châtains qui tombent de temps à autre sur ses yeux d'un bleu si sombre et sa petite fossette au coin des lèvres, je comprends ce que les filles de la bande lui trouvent et pourquoi elles le suivent partout.

— Puisque je ne peux pas être ton prince d'une nuit, je serai ton nain préféré !

Il me tend la main pour m'aider à me relever. Je la prends. Il a les mains si chaudes…

CHAPITRE 8

La chaumière

Le réveil est difficile. Hier je dansais et… trou noir…

Ça cogne dans ma tête et ça grogne dans mon oreille droite. J'ai envie de vomir et le sommet de mon crâne est douloureux. Je crois que c'est une gueule de bois : la première de toute ma vie. La sensation est atroce. Le grognement se trouve être un ronflement. C'est une des filles de la veille qui dort profondément à côté de moi, son manteau encore sur les épaules.

Où sommes-nous ? C'est quoi ce tissu noir sous mes mains ? Du satin ? De la soie ? Le drap d'un lit gigantesque où se sont écroulées sept autres filles. Leur maquillage a coulé, mais elles sont encore trop belles pour être réelles. C'est une chambre ?

Je m'extirpe doucement du lit en me dégageant des jambes et des bras entremêlés. Il me faut des toilettes et un verre d'eau. Dans ma quête, je retrouve mon sac éclaté contre un mur du couloir. Je n'ai aucun souvenir d'être venue ici. Quel est cet endroit ? Un château ? Le couloir n'en finit pas. Un léger bruit provient de ce que je devine être une cuisine. Je passe la tête par la porte et vois Rob se verser des céréales dans un bol argenté.

Il me regarde et sourit, puis se lève pour se servir un verre d'eau dans le frigo américain dernier cri de cette immense cuisine laquée de noir.

— Bienvenue dans notre chaumière, Blanche-Neige ! se moque-t-il. Il y a du café chaud là et des croissants qui devraient arriver d'ici une à deux minutes, le temps pour notre bonne de revenir de la boulangerie.

Une bonne ? Il a parlé d'une bonne ?

— C'était marrant hier soir, je t'enverrai notre plan pour la prochaine soirée via ton profil sur Pomme-d'amour. J'y vais, j'ai une réunion !

Il ajuste sa cravate. Pourquoi n'a-t-il pas l'air défoncé lui aussi ? Il a pourtant bu plus que moi hier soir.

— Attends ! dis-je quand il passe à côté de moi.

— Ça ne va pas, princesse ? demande-t-il alors que je fronce les sourcils. Je vais te manquer, c'est ça ?

Son sourire est malicieux et, si je n'avais pas si mal au crâne, ça me ferait (un peu ?) craquer.

— Comment suis-je arrivée ici ? Je ne me souviens que de la boîte de nuit et puis, plus rien.

— Quoi ? s'étonne-t-il. De rien du tout ?

Il me regarde, interdit. Mon manque de souvenirs a l'air de l'attrister.

— Vraiment de rien ? Oh ! Je vois… trop bu…, marmonne-t-il.

Son air abattu me surprend.

— Je pensais…. Non, rien, se reprend-il. Tu n'étais peut-être pas la bonne personne…

Dans ses yeux passe comme un voile.

— Ici, on est où ?

Je me dépêche de changer de sujet pour me débarrasser de cet étrange sentiment de culpabilité sur mon manque de mémoire.

— Avenue Foch ! Le métro le plus proche est Charles-de-Gaulle – Étoile.

— Je vais y aller, dans ce cas.

Rob soupire en détournant les yeux vers le mur opposé.

— Donc tu passes la nuit chez moi et je n'ai même pas droit à un baiser ?

Je recule d'un pas. Je ne sais pas ce que j'ai fait hier soir… J'ai beau chercher, je ne me souviens pas. J'ai passé la nuit ici, c'est vrai. Mais qu'est-ce que j'ai fait, réellement, entre la boîte et mon réveil dans ce lit ? Est-ce que lui et moi…

— OK, j'ai compris ! soupire-t-il de nouveau. Retourne dans ton château, Blanche-Neige, je dois aller bosser à la mine.

Il attrape un dossier sur la table de la cuisine et j'entends la porte d'entrée claquer derrière lui. Est-il en colère ? Qu'est-ce qui s'est passé hier soir ? J'ai trop mal à la tête pour y réfléchir.

Seule dans la cuisine, j'essaie d'évaluer la situation. Je suis dans une rue que je ne connais que de nom pour l'avoir achetée au Monopoly, mais nous sommes toujours à Paris. Donc, ici, c'est un appartement. Le plus grand que j'aie jamais vu, c'est sûr, mais un appartement. Il faut que je retrouve mes chaussures et que je parte. Oui, mais pour aller où ?

Je voudrais me changer avant d'aller voir Fred, sauf que, si je retourne à la maison, je vais tomber sur Laurine. L'heure, sur une pendule d'un autre siècle, indique huit heures et deux minutes. C'est le matin. Avec un peu de chance, elle aura des rendez-vous professionnels pour son blog. Et papa ? Comment lui parler à présent ? Est-ce qu'il va encore être assis sur le canapé ? J'imagine son regard triste et inquiet. Ce regard qu'il a quand il doit m'annoncer une nouvelle difficile. Mon cœur se serre. Je lui en veux de m'avoir caché sa relation avec Laurine. J'en veux à Laurine aussi. Je me sens tellement trahie, prise pour une imbécile. Depuis combien de temps font-ils ça dans mon dos ? Depuis combien de temps me cachent-ils leur relation ? Je les déteste ! Et, en même temps, je les aime et je ne veux pas les perdre. Perdre papa, c'est perdre ma seule famille. Ne plus parler à Laurine, c'est renoncer à ma meilleure amie.

J'essaie de respirer calmement, mais mon cœur s'emballe. Je dois les voir tous les deux. Ils me doivent une explication. Ils vont se rendre compte que la situation est ridicule, ils vont comprendre que leur relation ne mène à rien. Je leur pardonnerai leurs mensonges, papa devra quitter l'appartement et promettre de ne plus voir Laurine. Oui, voilà, c'est bien, ça. Ensuite, j'essaierai de recoller les morceaux de ma vie d'avant. C'est ça. J'essaie de me convaincre qu'on peut tout effacer et tout recommencer. Papa était mal, Laurine était à proximité, elle est belle… elle préfère les hommes mûrs. Bon, ça arrive tous les jours. Il n'y a pas mort d'homme. On va tous retrouver nos esprits.

C'est bien.

C'est logique !

Implacable.

Je dois y aller !

Je suis décidée à raisonner ce petit monde qui part à vau-l'eau.

Je m'en vais sûre de moi, laissant se réveiller les fêtards de la veille que je ne recroiserai certainement jamais plus.

En ouvrant la porte d'entrée, je tombe nez à nez avec un homme brun qui me dévisage de la tête aux pieds en haut de l'escalier. Son look soigné de businessman et ses lunettes à fine monture lui donnent un air dur et hautain. Pourtant, il n'est sans doute pas aussi âgé qu'il en a l'air. Il me regarde avec mépris. Ça me pique au vif.

— Où est Rob ? demande-t-il.

— Il vient de sortir.

Son regard me traverse comme s'il ne me voyait pas. J'ai la sensation atroce d'être transparente. Il soupire et tourne les talons comme si je n'existais pas.

— Bonjour la politesse !

Je lâche ça assez fort, le type se retourne et me dévisage. C'est comme s'il se rendait compte de son attitude désastreuse.

Il marmonne un pseudo :

— Oui, c'est ça, bonjour.

Je le dépasse dans les escaliers en l'ignorant superbement. (Ha ha ha, chacun son tour !)

J'ai à peine descendu un étage, le regard de l'homme en costume dans mon dos, quand je tombe sur Jay, parfaitement frais de la veille. Il porte son blouson de cuir, qui me semble être sa marque de fabrique, et lève la tête vers moi. Soudain, son regard passe au-dessus de mon épaule et Jay devient livide.

— Matthias, tu es déjà là ? s'étonne-t-il tout en cherchant à le fuir du regard.

Que se passe-t-il, ici ? Qu'est-ce que je ne comprends pas dans la panique à peine voilée de Jay ?

— Où est Rob ? lâche le dénommé Matthias, visiblement très énervé.

— Aucune idée ! Cendrillon, je te cherchais justement !

Il attrape ma main, ouvre une porte sur le palier et m'attire à l'intérieur, plantant là Monsieur-parfait dans son costume trois pièces.

Une fois soustrait au regard exaspéré de Matthias, Jay pose son front contre le bois de la porte.

Le dos plaqué contre le mur de l'entrée et immobilisée par Jay qui me fait une barrière avec ses larges épaules, je ressens quelque chose d'étrange. L'odeur de son parfum, la vue de son cou mal rasé, le noir de son blouson de cuir me donnent le tournis. J'ai peut-être encore des restes d'alcool de la veille. Je me promets de ne plus jamais boire autant !

— Pourquoi voulais-tu me voir ? demandé-je. Et, au fait, moi c'est Blanche, pas Cendrillon.

— Ah ouais... Blanche-Neige... Chut.

Sa voix grave, mais un peu éraillée au petit matin, se faufile dans mon oreille comme un délicieux murmure. Il me dit de me taire et son index se pose sur mes lèvres, tandis qu'il observe ce qui se passe par l'œil-de-bœuf de la porte. Pourquoi s'inquiète-t-il de la présence de cet homme en costume ?

— C'est le frère aîné de Rob ! m'explique-t-il une fois remis de ses émotions. Ça va, il est parti.

Sa main froide se retire de mes lèvres en tremblant légèrement. Ça me gêne et je me mets à fixer les lattes couleur miel du parquet.

— Son frère ? Ils ne se ressemblent pas trop.

Je cherche à détourner mes pensées qui vagabondent. Mon regard se perd dans l'immense couloir blanc. Je vois un escalier qui monte à l'étage et comprends que cet appartement est relié à celui dont je suis sortie. C'est une sorte de duplex luxueux, si je comprends bien.

— Tu poses trop de questions pour une inconnue ! tranche Jay en prenant des clés sur le meuble de l'entrée.

Il me jette un regard et ouvre la porte.

— Allez, princesse, reprends ta vie tranquille et laisse les guerres de clans à ceux qui savent se battre.

Il me dit clairement de dégager ! C'est lui qui m'a entraînée dans une histoire qui ne me concerne pas ! Moi je voulais juste partir d'ici.

Je le repousse d'un coup de coude.

— Si je suis Blanche-Neige, toi tu es le pire nain que j'aie jamais vu !

— Moi, un nain ? répète-t-il vexé.

— Ouais, tu feras le nain jamais content ! Salut, Grincheux !

Je lui passe devant sans un regard. Ma vie « tranquille », comme il l'appelle, est pleine d'une tempête que je dois affronter. J'ai assez perdu de temps ici !

CHAPITRE 9

Bannie du royaume

Une fois dans la rue, je remonte vers les Champs-Élysées. Je m'engouffre dans le métro. La plaque avec le nom de la station Charles-de-Gaulle – Étoile me fait sourire : c'est un signe, je repars avec la bénédiction d'un général de guerre, chef de la Résistance. Moi aussi, je vais résister à ce qui se passe. D'abord, je vais aller voir Laurine. Vu l'heure matinale, je vais la croiser sur le chemin de son premier rendez-vous professionnel. Je vais l'attendre au bout de notre rue pour discuter franchement. La raisonner me semble plus facile que de parler avec papa. Si je ne peux pas affronter l'armée d'un seul tenant, je vais isoler les soldats un par un et les faire passer dans mon camp par la logique implacable d'un raisonnement sain.

Une fille de vingt-deux ans, qui a été mon amie d'enfance et ma meilleure amie, ne peut pas sortir avec un homme qui se trouve être mon propre père. Tout ça est trop malsain. Tout va rentrer dans l'ordre !

Le soleil est déjà haut quand Laurine sort de notre immeuble. Elle se fige lorsqu'elle m'aperçoit, droite comme un piquet, prête à discuter fermement de ce qui est mieux pour nous tous.

Je suis prête !

Laurine semble hésiter à venir vers moi. Je lui barre le chemin. Elle ne pourra pas se défiler. Nous devons parler.

Je suis en colère.

Je me sens horriblement trahie.

Comment a-t-elle pu embrasser mon père ? Chez nous ? Sur le vieux canapé que j'ai acheté l'année dernière avec le salaire de mon premier job d'été. Il y avait, dans ce canapé, les souvenirs de nos galères avec nos parents envahissants. Mais aussi la joie de notre emménagement toutes les deux au centre de la capitale, nos soirées de fous rires et de larmes devant les comédies romantiques américaines et nos déprimes d'étudiantes face à l'incertitude de nos avenirs. Je ne pourrai plus jamais m'asseoir dans ce canapé défoncé sans penser aux lèvres de ma meilleure amie sur celles de mon père. Le dégoût me reprend.

Laurine s'avance et les sentiments me submergent. Je lui en veux, mais je ne peux pas jeter une amitié de presque douze ans à la benne à ordures. Laurine… Nos mains qui se tendent entre les balcons de nos maisons jumelées de banlieue.

Quand j'étais enfant, quand papa et maman étaient encore ensemble, ils se disputaient à en faire trembler les murs. C'était fréquent. Abominable. J'avais beau me boucher les oreilles, m'enfermer dans le placard de ma chambre, me couvrir de ma couette et serrer mon ours contre moi, rien ne marchait.

Je les entendais toujours. Jusqu'au jour où une mère et sa fille ont emménagé dans la maison d'à côté.

J'avais vu le camion de déménagement, les cartons dans le jardin qui jouxtait le nôtre, mais pas les nouveaux habitants.

— Tiens, de nouveaux voisins ? m'étais-je dit en revenant de l'école. Et puis, j'étais rentrée dans la maison. Je devais annoncer mon A+ en lecture en priorité. Papa et maman seraient fiers !

Mais, en poussant la porte, j'avais vu le vase brisé sur le carrelage du couloir et les cris avaient envahi tout l'espace, se cognant contre les murs et les bords de mon crâne. Papa et maman étaient déjà en pleine bataille.

— Tu lui fais déjà les yeux doux, ça promet ! hurlait maman.

— Mais non, arrête avec ta jalousie à deux balles ! Je l'ai juste aidée à porter ses cartons ! On peut être poli, c'est notre nouvelle voisine !

— Oh ! Monsieur est « poli » avec les jolies célibataires : quelle surprise ! Et moi, tu m'aides quand ?!

— Je refuse de discuter avec toi quand tu es dans cet état ! Lâche-moi !

Une assiette avait traversé la cuisine pour se briser contre la gazinière. Je n'avais pas eu le temps d'en voir plus. J'étais montée en pleurant dans ma chambre. J'avais fermé la porte, pris ma couette, puis je m'étais enfermée dans le noir et la chaleur de mon placard. Pour couvrir les bruits de leur dispute, j'avais chanté à tue-tête, adossée contre le mur. Inconsolable.

Les espaces confinés et sombres sont depuis longtemps ma protection. On ne me voit pas, je ne vois pas les autres. C'est ma manière de disparaître. Chacun sa méthode.

Les cris s'étaient amplifiés, difficile de les couvrir, de les ignorer. Même avec la meilleure volonté du monde. Je me sentais prisonnière. Il n'y a aucune issue aux cris…

Soudain… un petit coup. C'est quoi ça ? Et puis, trois petits coups avaient retenti sur le mur dans mon dos. Nos maisons jumelées étaient construites en modèle inversé. Derrière le mur, il y avait aussi une chambre d'enfant, avec un placard. Un placard séparé du mien par un mur pas franchement insonorisé.

Deux coups encore contre le mur. Je sors un peu la tête de ma couette. Il y a quelqu'un derrière ?

Trois coups encore. J'hésite, puis je frappe moi-même trois coups sur la cloison. Trois coups me répondent. Je… communique… avec quelqu'un ? Il y a un être qui tente de me parler dans ma détresse. Quelqu'un qui s'intéresse à moi, dans ma solitude. C'est comme un phare dans la tempête. Une lumière dans les ténèbres de ma peine. Mes parents crient encore. Je colle mon oreille contre le papier peint.

Je voudrais crier :

— Tape encore sur le mur ! Parle-moi, ne pars pas !

Mais il n'y a que des larmes au fond de ma gorge.

Une musique remplit soudain le placard. Comme une chanson d'adultes qui dirait « Tout va bien, ne t'inquiète pas ! Moi je suis là, moi je te comprends ».

De l'autre côté de ce mur, il y a quelqu'un qui m'a comprise, quelqu'un qui tente de me faire passer un message. Je sais que, là-derrière, une personne a mis un haut-parleur contre la cloison pour que j'entende la chanson.

Je me suis endormie contre ce mur, dans le doux murmure de cette chanson, dans l'espoir qu'on essayait de me parler à moi qui voulais disparaître. Il y avait quelqu'un qui pensait à moi.

Qui était cette personne ? Elle savait. Elle était celle qui m'avait fait réapparaître. Elle m'avait redonné le droit d'exister au milieu de la haine et de la colère de mes parents.

Le lendemain, en sortant de la maison pour aller à l'école, je l'ai vue. Une blonde avec un cartable rouge sur le dos. Ses cheveux étaient aussi longs que ceux d'une princesse de conte de fées. Je suis restée bloquée sur le pas de la porte. Est-ce que c'était elle, hier soir ? J'étais à la fois reconnaissante, curieuse et terriblement gênée. Qu'est-ce qu'elle allait s'imaginer sur moi et mes parents ? Savoir que quelqu'un pensait à moi était une chose, mais voir la personne en face en était une autre.

— Je m'appelle Laurine ! m'a crié la nouvelle voisine. L'école, c'est par où ?

J'ai tendu l'index en montrant le chemin de droite. C'était son premier jour dans une nouvelle école et elle allait y aller toute seule ? Elle avait l'air plus âgée que moi, peut-être de trois ou quatre ans. Mais, même à dix ans, c'était jeune pour aller seule dans une toute nouvelle école !

Nous avons fait le chemin ensemble, en silence. Elle ne m'a pas parlé de la veille. Cela semblait aussi tabou pour moi que naturel pour elle. Arrivée devant le grand portail noir de l'école, elle a ralenti le pas : elle hésitait. Je lui ai pris la main. C'était à mon tour de l'aider. Et nous sommes entrées. Côte à côte. C'est comme ça que nous sommes devenues amies pour la vie. Parfois les mots sont inutiles. Parfois des regards suffisent.

Mais ce matin, dans cette rue près de notre appartement, les mots sont nécessaires. J'ai droit à une explication. Laurine, je te pardonne, mais redeviens mon amie ! Réalise ton erreur et nous n'en parlerons plus jamais. Je vais enfermer mes sentiments dans une petite boîte au fond de ma mémoire, je vais la cacher et la faire disparaître. Je veux que tout redevienne comme avant. Voilà ce que je ressens. Mais à peine ai-je essayé d'ouvrir la bouche pour dire tout ça que Laurine me jette un regard irrité.

— Où étais-tu ? s'énerve-t-elle. Ton père s'est inquiété toute la nuit !

— Quoi ? Tu es fâchée contre moi ? N'inverse pas les rôles !

Elle soupire et hausse les épaules.

— Je ne voulais pas que tu réagisses comme ça, je ne cherchais pas à…

Elle passe la main dans ses cheveux blonds et fixe le bord du trottoir. Elle pèse ses mots.

— Blanche, reprend-elle plus calmement, tu aurais pu répondre à ses SMS ! Ton père dort en ce moment, je pense que tu devrais éviter de rentrer maintenant. Cela ne pourrait rien donner de bon.

Elle regarde sa montre.

— Je dois y aller, j'ai rendez-vous avec un attaché de presse spécialisé en blogs ! Nous devons parler de toute cette histoire, Blanche. Vraiment, tu dois prendre du recul. Ne me juge pas si vite. Écoute, peut-être devrais-tu passer quelques jours chez Fred. Le temps de laisser retomber la pression.

— Quoi, mais…

Elle me contourne comme si je n'existais pas et se dirige vers la station de métro. Je reste muette, abasourdie, seule au milieu de la rue, comme une imbécile. Je lève les yeux au ciel. Qu'est-ce qui se passe tout là-haut, dans les nuages, quelle malédiction dois-je subir de la part de ceux qui gouvernent ma vie ?

Je suis bannie de chez moi ? Que vais-je faire ?

CHAPITRE 10

Le chasseur

— Fred ! Ouvre-moi la porte, s'il… s'il te plaît.

Je suis pendue à l'interphone de l'immeuble, ma voix tremble entre les pleurs et l'essoufflement. Dans ma détresse, je ne vois que lui vers qui me tourner. On ne sort ensemble que depuis quelques semaines, mais on se fréquente depuis mes débuts à la fac. Il connaît Laurine et est dans sa promotion. Il saura me conseiller sur la meilleure manière de la raisonner.

J'ai toujours cru qu'il était amoureux d'elle d'ailleurs, mais Laurine n'a jamais semblé lui accorder aucune attention. Fred a le même âge qu'elle et Laurine ne sort jamais avec des garçons de son âge. Pendant des mois, il lui a tourné autour en m'ignorant superbement. Je n'étais que la jeune colocataire et amie de la plus belle fille de l'université.

Et puis, soudain, nous avons commencé à parler plus librement pendant les intercours. Il n'y avait aucune séduction entre nous. Ça n'a jamais été passionnel, il ne m'intéressait pas.

Je dois dire qu'aucun garçon ne m'a jamais vraiment intéressée. J'ai l'impression, parfois, de vivre sur une autre planète.

Le seul homme dans ma vie, c'était mon père. Il fallait le gérer, accepter ses nouvelles copines et puis, bien sûr, ses ruptures amoureuses. Endurer ses périodes de déprime, lui faire à manger, remplir les papiers administratifs à sa place parce qu'il n'avait « pas le temps de s'occuper de ça » ! J'ai toujours eu l'impression d'être l'adulte dans ma propre famille. À la fois la maman et la fille. Alors, les histoires d'amour, très peu pour moi… J'avais d'autres soucis.

Il y a deux mois, j'avais dit à Fred que je voulais voir cette série dont tout le monde parlait, celle sur les zombies. Il s'était empressé de m'inviter chez lui, il était un grand fan ! Il fallait absolument qu'il me la fasse découvrir. On était restés des soirées entières, sur son canapé déplié en lit, à mater les saisons à la suite sur son ordinateur. Un soir, alors que je me levais pour partir, expliquant que j'avais cours le lendemain, il m'avait brusquement retenue par le bras.

Il m'avait embrassée. Mon premier baiser. Ça n'avait pas été un feu d'artifice… Je ne peux pas dire que ça m'avait emballée. J'étais plus surprise qu'attirée par lui.

« C'est ça, un premier baiser ? m'étais-je dit, déçue. Pas de quoi s'extasier… »

Et notre histoire avait débuté comme ça.

— Blanche ? dit une voix mal réveillée à l'interphone. C'est toi ? Qu'est-ce que tu as ? Tu… tu pleures ? Monte vite !

La porte s'ouvre et je me précipite dans l'ascenseur.

***

Une tasse de mauvais café instantané dans les mains, assise sur le clic-clac de Fred, je laisse couler mes larmes. Pourtant, j'ai pris une douche et changé d'habits. Enfin, j'ai juste pu enfiler le sweat jaune citron de mon petit ami, celui avec le personnage de Bob l'Éponge.

Entre deux sanglots, je réussis à expliquer la situation : ma meilleure amie sort avec mon père, je suis bannie de chez moi et je me retrouve à la rue.

Je n'ai pas les clés de chez moi, je suis partie trop précipitamment hier soir. J'ai essayé de sonner pour réveiller papa, mais il dort et ne répond pas. Comme mon portable n'a presque plus de batterie, impossible de l'appeler. Et puis je pleure trop pour arriver à lui parler sans m'énerver.

Fred regarde du coin de l'œil mon téléphone qui se recharge sur son PC. Il ne dit rien. Communiquer avec lui a toujours été un peu compliqué. Il parle peu et toujours de sujets qui ne me concernent pas vraiment. Comme il est plus âgé, je me contente en général de l'admirer en silence en espérant avoir un peu de son attention. C'est comme s'il attendait simplement que j'approuve tout ce qu'il dit sans me donner le droit d'être moi-même.

Pourtant ce que je lui raconte maintenant devrait l'intéresser. J'espérais un peu de réconfort, mais il n'a pas l'air très surpris par mon histoire.

— Ça ne te choque pas ? dis-je en me mouchant bruyamment. Bon sang ! Laurine avec mon père. Tu m'écoutes ?

Fred fuit mon regard. Qu'est-ce que je ne comprends pas ?

Il souffle soudain, comme pour prendre son courage à deux mains, et me déclare :

— Écoute, Blanche… En fait, je le savais.

— Tu ? Tu… Quoi ?

Je me lève d'un bond, renversant un peu de café sur le carrelage et sur mes ballerines.

— Merde, c'est chaud !

Je pose la tasse sur la table basse qui nous sépare.

— Comment ça : tu le savais ? Et… Tu ne m'as rien dit ?

— Non, j'avais promis de… Euh…

Pétrifiée, je le regarde, prête à l'étrangler.

— Tu avais PROMIS à qui ? Et quoi ?

— Elle…

— Laurine ?!

— Oui, Laurine. Elle m'a dit qu'elle était avec un homme plus âgé et qu'elle ne voulait pas t'en parler. C'est rare de sa part de te cacher ce genre de truc, alors je me suis douté qu'il s'agissait de ton père. Elle m'a demandé de te tenir à l'écart. Pour ton bien, tu vois.

— MON bien ? MON… bien ? Tu te fiches de moi ?

Fred se lève pour se resservir du café, dans un silence de mort.

Me tenir à l'écart ? Laurine lui a demandé de… J'essaie de recomposer l'histoire. Ma respiration se bloque l'espace d'un instant.

— Fred… Est-ce que tu passes du temps avec moi uniquement parce que Laurine te l'a demandé ? Est-ce que tu sors avec moi *par obligation*, afin de me tenir éloignée de chez moi ?

Le dos de Fred se voûte. *Oh, my God !* J'ai raison, c'est ça ? C'est pour ça qu'il m'invitait tous les soirs chez lui pour voir des séries américaines. Il détournait mon attention pour que Laurine ait le champ libre avec mon père.

Je vais… vomir ! Pleurer ! Hurler !

Mais non. Rien.

Je reste figée comme une statue de cire, incapable de bouger.

Tout ça n'est pas réel, si ?

— Blanche, tu…

Il tend la main vers moi, mais c'est un regard plein de pitié qu'il m'adresse. Je recule brusquement.

— NE ME TOUCHE PAS ! NE ME TOUCHE PLUS ! JAMAIS.

— Blanche, je…

CHAPITRE 11

Une pomme, princesse ?

J'ai juste eu le temps de récupérer mon téléphone et mon sac, avant de claquer la porte de son appartement. Comment Fred a-t-il pu me mentir sur ordre de Laurine ?

Je me sens comme une imbécile. Il s'est servi de moi. Il a joué avec mes sentiments. J'ai cru que, pour une fois, on m'aimait sincèrement. J'ai cru que… Ah ! mais quelle naïveté…

Ses baisers, nos soirées, nos sorties, tout ça n'était donc qu'un jeu ? Une vaste plaisanterie organisée par ma meilleure amie ?

J'aurais pu pardonner à Laurine si elle avait embrassé mon père par accident, mais elle avait prémédité, calculé son coup et tiré avec malice les ficelles de cette arnaque. Elle m'a menti avec le sourire et, pire que tout, elle s'est arrangée pour que Fred, son prétendant en titre, me séduise et joue avec mon cœur sans aucun remords.

Alors c'est ça, le conte de fées de ma vie ? La méchante reine a demandé à son chasseur de prendre mon cœur ? Il a pris soin de l'enfermer dans une petite boîte sombre, riant de mon ignorance ?

Dans un soudain sursaut de conscience, cet hypocrite vient finalement d'avouer la vérité. Mais, au fond, c'est pareil qu'un coup de poignard dans le cœur.

J'ai été si crédule. Comment les gens que j'aime le plus peuvent-ils me faire souffrir à ce point ? Comme ils ont dû rire dans mon dos !

À présent, je n'ai plus personne : ni mon père pour me réconforter, ni ma meilleure amie avec qui en parler, ni même mon petit ami pour me prendre dans ses bras. Je n'ai plus de toit et personne vers qui me tourner. Il n'y a qu'un roi absent qui se désintéresse de moi, une belle-mère que je ne comprends pas et un chasseur qui a voulu me voler mon cœur…

Quel conte de fées atroce !

Jamais je n'oserai raconter ça, à qui que ce soit. J'ai bien trop honte. J'ai vraiment tout perdu…

J'erre seule et sans but dans Paris. J'ai du mal à respirer au milieu de la foule qui me bouscule et m'ignore. À chaque coin de rue, il y a bien d'autres drames que le mien.

Je voudrais disparaître. Là, tout de suite.

Quand, soudain, j'entends une voix :

— Tiens, tu es revenue, jeune fille ? Que dirais-tu de m'acheter une pomme ?

La femme d'hier, celle qui m'avait prédit que ma vie serait un conte de fées. Elle est là, derrière un stand de fruits et légumes. Un marché en pleine effervescence est installé sous la ligne du métro aérien.

— Que faites-vous ici ?

— Je suis marchande de quatre-saisons. Les fruits n'ont pas de secrets pour moi, sourit-elle. Alors, une pomme ?

— Pourquoi pas ? dis-je, me rappelant que je n'ai rien mangé depuis hier midi et que je n'ai dans l'estomac que l'alcool de la boîte de nuit et l'immonde café de ce crétin de Fred.

J'ai faim.

Je tends la main vers une pomme jaune. J'adore ça, leur goût frais et sucré… Ce sont mes préférées.

— Ah, non ! s'exclame la femme dans sa robe noire en me tapant sur la main. Pas celle-là ! Prends plutôt une pomme rouge.

— Mais moi, je préfère…

— Ce n'est pas toi qui décides ! Une rouge, c'est mieux pour toi.

— Pardon ?

Alors là, c'est la meilleure, la vendeuse qui refuse de me vendre ce que j'ai choisi ! Pourtant le client est roi, me dis-je en mon for intérieur.

— Mais toi, tu n'es pas un roi ! répond la sorcière, comme si elle avait pu lire dans mes pensées. Alors tu prends une pomme bien rouge, aussi écarlate que tes lèvres, ma chérie. Elles sont spéciales, exprès pour toi.

— En quoi sont-elles spéciales ?

— Elles sont… Elles sont… (Elle semble hésiter à me le dire.)

— Quoi ? Bien mûres ou bien fraîches ?

— Oui, on peut dire ça. En tout cas, elles sont cent pour cent bio. Allez, choisis ta pomme rouge.

— Tu parles d'un choix !

Je prends la première qui vient et m'apprête à la croquer. La faim me fait saliver, j'en ai furieusement envie de cette pomme rouge, moi qui n'en mange jamais. J'ai les lèvres presque sur la peau écarlate du fruit lorsqu'un truc dur tape sur mon front.

— Aïe !

— Ah non, chérie ! Hors de question que tu manges ça comme ça ! s'écrie ma maraîchère adorée.

Je cherche au sol ce qui m'a frappée et vois rouler une petite boule contre le trottoir.

— Je rêve ou vous venez de me lancer une noisette à la tête ?

Machinalement, je me frotte le front. Si j'ai une bosse, ça ne va pas se passer comme ça !

— Tutututututut ! (Elle secoue son index de droite à gauche.) Il fallait bien que je t'arrête ! On ne mange pas une pomme, euh… « bio », comme ça, voyons.

— Quoi ? Je la mange avec mes pieds ou bien ?

— Je veux dire que, si c'est ta première pomme « bio » de la saison, tu dois faire un vœu avant de la manger.

— Un vœu comme… changer de vie ?

— À peu près…

— Comment ça, « à peu près » ? Vous allez aussi me dicter quels vœux je dois faire, en plus de me dire quelle pomme je dois manger ?

— Ouuuuuh, mademoiselle n'est pas de bonne humeur, on dirait ?

Elle se marre en rangeant son étal et fredonne une mélodie, l'air de rien.

Je fixe ma pomme.

— Je voulais dire, jeune fille, qu'il faut se donner des vœux précis et réalisables. On ne dit pas « je veux voyager », mais « je veux visiter tel pays », ça c'est un objectif réaliste et faisable. On ne dit pas « je veux devenir riche », mais « je vais jouer au Loto, créer ma boîte, etc. ». Donne-toi des buts précis. Cette pomme peut jouer son rôle, mais tu dois lui dire ce que tu veux précisément. C'est juste une pomme, il faut un peu lui mâcher le travail… Un souhait mal énoncé est un souhait raté. Restons logique…

— Lo… logique ?

Elle est folle ? C'est du délire, toute cette histoire… Je soupire…

— Essaie, tu n'as rien à perdre, pas vrai ?

— Effectivement…

Je réfléchis. De quoi ai-je besoin, là tout de suite ? Pour être franche, j'aimerais plein de choses, mais, si je ne devais en avoir qu'une seule, ce serait…

— Ah ! Une dernière chose, me précise la maraîchère en remettant des caisses de melons dans son camion. Il y a quelques règles…

— Voyez-vous ça ?

— Eh ! Pas d'ironie, s'il te plaît… Première règle : on ne peut pas revenir dans le passé, donc pas la peine de demander « que tout redevienne comme avant ».

— Mmmh, évidemment, ce serait trop facile…

— Et c'est juste une pomme ! Pas une machine à remonter le temps… Je ne fais pas dans la science-fiction, je fais juste dans les fruits et légumes, OK ? Et puis le passé, c'est le passé, compris ?

Je hoche la tête.

— Deuxième règle : on ne peut pas forcer quelqu'un à faire quelque chose qu'il ne souhaite pas. Je ne fais pas dans la lobotomie ni la soumission. Heum ! Je veux dire cette pomme ne fait pas ça.

Je hoche la tête de nouveau. Je viens de rencontrer une femme qui délire et je la suis dans les méandres de sa logique étrange… Je suis d'une crédulité incorrigible. Mais je n'y peux rien…

— Dernière règle et non des moindres : pas de choses illégales ou de souhaits de mort. Pas la peine de penser à tuer quelqu'un ou à voler l'argent d'une banque. Mais bon… (Elle me sourit malicieusement.) Si tu étais ce genre de personne, je ne t'aurais jamais offert une de mes savoureuses pommes. On est d'accord ?

— Oui… Enfin, je veux dire… Ça y est ? demandé je, hésitante. J'ai le droit de la manger, cette pomme ?

— Fais-toi plaisir…

De tout mon cœur, de toute mon âme, si je ne peux pas souhaiter que tout redevienne comme avant et que Fred se fasse écraser le cœur comme il vient de mettre le mien en pièces, si je ne peux pas souhaiter que Laurine soit punie ou que papa la quitte…

Alors je ne veux qu'une seule chose, là tout de suite.

Quelqu'un avec qui parler et partager ma peine. Quelqu'un avec qui rire, quelqu'un pour me sourire. Pour arrêter d'être en colère, pour arrêter de souffrir. Pour ne pas avoir envie de disparaître pour toujours…

— Je souhaite avoir de nouveaux amis, dis-je en fermant les yeux.

En espérant que mon avenir soit meilleur, je mords dans la chair du fruit.

J'attends. Mais rien.

Pas d'éclair, pas de flash, pas de tremblement de terre. Rien de magique ne survient… J'ouvre un œil, puis l'autre.

La sorcière a disparu et son stand est devenu l'étal d'un poissonnier.

— Mais qu'est-ce que…

Mon téléphone se met soudain à sonner. Un message ?

Je regarde l'écran :

Nouveau message de Pomme-d'amour.com :
Roxanne Rosso souhaite vous ajouter à sa liste d'amis
– Accepter/Refuser

C'est quoi ça ? Pomme-d'amour, si je me souviens d'hier soir, c'est le réseau social où Rob, le joyeux fêtard du groupe, m'a inscrite avant de m'inviter en boîte. Ça m'était complètement sorti de la tête…

Et Roxanne ? C'est la belle fille qui m'a prêté ses magnifiques chaussures de luxe, les Rosso. Elle doit sacrément les aimer pour prendre comme pseudo le nom de ses chaussures préférées.

Est-ce que c'est grâce à mon vœu ? J'ai une nouvelle amie sur un réseau social inconnu ? Pas terrible, la pomme… mais je suis joueuse et j'appuie sur « Accepter ».

À peine est-ce fait que le téléphone se remet à sonner. Un appel cette fois, avec un numéro masqué…

Dans le doute, je décroche. Tant que ce n'est pas Laurine ou Fred, ça me va…

— Allô ?

— On passe te prendre ! Ne bouge pas de là, OK ?

— Oui, mais c'est qui ?

— Bouge pas, c'est une question de minutes…

La voix laisse la place à la tonalité du téléphone. On m'a raccroché au nez. Un faux numéro, peut-être ?

Comme je suis fatiguée, je décide de m'asseoir sur le rebord du trottoir pour finir ma pomme, tranquillement.

CHAPITRE 12

Pomme d'amour

Je suis toujours assise sur le rebord du trottoir, lorsque la sorcière surgit brusquement devant moi.

— Blanche-Neige, j'ai oublié de te dire un truc !

— Quoi encore ?

— Ton premier vœu était PRESQUE parfait, alors tu pourras en refaire d'autres.

— Comment ça « presque » ?

— Tu n'as pas précisé combien d'amis tu voulais. Alors, comme je suis d'humeur généreuse, je t'accorde sept amis.

— Sept ? Mais ?

— Disons… sept nains, se moque-t-elle. On verra lequel sera ton préféré et alors nous rediscuterons de tes choix et de ceux de ton petit cœur.

Elle me tend une carte et remonte dans sa camionnette garée à quelques mètres. Je finis de manger mon fruit en regardant la petite carte rouge avec le logo d'une pomme croquée. La morsure qui laisse apparaître la chair dorée du fruit a une forme de cœur. Une écriture alambiquée annonce : « Pomme-d'amour.com ».

C'est quoi ce truc ?

Je lis :

Mme la Sorcière – Responsable communication
Ce que désire votre cœur ?
Un partenaire d'une nuit,
Ou bien l'âme sœur ?
Trouvez-le via cette appli :
www.Pomme-d'amour.com

C'est une carte de visite ? Ça m'intrigue… Je décide de faire une recherche sur mon téléphone, mais le réseau est mauvais. Pas de connexion Internet dans le coin. Je regarde si je vois une borne WiFi urbaine à proximité quand le bruit d'un moteur vrombissant me tire de ma rêverie.

Une moto s'arrête juste devant moi. Son conducteur me fait signe de venir. Il porte une combinaison intégrale et un casque. Je ne connais pas de motard. C'est louche… Je me lève pour partir, ignorant ses signes.

Le motard retire son casque.

— Je rêve où tu m'ignores exprès ? Quand je pense que j'ai été forcé par Roxanne de te ramener ! Franchement, ça me saoule…

Jay secoue la tête et ses cheveux bruns retombent sur son front. Il soupire en me jetant un regard énervé.

— Bon, tu montes ? Moi, j'ai autre chose à faire dans la vie que de jouer les chauffeurs pour Bob l'Éponge !

Je baisse les yeux sur mon pull trop grand. Effectivement, j'ai encore sur le dos le sweat de Fred et la star du dessin animé pour enfants me fixe de ses gros yeux globuleux. Je dois être sexy au taquet ! Machinalement, je croise les bras pour cacher ce pull qui doit attirer sur moi tous les regards de la rue. Mais il est tellement immense et tellement jaune que c'est peine perdue. Chaque fois que Jay me voit, je suis dans un état lamentable. Bon, en même temps, qu'est-ce que ça peut faire ? Au fond, je devrais m'en moquer. Ce n'est pas comme si je devais être jolie pour lui. Mais, quelque part, ça me met mal à l'aise. Je n'ai jamais vraiment fait très attention à mon apparence, cependant je dois admettre qu'en ce moment j'ai atteint le sommet du « je ne ressemble à rien » !

— Oh, le poussin ! Tu me réponds ? Je suis pressé ! continue-t-il avec une moue exaspérée.

— Mais, comment savais-tu que j'étais ici ?

— Il y a une fonction localisation GPS des membres de Pomme-d'amour, je te signale ! Je ne suis pas devin non plus, je ne fais que chauffeur, moi.

— Mais où va-t-on ?

— Rejoindre Roxanne pour manger. T'as pas faim ?

— À vrai dire, je n'ai mangé qu'une pomme ces dernières vingt-quatre heures, alors oui, j'ai faim… Mais tu ne t'attends pas à ce que je monte avec toi sur… ça ?

— Tu critiques ma superbe moto ? Tu cherches les ennuis ?

— Je ne veux pas, j'ai…

Je n'ose pas lui dire que je ne suis jamais montée sur une moto et que j'ai très peur de la vitesse.

— Tu as peur ? ricane-t-il.

— Peut-être…

Je rougis un peu. C'est bête et je me sens ridicule sous son regard vert.

— Tu n'as qu'à fermer les yeux et t'agripper, on ne va pas loin de toute manière.

— M'agripper, mais à quoi ? À… toi ?

Il se marre :

— Je crois que tu n'auras pas le choix.

— Je te préviens, si tu vas trop vite, je risque de me cramponner à toi façon moule sur son rocher.

— Vous faites toutes ça ! Quelle excuse ! (Il prend une pause de mannequin et regarde au loin.) Je suis vraiment un sex-symbol !

Là, c'est moi qui éclate de rire.

CHAPITRE 13

Rêve en blanc

Les rues de Paris défilent à une vitesse folle. La moto zigzague entre les camions et les voitures. Et moi, je me cramponne à Jay comme si ma vie en dépendait. Je suis morte d'angoisse dès que j'anticipe un virage. Mes mains s'enfoncent dans le cuir de sa combinaison à chaque accélération. Je suis sûre qu'il s'en amuse, j'ai même l'impression qu'il fait exprès de tourner dans certaines rues sans ralentir pour accroître les sensations de vertige qui me prennent totalement au dépourvu.

Je ferme les yeux et me concentre, pour oublier ma peur, sur l'odeur du cuir de sa combinaison, la chaleur de son dos, la lumière de la fin de matinée qui m'atteint malgré mes paupières closes.

Soudain, le moteur s'arrête et Jay me fait signe de descendre. Nous sommes dans la cour d'un hôtel particulier. Il me tend la main. Qu'est-ce qu'il veut ? Que je lui prenne la main aussi ? Depuis quand sommes-nous intimes ? J'hésite… Je fais quoi ?

Je tends ma main vers la sienne.

— Mon casque, Bob l'Éponge ! Rends-moi mon casque de passager.

Son… ? Oh ! Il l'a fait exprès, ou alors je suis la reine des gourdes… Je me sens rougir en essayant d'enlever le casque noir qu'il m'a prêté. Faites que ma peau ait retrouvé une couleur normale avant que je réussisse à le retirer.

— Bon, c'est pour quand ? s'impatiente Jay.

Je hausse les épaules et lui montre mon menton. Je ne peux pas l'enlever. Il y a un truc qui coince, mais je ne sais pas pourquoi.

— C'est la sécurité, soupire-t-il.

Il se penche vers moi. Ses mains frôlent mon cou. Je vois ses yeux d'un vert profond, ses longs cils et l'arête de son nez. Ses lèvres qui se pincent en essayant de détacher la sécurité. Ses joues mal rasées lui donnent un côté négligé mais sexy.

— Voilà, c'est bon, tu peux le retirer.

Il se redresse et retourne poser le casque sur sa moto. Ça me donne juste le temps de souffler de mon côté. Mon cœur bat atrocement vite. Ça doit être à cause de la course à moto. J'aimerais tellement arrêter de rougir…

Son téléphone se met à sonner brusquement et je sursaute.

— Ouais, elle est là…, dit-il d'un ton blasé. On monte !

Il me pousse vers l'entrée et je vois dans le hall un immense escalier en colimaçon. Roxanne nous attend dans une robe très courte de couleur crème.

— Blanche ! Je t'attendais, viens vite ! J'ai décidé d'organiser un brunch pour toi. Un brunch blanc !

Elle se précipite vers moi et me tire par le poignet, me forçant à monter les marches à toute allure.

— Ah ! Par contre, il va falloir te changer. Mais heureusement j'ai tout prévu !

— Tout prévu ? Mais, je… C'est quoi un brunch blanc ?

— Un brunch, c'est quand on petit-déjeune et qu'on déjeune en même temps.

— Non, ça je sais… mais blanc…

— En l'honneur de ton prénom, c'est marrant, non ?

Dans le salon, je vois des filles et des garçons qui rient et dansent. Ils sont tous en blanc, de la tête aux pieds. Je comprends : le dress code, c'est de s'habiller en blanc. C'est ça un brunch blanc !

— Allez ! dit-elle en me poussant dans le couloir vers une pièce immense.

Il y a des dizaines de robes et de sacs, des chaussures alignées sur les étagères qui montent jusqu'au plafond. Roxanne se jette sur un pouf gris gigantesque aux allures de canapé.

— C'est ta chambre, ici ? demandé-je, impressionnée.

— Non, c'est juste mon dressing ! Tu vas mettre cette robe et ces chaussures ! Normalement, si je ne me suis pas trompée, c'est ta taille. Tu vas être ra-vis-san-te !

Elle applaudit des deux mains quand je tourne sur moi-même. Je porte une robe mi-longue en dentelle avec un décolleté rond et de jolies chaussures blanches (des Rosso bien sûr).

— Je le savais, tu ressembles à une héroïne de roman, tu es trop mignonne. Il va être ravi.

— Qui ça « il » ?

Elle me prend à nouveau le bras et m'entraîne à sa suite vers le salon, où tout le monde me regarde passer comme si j'étais la curiosité du jour. Une baie vitrée s'ouvre sur une terrasse panoramique avec vue sur la tour Eiffel. J'ai beau habiter Paris, je n'ai jamais rien vu d'aussi beau. La vue est fabuleuse et dégagée, on aperçoit la Dame de fer et les arbres du Champ-de-Mars comme sur une carte postale retouchée. Je pose la main sur la balustrade, j'ai l'impression de me tenir au sommet de la ville. C'est magnifique. Autour de moi, les voix refont surface pour me ramener à la réalité. Des serveurs valsent avec des plateaux de canapés et de verrines colorées entre les invités habillés en blanc. On se croirait dans un rêve.

— Alors ? me sourit Roxanne. Que dirais-tu de passer la journée avec moi ? Et si tu dormais ici, cette nuit ?

— Merci, mais… Pourquoi fais-tu tout ça ?

— Parce que nous sommes amies. Enfin, si tu le veux bien.

— Je… Oui, bien sûr, mais ce n'est pas un peu trop ? Je veux dire, je ne le mérite pas. J'ai simplement accepté ton invitation sur Pomme-d'amour, ce n'était pas grand-chose.

— Oh, mais si ! s'exclame-t-elle. Il n'y a pas beaucoup de personnes qui auraient fait ce que tu as fait.

— Fait quoi ?

— Mes chaussures, sourit-elle. Ce matin, tu les as laissées dans le couloir, chez Rob, avec un mot de remerciement.

— Oui, mais c'était normal. Je ne savais pas où tu étais et il fallait bien que je te les rende. Tu n'es pas fâchée ?

— Fâchée ? Mais non, au contraire ! Tu te rends compte, elle croit que je suis fâchée, c'est la meilleure, ça !

— Effectivement, répond une voix grave que je reconnais immédiatement.

CHAPITRE 14

Cheval blanc

— Roxanne vient de t'adopter comme « meilleure amie pour la vie », commente le jeune homme en s'adossant à la balustrade de la terrasse. Pas trop dur ?

Ses cheveux châtains retombent sur son front. Je reconnais son sourire malicieux et la petite fossette sur sa joue droite.

— Elle est à moi, Rob ! le taquine Roxanne en me prenant dans ses bras. Pas touche. On est d'accord ?

— Oh, oh ! Chasse gardée, je vois. J'ai compris : je garderai mes distances.

Rob lève les mains au ciel, paumes ouvertes, pour mimer son innocence. Roxanne se met à rire et lui dépose un baiser sur la joue, avant de retourner à ses invités.

— Pas de bêtises, Blanche est à moi ! lui rappelle-t-elle.

Nous restons seuls à contempler la vue sur Paris qui s'étend à nos pieds. Rob, le fêtard de la veille, me semble soudain très mélancolique. Sa main, posée à côté de la mienne, est immobile et son regard se perd au loin. Ses doigts tapotent le fer forgé de la balustrade. Je l'observe à la dérobée. Il n'est pas en blanc comme les autres invités. Il porte un pantalon noir et la chemise de ce matin, mais sans cravate ni veste de costume. Sur sa chemise, je vois un petit écusson représentant un cheval blanc brodé sur la poitrine. Le silence s'installe doucement entre nous. Les invités continuent leurs discussions, ils dansent et mangent. Ce bruit de fond me paraît lointain, pourtant. Comme si nous étions seuls au monde sur les toits de Paris.

Je pense au baiser que Roxanne a déposé sur la joue de Rob. Est-ce qu'ils sortent ensemble ? Je lève un sourcil. Attends, là : en quoi ça me regarde, après tout ? Ce ne sont pas mes affaires.

— Roxanne a l'air ravie, dit soudain Rob. Tu viens de réaliser un de ses souhaits les plus anciens, tu sais ?

— Un souhait ? Quel souhait ?

Il sourit. Je voudrais répliquer que rencontrer une nouvelle amie était mon souhait à moi, que c'est moi qui aimerais lui dire merci, que c'est à moi d'être reconnaissante. De tout mon cœur.

Mais comment expliquer tout ça à un garçon que je n'ai rencontré que la veille, dans une soirée plus qu'arrosée ? Nous avons dansé et bu quelques verres, ça ne fait pas de lui un confident. Pourtant, quelque part, je sais au fond de moi que je voudrais en savoir plus sur lui. Je voudrais lui parler de tellement de choses. Est-ce plus facile parce que nous ne nous connaissons pas ?

Rob pose son regard sombre sur moi avec une douceur qui me touche. Il sourit doucement et je me surprends à penser que j'aime être près de lui.

— Roxanne cherchait quelqu'un comme toi depuis très longtemps. Elle est fantasque et un peu décalée, mais tu peux lui faire confiance. Regarde. (Il fait un geste circulaire englobant l'ensemble de la terrasse et des invités.) Elle a organisé tout ça pour toi en un temps record. C'est sa manière de célébrer votre nouvelle amitié.

— C'est… C'est un peu trop, non ?

— Non, c'est du Roxanne tout craché.

— Elle m'a même prêté cette robe et ces chaussures hors de prix, et moi je ne l'ai pas encore remerciée. Je ne mérite pas tout ça. Je vais aller lui dire merci tout de suite !

— Pas la peine, elle sait que tu n'es pas une fille ingrate ou une profiteuse.

— Comment pourrait-elle le savoir ? On ne se connaît pas. Enfin, à peine, je veux dire.

— Elle le sait, c'est tout. Roxanne sait très bien juger les gens.

— Tu as l'air de très bien la connaître. Vous… vous êtes ensemble ?

Il me répond avec son sourire énigmatique et m'offre un verre qu'il prend sur le plateau d'un serveur qui passe. Il y a de la glace pilée, une odeur de menthe et de citron qui pique le nez. La boisson est sucrée et si froide que j'ai l'impression de boire de la neige. Je n'ose rien dire, j'attends sa réponse.

— Je suis content de te revoir, tu sais, me glisse-t-il à l'oreille.

— Tu dis ça à toutes les filles ? (Aïe, Mademoiselle-l'agressive-qui-ne fait-pas-confiance-aux-beaux-garçons est de retour. Pourquoi ai-je dit ça ?)

— Oui.

— Ça a le mérite d'être clair…

Je ris de sa franchise désarmante.

— Mais, en général, je ne le pense pas vraiment.

— Et là ? demandé-je, méfiante.

Il a un sourire en coin un peu gêné.

— Eh ! Rob, j'ai dit « pas touche ! » intervient Roxanne, accompagnée de Jay. Tu peux venir une minute ?

— Oui, maîtresse. Avec joie, ô divine enchanteresse de ces lieux immaculés !

— Arrête ton char, dragueur ! Viens.

Elle rit aux éclats et l'emmène à l'autre bout de la terrasse. Une horde de filles très jolies s'amassent aussitôt autour de lui, comme si elles n'avaient attendu que ça. Il est vraiment super populaire !

Je reste plantée là, comme une imbécile. Je joue avec mon verre vide. Jay me détaille de la tête aux pieds. J'ai l'impression d'être nue devant lui. C'est le même regard intrusif, à la fois agressif et curieux, qu'il m'a déjà lancé au bar hier soir et durant la soirée en boîte de nuit. J'attrape un autre verre au vol lorsque le serveur passe. Je ne sais pas trop quoi dire. Si le silence doit être notre moyen de communication, autant avoir une occupation. Cette glace pilée est vraiment délicieuse.

— Alors ? me balance-t-il d'un ton un peu vif.

CHAPITRE 15

Les doutes de Grincheux

— Alors quoi ? dis-je, le nez dans mon verre.

Pourquoi, chaque fois que Jay arrive, suis-je sur la défensive ? Pourquoi fait-il surgir en moi tous ces sentiments, comme la crainte d'être rejetée et moquée ? Il me met mal à l'aise. Je me cramponne à mon verre vide.

— Ça t'amuse d'être le centre d'attraction de tout ce beau monde ?

— Je n'ai rien demandé, je ne cherche pas à me faire remarquer !

— Ah ouais ? Alors, ces habits, c'est pour passer inaperçue ? T'étais mieux en Bob l'Éponge, marmonne-t-il en croisant les bras. Maintenant, tu as l'air…

— L'air de quoi ?

— D'une fille…

— Je suis une fille.

— Si tu le dis.

Oh, le sale type ! Il est vexant. Pourquoi il me cherche comme ça ? Je lui tourne le dos et cherche Roxanne des yeux. Je ne peux pas rester ici, ce type va finir par me dire des horreurs avec sa moue renfrognée. Je ne vais pas encaisser ça encore longtemps.

J'ai la tête qui tourne. Je n'ai rien mangé depuis plusieurs heures, à part la pomme, et je n'ai presque pas dormi ces dernières vingt-quatre heures. Mon corps commence à atteindre ces limites et mon esprit a trop subi. J'ai peur de me mettre à pleurer de fatigue. Après tout ce que je viens de vivre, la moindre méchanceté pourrait me faire craquer. Je ne veux pas m'effondrer devant Jay. Ni de tristesse, ni de fatigue. Je dois m'échapper, c'est une question de survie… et un peu d'honneur aussi.

— Roxanne te fait confiance, continue Jay, mais pas moi. Je te préviens, dit-il en m'attrapant par le bras, si tu joues avec elle, si tu cherches à te servir de nous, de Rob ou de Roxanne, je ne te laisserai pas faire. Je n'ai pas leur grand cœur, je ne te pardonnerai jamais. C'est clair ?

Ses doigts s'enfoncent dans la peau de mon bras. Je le repousse, mais il me tient trop fort. Pas moyen de partir.

— Lâche-moi ! Tu me fais mal.

— Pas la peine de me regarder comme ça, dit-il méchamment. Je ne suis pas du genre à avoir pitié des profiteuses de ton genre. Tu peux aller faire tes yeux doux ailleurs.

— Je ne comprends rien. Pourquoi tu t'énerves contre moi ? Je ne t'ai rien fait.

— Je te préviens, c'est tout.

Il me relâche et s'en va dans la foule.

La tête me tourne tandis que je regarde son blouson de cuir s'éloigner. J'essaie de le suivre pour me justifier, mais mes jambes se dérobent. J'entends le son d'un verre qui se brise sur le sol, j'ai juste le temps de voir Roxanne se précipiter vers moi et quelqu'un m'appeler par mon prénom. Pourquoi fait-il si noir tout d'un coup ?

Pourquoi Jay doute-t-il de moi ? Qu'est-ce que ça veut dire « te servir de nous » ? Je n'ai jamais eu ce genre de pensées.

Je ne ferai jamais de mal à personne. Surtout pas à une amie. Je sais trop bien ce que ça fait d'être trahie. Je ne ferai pas comme Laurine.

Laurine, papa… Pourquoi personne n'essaie de me retrouver ? N'êtes-vous pas aussi tristes et perdus que je le suis en ce moment ? Fred… Comment as-tu pu jouer avec mon cœur ainsi ? Tu étais le premier garçon à qui je faisais une confiance aveugle. Est-ce que tes sourires étaient faux tout le temps ? Ne m'as-tu jamais aimée, même juste un peu ?

Je sens les larmes couler sur mes joues, mais je ne peux pas les arrêter ni même ouvrir les yeux.

Il fait noir, mes pieds ne touchent plus terre. Pourtant, je sens que je me déplace. Comme sur un nuage. La chaleur d'une personne, le battement d'un cœur près de mon oreille. Je suis dans les bras de quelqu'un. Qui me porte ?

***

Lorsque j'ouvre à nouveau les yeux, je suis dans un lit immense. Une main tient la mienne au-dessus des draps bleus.

C'est Roxanne.

— Ça va mieux ? Tu as bu un peu trop de cocktails. Il va falloir que tu freines sur l'alcool, si tu n'arrives pas à tenir.

— De l'alcool ? Mais je n'ai bu que des jus de fruits avec de la glace pilée.

— C'est ce qu'il me semblait, tu n'avais pas l'air d'avoir compris que les cocktails étaient alcoolisés. J'aurais dû te prévenir, mais je ne m'attendais pas à ce que tu t'évanouisses comme ça… Si tu l'avais vu courir vers toi pour te rattraper, c'était trop mignon.

— Qui ça ? De qui tu parles ? Je me suis évanouie ?

Roxanne me sourit et sort son téléphone.

— Tu es déjà une star sur Pomme-d'amour, commente-t-elle en me montrant l'écran de son portable.

On y voit Rob avec une fille dans les bras. Oh ! non… C'est moi ?

Je lis le commentaire de la photo :

On avait l'habitude de voir les filles se jeter à ses pieds, maintenant elles lui tombent carrément dans les bras. Qui est l'inconnue en robe blanche de cette semaine ? Notre célibataire préféré se laissera-t-il tenter ?

— C'est quoi, ce délire ? Depuis quand je tombe dans les bras des garçons ? dis-je, effarée de ces mensonges.

— Les filles du brunch devaient être jalouses pour poster ça, ne t'inquiète pas. Rob ne fait plus attention à ces choses-là. Il y est habitué : on lui colle une nouvelle conquête tous les jours.

— Oui, mais pas moi ! Je veux dire, je ne lui cours pas après, je ne veux pas rentrer dans ces histoires ou être au cœur de fausses rumeurs.

— Rob ne te plaît pas ?

— Mais ce n'est pas la question, je…

Elle rit et s'assoit sur le lit à côté de moi.

— Hi, hi ! Tu n'as pas dit non, n'est-ce pas ?

— Oui, non, enfin… Mais je ne te prendrais jamais ton petit ami, dis-je, paniquée. Je ne veux pas perdre une amie à nouveau.

— Rob ? Mon petit ami ?

Elle rit aux éclats et se laisse tomber en arrière sur l'immense drap.

— Alors là ! C'est la meilleure. Moi et Rob ? Ah non, je ne fais pas dans les cas désespérés, merci. Je n'ai pas la patience pour ça.

— Mais, je croyais…

— Non, je te rassure, c'est « Non, pas du tout ! Jamais de la vie ».

— Ça ne me rassure pas spécialement, dis-je pour changer de sujet. Ça ne me concerne pas.

— Rob ne te plaît pas ? Même pas un tout petit peu ? Tu sais que, lorsque je lui ai dit que je t'avais dans ma liste d'amis sur Pomme-d'amour et que Jay allait te chercher, il n'a pas arrêté de me demander à quelle heure tu venais. Il a même quitté une réunion professionnelle pour venir à ce brunch.

Je repense à ses sourires timides quand nous étions sur la terrasse, à sa manière énigmatique de répondre à mes questions, à ce sentiment que je pouvais lui parler de tout alors que nous nous connaissions à peine. Il y a quelque chose d'attirant en lui, mais je ne me suis jamais vraiment posé la question. Est-ce que Rob me plaît ? Quand il est près de moi, mon estomac me joue des tours.

— Et Jay ? me sourit Roxanne, accroupie face à moi.

— Lui, il m'énerve !

— Ha ha ! Oui, notre Jay fait souvent cet effet-là !

Mon ventre fait soudain un bruit sourd, c'est la faim. On dirait Godzilla en colère. Je rougis jusqu'aux oreilles.

— Je te ramène quelque chose à manger tout de suite !

La voilà qui saute du lit et file dans le couloir.

Je regarde par la fenêtre. Il fait déjà nuit ? Quelle heure est-il ? Pas de réveil en vue dans la pièce, je dois regarder sur mon téléphone. Mon sac est posé dans le dressing, en face de la chambre. Je me lève pour aller le prendre. Je vois un appel en absence. Machinalement, j'écoute mon répondeur.

— Blanche, c'est papa !

CHAPITRE 16

Le roi

Ma main se met à trembler quand j'entends la voix de mon père. Ce n'est qu'un message sur le répondeur, pourtant mon cœur s'emballe.

— Blanche, c'est papa. J'espère que tu vas bien ?

Non, je vais mal !

J'aimerais hurler ma peine, lui dire qu'il m'a trahie, menti. Mais ce n'est qu'un message impersonnel qui traîne sur une boîte vocale. Il ne s'agit pas de mon père, c'est juste sa voix enregistrée.

— Je suis sûr que tu peux comprendre la situation.

Non, pas du tout ! Dis-moi de rentrer à la maison, tout de suite. Dis-moi que tu m'aimes et que tu regrettes. Dis-moi que c'était un malentendu, que tu ne sors pas vraiment avec Laurine. Papa, dis-moi que je suis toujours ta petite princesse. Que tu ne me mentiras plus.

— Laurine me dit que tu as besoin de temps pour réfléchir et que tu dors chez Fred. Je comprends très bien.

Non, tu ne comprends rien : Laurine t'a menti. Fred m'a menti, il ne m'aime pas. Il ne s'est jamais intéressé à moi. Je ne suis que la victime des manigances de ta nouvelle chérie. Je suis à la rue, papa, je n'ai nulle part où aller.

— Je vais aussi prendre un peu de recul. J'ai trouvé un nouveau job, justement.

Félicitations, mais quel rapport ?

— On m'envoie comme journaliste free-lance en Équateur pour quelques jours. Je ne serai pas joignable, alors nous rediscuterons de tout ça à mon retour.

Quoi ? Mais, et moi ?

— Je suis à l'aéroport en ce moment, j'embarque dans quelques minutes. On se reparlera à mon retour. Prends le temps qu'il faut pour réfléchir. Laurine part également, elle a besoin de décompresser un peu. Je suis sûr que Fred prendra soin de toi. À bientôt, ma puce. Ah ! Et, au fait, Fred m'a dit que tu étais sur Pomme-d'amour. Je m'y suis inscrit aussi. Ajoute-moi à ta liste de contacts !

« Fin des nouveaux messages. Pour sauvegarder taper 1, pour... », clame la voix automatisée du répondeur

Je raccroche et fixe le plafond. Papa prend la poudre d'escampette pour éviter de se justifier... Pourquoi est-ce que ça ne m'étonne pas ? Il faisait déjà ça avec maman. Quand il la trompait, ils se hurlaient dessus et cassaient des assiettes. Puis papa partait en reportage à l'autre bout de la planète pour calmer le jeu, tandis que maman restait seule à la maison. C'était leur technique. Papa fuyait. Il fuit encore. Maman restait avec moi. Mais, cette fois, c'est moi qu'il laisse derrière lui. J'ai beau essayer de lui trouver des excuses, c'est trop pour moi. Et Laurine qui lui dit que je suis chez Fred ! Et ce crétin qui ne dit rien à mon père ! Comment Fred sait-il que je suis sur Pomme-d'amour, d'ailleurs ? Ah oui ! J'ai rechargé mon portable sur son ordinateur. Fred n'a pas dû se gêner pour regarder mon portable et, comme je laisse toujours mon dernier site visité en mémoire....

Je n'ai jamais été aussi seule de toute ma vie. Je ravale les larmes qui montent. Je ne peux pas être triste pour toujours, je ne peux pas me laisser aller. Je dois prendre sur moi, surmonter tout ça. Si je m'écroule, que vais-je devenir ? Je ne peux compter que sur moi-même en ce moment. Il faut que je me trouve un endroit où vivre pour la prochaine semaine. Je ne peux pas rentrer chez moi, je n'ai pas les clés. J'ai de quoi me payer un hôtel pour une nuit, mais pas plus. Et comment me nourrir aussi ? Et pourquoi je pense à des choses aussi terre à terre que manger et dormir quand tout mon univers s'écroule ?

Je regarde mon téléphone et j'ajoute mon père à ma liste de contacts. Si, comme me l'a dit Jay, il y a une fonction GPS, alors je saurai tout de suite quand mon père reviendra sur Paris. Sa photo de profil change discrètement, elle devient toute floue et soudain une couronne apparaît sur sa tête. Son miroir magique s'affiche désormais avec le nom « Le Roi ».

Hein ? Les avatars changent encore d'un coup ? C'est une plaisanterie ?

En regardant de plus près, je vois que Rob est toujours sous sa forme de nain. Quant à Roxanne, il n'y a que son nom, pas de photo de profil pour le moment.

Je m'agenouille entre les portants pleins de robes et de chemisiers du dressing de Roxanne. Je lève les yeux, désespérée, et j'observe tous ces habits de luxe qui pendent au-dessus de ma tête. C'est incroyable. Je ne pensais pas qu'un dressing de cette taille puisse exister. Comment une seule personne peut-elle posséder autant de chaussures ? Je me lève et j'observe les Rosso alignées par couleurs et hauteurs de talons, comme des bijoux dans leur écrin. Roxanne est-elle une obsédée des chaussures ? Ça me fait sourire. J'aimerais en apprendre plus sur elle. Je voudrais être une amie digne d'elle. Non seulement elle est belle comme un mannequin de magazine, mais en plus elle est d'une gentillesse et d'une franchise désarmantes. Je l'aime déjà, et pourtant on ne se connaît pas beaucoup. Elle m'a organisé ce brunch blanc et moi, je me suis évanouie… Je n'assure pas du tout. Je voudrais m'excuser. Peut-être que je pourrais lui offrir quelque chose. Mais de quoi a besoin quelqu'un qui semble tout avoir ? Quel cadeau pourrait lui faire plaisir et lui montrer à quel point je lui suis reconnaissante de son amitié ? Pas la peine d'espérer lui acheter une nouvelle paire de chaussures. Il me faudrait un salaire complet pour lui acheter des Rosso, et je n'ai que quelques dizaines d'euros sur moi. Je voudrais aussi lui offrir quelque chose de personnel. Je ne sais pas faire grand-chose, je n'ai pas d'argent… Je suis juste douée pour faire des dessins… Oh, mais oui, ça c'est une idée ! Ce n'est peut-être pas l'idée du siècle, mais je le ferai avec tout mon cœur. J'espère qu'elle acceptera.

Tandis que je longe les étagères, mon regard s'accroche à un cube de verre dans lequel sont exposées des chaussures rouge cerise. Ce sont les mêmes que celles que Roxanne m'a prêtées pour aller danser hier soir. Un petit papier est posé à côté. C'est…

Merci pour tes chaussures, ce sont les plus belles que j'aie jamais portées.

Cette nuit, je me suis sentie comme Cendrillon au bal.

Comme tu me l'as conseillé, je retourne à ma vie aujourd'hui.

Je n'oublierai pas ta gentillesse.

Blanche

C'est le petit mot que j'ai laissé avec les chaussures en partant de chez Rob. Pourquoi a-t-elle tout mis sous verre ?

Je tends la main vers les chaussures.

— Ça va mieux ?

Rob, dans l'embrasure de la porte, me regarde.

Je rougis en pensant à la photo de nous deux postée sur Pomme-d'amour. Il doit me prendre pour une ivrogne. Une ivrogne qui « tombe dans ses bras » selon le commentaire de la photo. Quand je pense qu'il m'a portée jusqu'au lit de Roxanne alors que j'étais évanouie.

— Oui, dis-je. Merci, pour tout à l'heure. Je suis désolée de ce qui est arrivé.

— Pas de souci. Tiens ?

Il s'approche du cube de verre et regarde les chaussures rouges.

— Elle les conserve comme un trésor ? Ça ne m'étonne pas…, commente-t-il avec un sourire triste. Ne t'inquiète pas de ce qui s'est passé au brunch. Roxanne est tellement heureuse depuis ton arrivée dans sa vie.

— Mais pourquoi ?

— C'est une histoire un peu longue.

— C'est un secret ?

— Oui et non… Disons… Mais à toi je peux l'expliquer, car elle n'osera peut-être pas le faire et je ne veux pas que tu croies qu'elle cherche à te piéger ou quoi que ce soit. Roxanne est très sincère, mais, comme je te l'ai dit, elle est un peu « atypique ».

Je le regarde, intriguée.

— Roxanne était souvent très malade étant jeune. Il lui arrivait parfois de manquer les cours. La première année de lycée, elle a même dû rater la rentrée. Elle n'avait pas beaucoup d'amies de son ancien collège et, quand elle est revenue en cours, au bout de plusieurs semaines, les groupes s'étaient déjà formés. Elle s'est retrouvée isolée rapidement.

Rob hésite à continuer. Il passe sa main dans ses cheveux, et son regard se fixe sur les chaussures à hauts talons.

— Quand les filles de sa classe ont compris qui était sa famille, elles ont commencé à s'intéresser à elle. Elles lui réclamaient des sacs, des bijoux et des chaussures de marque.

Roxanne leur donnait tout ce qu'elle pouvait. Ça a duré assez longtemps. Elle était persuadée que ce n'était pas grave, que d'offrir toutes ces choses était un moyen de faire plaisir à ses nouvelles amies, alors cela lui importait peu. Mais, un jour, elle a entendu une conversation entre ses « amies ». Elles se moquaient de Roxanne, disaient qu'elle était stupide et inintéressante et qu'on pouvait tout obtenir d'elle. Les jours qui ont suivi, Roxanne n'a rien dit. Elle avait trop peur d'être mise de nouveau à l'écart si elle révélait ce qu'elle avait découvert. Mais les faux sourires qu'elle devinait, la pression des filles de sa classe qui voulaient toujours plus d'objets chers, tout cela la rendait triste. Au bout de quelques semaines, elle est retombée malade. On l'a encore hospitalisée quelques jours, mais aucune de ses « amies » n'est venue la voir. Ça l'a rendue encore plus désespérée.

Rob me regarde.

— Alors elle s'est juré de ne plus faire confiance comme elle l'avait fait avant. Sur son lit d'hôpital, elle s'est promis que sa seule amie serait quelqu'un qui ne ferait attention ni à son nom de famille, ni aux cadeaux qu'elle pourrait offrir. Ça fait longtemps que Roxanne prête des chaussures aux filles qui viennent en soirée avec nous. C'est comme un test. Enfin, pour elle, ça ressemble plus à une bouteille jetée à la mer. Qui la ramassera ? Qui viendra vers elle ?

Il me sourit avec bienveillance alors que je retiens une larme en silence, la main posée sur le cube de verre.

— Tu es la seule à avoir saisi cette bouteille. Tu es la seule à lui avoir rendu ses chaussures en lui disant merci. C'est pour ça qu'elle t'a choisie. Blanche, s'il te plaît, prends soin de Roxanne. Je ne veux pas qu'elle retombe malade. Je ne veux pas qu'elle perde foi en l'amitié de nouveau.

Je hoche la tête. Je ne la trahirai pas. Jamais.

— Tu embêtes Blanche ? s'écrie Roxanne en entrant dans le dressing. Mais je rêve ? Tu fais pleurer ma copine ? J'avais dit « pas touche », don Juan !

Je me précipite vers Roxanne et la serre dans mes bras. Je n'éprouve pas de pitié envers elle, ce n'est pas ça. Je la comprends. La trahison de ses amies, cette impression d'isolement qu'on peut ressentir si fort que l'on fait un vœu pour que tout change. La peur de l'exclusion. La pression qu'on subit. L'angoisse d'être abandonnée. Je comprends. Je comprends si bien. Nous sommes différentes, et pourtant nous sommes identiques.

— Roxanne, pardon.

— Pourquoi tu t'excuses ?

— Je ne sais pas. Je ne suis pas à la hauteur pour être ton amie, mais je vais le devenir.

— Bien sûr ! (Elle passe sa main dans mon dos.) Je ne te demande pas de changer pour moi, voyons.

— Roxanne, je…

Je suis gênée et je n'ose pas parler.

— C'est quoi ce cirque ?

Jay nous jette un regard noir depuis le couloir.

CHAPITRE 17

Atchoum

J'ignore superbement Jay, dont le regard fait des allers-retours paniqués de moi à Roxanne.

Il a l'air très inquiet et, après l'histoire que Rob vient de me raconter, je comprends mieux pourquoi Jay craignait que je ne me serve d'elle.

— Roxanne, demandé-je, tu es la fille de Silvio Rosso, le créateur de chaussures ? J'ai cru que tu avais un pseudo sur Pomme-d'amour, mais c'est ton vrai nom de famille en réalité ? C'est ça ?

— Sa fille ?

Elle se tourne brusquement vers Jay.

— Je te l'avais bien dit ! Elle n'a aucune idée de qui je suis, tu vois ?

— Ça ne prouve rien, ronchonne Jay en croisant les bras.

— Sa fille… (Elle rit.) Mais Silvio n'est pas si âgé !

Elle rit de plus belle.

— Rosso est mon vrai nom de famille, précise mon amie, c'est vrai que certains pensent que nous sommes parents, mais ce n'est pas le cas. Sa fille… Mais dis-moi, Blanche, quel âge crois-tu que j'ai ?

— Je ne sais pas, entre dix-huit et vingt ans.

Son sourire s'élargit.

— Tu y crois, maintenant, Monsieur-le-rabat-joie ? lance-t-elle à Jay. Elle est si innocente. Elle ne me connaît pas du tout !

— Si tu ne te comportais pas comme une fashionista aussi…, grogne Jay. Madame a vingt-quatre ans ! me précise-t-il. Elle est juste très immature.

— Immature ? Mais tu m'adores, Jay ! (Elle lui tape doucement sur le bras.) Je suis ta grande sœur de cœur !

— Si tu le dis ! (Il ronchonne en haussant les épaules.)

J'observe Rob. Il semble heureux de voir Roxanne sautiller sur place en taquinant Jay, qui lève les yeux au ciel.

Quand le garçon au blouson de cuir me voit les fixer, il fronce les sourcils.

— Je ne te fais toujours pas confiance, c'est clair ? dit-il en croisant le bras.

— Oh que si, tu vas lui faire confiance ! s'écrie Roxanne. Et tu vas commencer par lui souhaiter la bienvenue.

— C'est ça ! Bienvenue chez les fous, Bob l'Éponge. Tu t'es choisi une copine sur mesure…

Roxanne lui donne un coup de coude dans le thorax pour le calmer, ce qui me fait pouffer de rire. J'adore voir Roxanne le mener à la baguette.

— Allons manger, j'ai tout préparé, annonce-t-elle en poussant Jay vers le bout du couloir.

— C'est mieux quand tu ris, dit Rob tout bas.

Son regard bienveillant se pose sur moi. Il me retient par l'épaule alors que je m'apprête à sortir du dressing, à la suite des deux amis qui se chamaillent gaiement.

— Tu l'aimes beaucoup, n'est-ce pas ?

— Jay ? s'étonne-t-il. Non, je ne suis pas de ce bord-là !

J'éclate de rire.

— Je parlais de Roxanne.

— Oui, elle est très spéciale pour moi. Mais j'ai peur de lui avoir menti.

— À quel sujet ?

Je panique quand sa main presse mon épaule. Je ne veux pas faire partie du secret si je dois cacher quoi que ce soit à ma nouvelle amie.

— Je lui ai dit que je ne te toucherais pas, mais je trouve que cela devient difficile.

Je reste muette, totalement pétrifiée. Mon téléphone, dans ma main droite, m'échappe presque des doigts lorsqu'il se penche vers moi. Ses lèvres contre mon oreille me chatouillent d'un léger souffle.

— Tu es si jolie dans cette robe.

Mon cœur rate un battement. Son visage se rapproche doucement de moi pour rencontrer mes yeux, que je détourne. Les battements de mon cœur emplissent mes tempes lorsque nos corps sont si proches. Il porte encore cette douce fragrance sucrée.

— Tu as peur de moi, Blanche ? demande-t-il avec un air étonné.

Je me recule, je ne pense pas que j'aie peur, non… Ce n'est pas ça. Rob m'a fait un banal compliment, pourquoi suis-je dans tous mes états ? C'est ridicule.

— Vous venez ? crie Jay depuis le salon. J'ai faim et Roxanne ne veut rien me donner tant que vous n'êtes pas là. Grouillez-vous ! J'ai la dalle !

— Oui, on arrive, m'entends-je lui répondre en m'échappant du dressing.

C'est sûrement la première fois qu'on me fait un compliment aussi direct. Je dois me calmer. Ce n'était pas grand-chose, n'est-ce pas ? Mais c'était plutôt la manière de le faire. Pourquoi, chaque fois qu'il s'agit de Rob, tout me semble prendre des proportions qui m'échappent ?

Ce crétin de Fred m'a déjà dit une fois que j'étais jolie. Oui, mais on allait à un mariage et j'avais fait de gros efforts de coiffure et de maquillage. Ce n'était pas vraiment moi au naturel. Et puis, Fred avait dit à Laurine qu'elle était magnifique tout de suite après. Moi, c'était juste pour la forme, je suppose. Encore un mensonge que je n'avais pas compris à l'époque.

Je joue avec mon téléphone pour vérifier si mon père est vraiment sorti du pays. La localisation des profils me confirme qu'il survole l'Atlantique. Je soupire. Sur ma liste d'amis, je constate qu'un profil est en train de changer.

L'avatar de Roxanne se précise sous mes yeux : c'est l'image du nain Atchoum qui s'affiche. Je n'arrive pas à y croire, voilà donc le nain à la santé fragile… Cette application a un drôle d'humour.

CHAPITRE 18

Un deuxième souhait

Dans la cuisine, Jay est en train de se faire taper sur les doigts par Roxanne.

— Tu attends tout le monde !

— Mais j'ai faim, moi ! ronchonne-t-il.

— Roxanne a raison, intervient Rob en s'assoyant à la table centrale, tu pourrais être un peu plus poli.

Jay souffle et râle comme à son habitude.

— Si c'est pour attendre Bob l'Éponge, je m'en moque.

— Il a raison, dis-je.

Tout le monde me regarde.

— Tu as perdu ta belle répartie ? s'étonne Rob. Je pensais que tu allais lui rentrer dedans.

— En fait, je dois envoyer un message. Vous pouvez commencer, je vous rejoins tout de suite.

— Tu vois ? insiste Jay en se servant une part de gâteau. Elle s'en moque, de notre politesse.

— Blanche, tu restes ici cette nuit, n'est-ce pas ? me demande Roxanne avec de grands yeux. S'il te plaît ?

— C'est vrai, je peux ?

— Bien sûr, puisque je t'ai invitée !

— C'est vrai, je peux ? Gnagnagna et gnagnagna ! m'imite Jay en prenant une petite voix.

Roxanne lui donne une tape sur le haut du crâne qu'il esquive avec adresse, le gâteau dans une main et un verre de soda dans l'autre, tandis que Rob me regarde m'éloigner.

Je m'éclipse par la porte-fenêtre vers la terrasse panoramique. Mon téléphone indique vingt-trois heures et trois minutes. J'ai beaucoup dormi depuis le brunch… J'ouvre l'application Pomme-d'amour en touchant le fruit rouge du logo. Même si tout cela est une vaste arnaque, je ne tomberai pas plus bas. On m'a tout pris, je n'ai plus rien, alors que pourrait-il m'arriver de pire ?

Une fenêtre de recherche s'affiche sur mon écran, avec un texte d'explication :

Tapez ici votre doux message,

Et donnez-nous accès à votre nuage.

Mon nuage, qu'est-ce que c'est, ça ?

Je hausse les épaules et appuie sur « Accès au nuage – Accepter ».

Je ne peux pas rentrer chez moi ni appeler qui que ce soit, et il est hors de question que j'abuse de l'hospitalité de Roxanne. Jay me le ferait clairement comprendre et il aurait raison. Il faut absolument que je prenne mes responsabilités.

Après tout, c'est moi qui ai quitté mon domicile. Mes raisons importent peu… Je dois prendre mon indépendance. Je prouverai à papa, Laurine et Fred que je n'ai pas besoin d'eux.

En réalité, j'essaie de me convaincre que tout va aller pour le mieux, mais je n'ai pas de plan B et aucune issue de secours. Si je ne trouve pas rapidement une solution, je vais finir sous les ponts ou dans les couloirs du métro. J'angoisse.

Qu'est-ce que je dois taper comme souhait ?

La maraîchère-sorcière m'a bien spécifié de faire des demandes concrètes quand je faisais un vœu… Est-ce que ça vaut pour cette appli aussi ? Je réfléchis et écris :

Je souhaite avoir un job rapidement, n'importe quoi de faisable selon mes compétences, avec une paie quotidienne pour m'en sortir financièrement.

J'envoie le message.

Une réponse s'affiche déjà sur mon téléphone :

Votre demande va être traitée par nos téléconseillers
dans un délai de vingt-quatre heures.
Le site Pomme-d'amour vous remercie d'avoir utilisé
son application pour mobile.

Des… des téléconseillers ? Un délai ?

C'est une arnaque, ce site ?

Mince ! Je fais quoi en attendant ?

Le vent glacial de la nuit parisienne me donne soudain la chair de poule. Ou est-ce la peur de ne pas connaître mon avenir ?

Quelque chose se pose brusquement sur le sommet de ma tête. L'espace d'un instant je ne vois rien, aveuglée par un épais tissu en polaire. Ça ressemble à une couverture.

— Il fait froid, tu ferais mieux de rentrer !

Jay regarde dans la direction opposée à la mienne. Pourtant, c'est lui qui vient de me ramener de quoi me réchauffer.

— Tu es bien gentil tout d'un coup, dis-je, étonnée. Merci.

— Moi, je m'en fiche que tu tombes malade ou non, ce sont les deux autres qui m'ont forcé. J'ai même dû t'ajouter à ma liste d'amis sur les réseaux sociaux pour faire comme eux.

— Tu es un ange de bonté ! fais-je ironiquement en m'enroulant dans le plaid.

— Oh, ça va, toi ! Moi, je…

— Oui, oui, j'ai compris. Tu ne me fais pas confiance, blablabla. Mais parfois, Monsieur-je-ne-suis-jamais-content, il faut accorder aux autres le bénéfice du doute.

— Quoi ? Répète ?

— Je ne suis pas parfaite, mais je ne suis pas un monstre. Et c'est pareil pour toi.

— Non, moi… Je suis un monstre, rétorque-t-il avec un sérieux qui me choque.

Et le voilà qui retourne à la cuisine. Qu'est-ce qu'il a voulu dire ?

Par réflexe, je regarde mon téléphone. Jay m'a bien fait une demande d'ami. J'accepte dans la foulée. Je sais déjà quel genre de miroir magique aura Jay. Je ne suis donc pas surprise quand l'avatar de Grincheux s'affiche sur mon écran et je retiens un léger rire.

CHAPITRE 19

Un entretien

Le soleil entre par les rideaux et me pique les yeux. Où suis-je ? Des draps bleus, des murs gris et un plafond très haut décoré de moulures d'un autre siècle se déploient tout autour de moi. Ce n'est pas ma chambre. C'est vrai… J'ai passé la nuit chez Roxanne.

Mon pied se pose sur une épaisse moquette qui a la douceur du velours. Je m'avance vers la fenêtre et entrouvre les rideaux. Je vois un petit balcon, puis des arbres dans un jardin. Cette chambre d'amis donne sur l'arrière de l'hôtel particulier. J'ignorais qu'on pouvait avoir un jardin en plein Paris. La nature au cœur de la ville. C'est un vrai luxe. Comme tout ce qu'il y a ici d'ailleurs.

Tout ceci ressemble à un rêve, il va falloir que je retourne à ma sombre réalité.

Ma fuite de chez moi et la trahison de ceux que j'aimais me semblent un horrible cauchemar à peine croyable. Roxanne et son brunch blanc ont été comme une parenthèse enchantée. J'ai une amie à présent. J'ai aussi pu dormir au chaud cette nuit, partager des éclats de rire avec Jay et Rob. Mais il faut que je me reprenne et que j'aille de l'avant. Je ne veux être un fardeau pour personne.

Les deux portes de ma chambre donnent l'une sur le couloir menant vers le salon et la cuisine, la seconde sur le grand dressing au fond duquel une autre porte, rose, me semble être celle de la chambre de Roxanne. Sur le pouf gris qui trône au centre du dressing, je vois mes habits de la veille. Le sweat jaune, mon jean et un débardeur noir sont pliés et repassés. Il y a une petite enveloppe avec un mot à côté.

Blanche,

J'espère que tu as passé une bonne nuit. J'ai un rendez-vous ce matin, je te laisse des habits dans le dressing, car tu n'as pas de quoi te changer, il me semble.

Au cas où cela ne te plairait pas, j'ai aussi fait laver tes habits d'hier.

La chambre d'amis reste disponible quand tu le souhaites. Que dirais-tu de passer la semaine ici ?

Un petit-déjeuner t'attend dans la cuisine. Fais comme chez toi.

Je t'appelle en cours de journée, pour que nous puissions nous voir rapidement. Prends ton temps dans la maison !

Roxanne

Ma robe blanche de la veille est pendue à un portant sur la droite. Je vois aussi des tenues de tous les jours et des robes légères pour ce début d'été. Tout est à ma taille. Roxanne a tout prévu. J'ose à peine effleurer ces vêtements, qui me semblent venir de boutiques haut de gamme. Je ne veux pas abuser de la générosité de Roxanne, alors je préfère enfiler de nouveau mon jean et l'affreux pull Bob l'Éponge. J'irai acheter de quoi me vêtir aujourd'hui. Mais il faut aussi que je trouve un job pour subsister cette semaine, et si possible pendant tout l'été en attendant la rentrée. J'ai terminé mes partiels de l'université la semaine dernière, je n'ai donc plus de cours.

Je jette un regard rapide à mon téléphone, l'application m'a envoyé un message :

Votre demande de souhait est en cours de traitement.

Une réponse vous parviendra dans quelques instants.

Les services de Pomme-d'amour.com.

Bon. En attendant, je file déjeuner à la cuisine. Si mon souhait ne se réalise pas, j'irai voir les annonces à la fac. Il y a un mur tapissé de petits papiers laissés par des gens qui cherchent des baby-sitters, des étudiants pour des missions en ONG ou des stages. Je vais bien trouver quelque chose…

Je me sers un café dans l'immense cuisine et grignote une tartine. Je me rappelle que je dois absolument remercier Roxanne de sa gentillesse.

En ouvrant un tiroir à la recherche de stylos, je tombe sur des carnets et des crayons de couleurs. Les cahiers sont remplis de dessins de chaussures, de tenues et bien souvent de portraits de Roxanne. Un petit « S » est en signature de tous ces dessins. On dirait que quelqu'un a Roxanne pour muse. On la voit dans toutes les postures, riant, rêvant, avec des tenues excentriques ou des chaussures très hautes. Je repose les carnets avec soin et attrape une grande feuille blanche.

Si je devais dessiner Roxanne, j'en ferais une jolie princesse dans un univers de chaussures… Cendrillon ! Oui, ça lui ira parfaitement comme rôle. Je griffonne en silence sa silhouette et lui crée tout un château en arrière-plan. C'est gamin, je m'amuse. J'aime tant dessiner. C'est une manière d'oublier mes angoisses.

Au moment où j'achève mon crayonné, je me sens un peu plus apaisée. Mon téléphone sonne. Je décroche et entends une voix me dire :

— Bonjour, votre souhait a été traité !

— Euh, mais… Je reconnais cette voix : vous êtes la sorcière !

— Ah non, là je suis en mode « téléopératrice », me reprend-elle. Blanche, si tu veux trouver un poste, le site Pomme-d'amour a une section spéciale « emplois ». Ta demande m'a un peu surprise. D'abord des amis et maintenant un métier, mais tu crois quoi ? Que la vie c'est facile et qu'il suffit de faire des vœux ? Faut se bouger un peu ! Bon, comme je suis de bonne humeur aujourd'hui, je te prends à l'essai !

— À l'essai ?

— J'ai des petits jobs d'intérimaire qui ne trouvent pas preneur, ça te dit ? De toute façon, vu que tu en es réduite à faire des vœux, j'imagine que tu vas accepter et ne pas me faire perdre un temps précieux ! Alors tu sors d'ici et tu vas jusqu'à la maison voisine, celle avec la porte noire.

— Mais comment savez-vous où je suis ? Ah, oui… la fonction localisation, bien sûr…

— Hey, au fait, princesse, j'ai récupéré ton CV sur Internet, donc ton futur employeur l'aura, ne sois pas surprise.

— Comment avez-vous fait ça ?

— Tu m'as donné accès à ton nuage, voyons ! souffle-t-elle comme si c'était évident.

— Mon nuage ?

— Ton « cloud », c'est là où tu as stocké tes fichiers privés et publics.

— Vous avez piraté mon… Hé, mais vous n'avez pas le droit !

— Chérie, je suis une sorcière connectée, pas une gentille bonne fée qui respecte les lois et touille ses chaudrons en chantant gaiement avec des souris. Je fais ce que je juge utile.

— C'est quoi l'arnaque ?

— Tu le veux ou pas, ce job ?

— Vous avez l'art de forcer la main aux gens !

— Chacun est maître de ses décisions, Blanche. Tu peux au passage m'ajouter à ta liste de contacts professionnels, j'ai fait une demande à l'instant. Allez, entretien d'embauche dans cinq minutes !

— Mais, je… Allô ? Allô ?

Elle m'a raccroché au nez !

Je fixe mon écran, l'application Pomme-d'amour me signale sa demande. C'est la maraîchère-téléopératrice-sorcière-pirate informatique (et soi-disant de « bonne » humeur aujourd'hui) qui, comme par magie, apparaît sous l'avatar d'une sorcière avec un capuchon noir tendant une pomme rouge vers l'écran.

Cette application et ses avatars sont vraiment…

Un bip retentit. Encore un message de la sorcière. Zut, elle me harcèle à présent !

Je lis :

— Bouge ! J'avais dit « entretien d'embauche dans cinq minutes ». Tu n'en as plus que trois !

Trois minutes ? Pas le temps de réfléchir, je dévale les escaliers en colimaçon. Je traverse la cour et me retrouve dans la rue. Cela ressemble plutôt à une allée privée bordée de maisons ultra cossues qu'à une rue parisienne typique. Comme je fermais les yeux sur la moto, je n'ai pas vu où Jay me conduisait. Sommes-nous encore dans Paris ? Il ne me semble pas que nous ayons roulé longtemps pourtant.

La maison voisine est presque plus grande que celle de Roxanne. Le portail est ouvert et j'entre sans m'annoncer dans une autre cour, bordée de buissons ronds. D'énormes colonnes sur le perron dissimulent une immense porte noire. Je sonne.

— Bonjour, dis-je à l'interphone, je...

— Ah, enfin, vous voilà ! Entrez vite. Vous êtes attendue dans le salon.

La porte s'ouvre automatiquement et j'entre...

CHAPITRE 20

Prof

J'arrive directement dans un hall assez grand, meublé de commodes Louis XV et de sculptures avant-gardistes. Le mélange des genres est un peu surprenant. Je traverse le hall. Comment se fait-il que je sois déjà attendue ? Est-ce un malentendu ? Est-ce que je me suis trompée de maison ?

Une double porte en bois brut, qui me semble taillée pour un géant, est ouverte sur un salon. La couleur vert d'eau des murs et des fauteuils me laisse supposer que j'arrive dans le salon. La pièce de réception s'ouvre sur une cuisine américaine blanche, un escalier en verre accroché au mur monte vers les étages, et le fond de la salle est une baie vitrée qui donne sur un jardin similaire à celui que l'on voit de chez Roxanne.

— Ah, vous êtes là !

Un homme en costume sombre me fait signe de venir. J'ai l'impression de l'avoir déjà vu. Oh ! Je sais ! C'est l'homme que j'ai croisé dans les escaliers, chez Rob. C'est le frère de Rob.

— Vous êtes petite, soupire l'homme d'un ton neutre.

C'est discriminatoire lors d'un entretien ce genre de remarque !

— Je ne suis pas si petite ! (Je me défends.)

Il hausse les épaules et vérifie son téléphone qui bipe. J'ai l'impression que c'est un maniaque du détail, mais je ne saurais pas expliquer ce sentiment.

— J'ai besoin d'une figurante pour un shooting dans trente minutes car le mannequin que nous avions engagé nous a fait faux bond, m'explique-t-il. Vous faites très *girl next door*, ça passera.

Ce type est super délicat pour faire comprendre à une personne qu'elle n'est pas top model, ma parole !

— Comme je n'ai personne d'autre sous la main, nous allons faire avec. Vous êtes engagée pour la journée.

— Génial ! (Je me lève d'un bond. Hors de question de laisser filer une telle occasion.)

— Vous êtes motivée, c'est bien ! s'amuse-t-il en voyant ma réaction vive et ma voix un peu haut perchée. Je communiquerai via Pomme-d'amour en tant qu'employeur sur votre profil d'intérimaire. Je préviens les services du site que vous êtes engagée.

Il pianote sur son téléphone et sa demande apparaît sur mon écran : Matthias Duval. J'étouffe un rire quand sa photo d'homme sérieux se transforme en… nain avec des lunettes… Prof de Disney. Mon employeur est un des sept nains ? Nan, pas possible ?!

— Votre tenue de shooting est dans cette boîte, passez-la tout de suite et je vous retrouve au premier étage. L'équipe vous y attend.

Il quitte la pièce pour passer un appel et je me tourne vers le carton. Quel genre de tenue doit-on porter pour un shooting ? J'ouvre la boîte et je blêmis. Oh non ! La prochaine fois, je n'accepterai pas un boulot aussi vite. Mais j'ai besoin de ce job, alors vraiment, je n'ai pas le choix…

CHAPITRE 21

Princesse en haillons

En réalité, ce que mon nain-employeur appelle « tenue de shooting » relève davantage du déguisement de soubrette pour jeune Gothic Lolita que d'un tablier de travail. À la vue des rubans noirs, du jupon bouffant et de la coiffe en dentelle blanche façon serre-tête, j'hésite entre le rire et les larmes.

Je voudrais demander si c'est pour une caméra cachée, mais le regard sévère de mon interlocuteur m'en dissuade bien vite.

Me voilà donc en tenue affriolante en train de monter l'escalier, le rouge aux joues, tout en priant pour figurer en petit dans un coin de photo et pas sur une campagne publicitaire gigantesque. Si mes camarades de la fac me voient dans cet état, ma réputation de fille discrète en prendra un coup !

Mon patron a toujours l'oreille vissée au téléphone quand il sort d'un bureau et m'indique d'aller au fond du couloir.

— Allez voir si le photographe est déjà prêt, m'ordonne-t-il d'un ton sec.

J'avance dans l'enfilade de salles et entre dans la dernière en évitant de justesse des fils électriques et des câbles d'ordinateur qui jonchent le sol. De la musique rock accompagne bruyamment mon chemin et ne me permet pas de m'annoncer à qui que ce soit. La pièce est immense mais relativement sombre à cause d'épais rideaux qui ne laissent pas filtrer la lumière de ce midi ensoleillé.

Un immense paravent, dressé au milieu de la salle, m'empêche de voir ce qui se passe derrière. Je penche la tête sur le côté, j'aperçois des vêtements sur le sol et j'entends des gloussements de femmes. Deux filles en sous-vêtements rient et se collent à un garçon qui sourit et balaie de la main une mèche rebelle sur son front. Je reconnais sa silhouette d'ici.

Rob !

Oh, non ! Je me redresse et me cache derrière le paravent. Non, non, non ! Pourvu qu'il ne m'ait pas vue. Pas ici. Pas quand je suis habillée comme ça… en fantasme pour businessmen ivres ou fans de manga ! Je n'assumerai pas le ridicule. Il faut que je me sauve, vite. Tout de suite.

Il ne t'a pas vue, calme-toi ! murmure une voix dans ma tête. *Et puis ces filles qui se collent à lui détourneraient l'attention de n'importe quel homme.* Oh ! Attends, pourquoi je pense à ça, je suis jalouse ou quoi ? Il fait ce qu'il veut, je m'en moque !

— T'es déguisée en quoi, cette fois ? Tu es passée de princesse à bonniche ? Tu dégringoles l'échelle sociale !

Je lève les yeux. Jay, hilare, me bloque la sortie. Argh ! Il ne manquait plus que lui.

— Ça ne te va pas du tout ! Remarque, il me semble que Blanche-Neige fait aussi le ménage chez les nains dans le conte de fées, dit-il en ôtant la coiffe de mes cheveux.

— Rends-moi ça ! Je suis pressée.

— Pas avant d'avoir pris une beeeeeeeelle photo de toi dans ton costume. Ça va en faire des jalouses sur Pomme-d'amour !

Il dégaine son téléphone.

— Oh ! Toi je vais te…

— Tu vas quoi ? rit-il en levant mon serre-tête à bout de bras afin de le mettre hors de ma portée. Faire la bonne pour moi, comme dans le Disney ? Tu me chanteras une chanson aussi ?

— Quoi ? Non, mais ça ne va pas, jamais de la vie !

— Allez, un effort, princesse ! Je t'invite dans ma chaumière si tu fais la vaisselle, rit-il en me prenant en photo.

— C'est ton cerveau qui doit être nettoyé en priorité ! répliqué-je en tentant de saisir son téléphone.

— Dans ce cas, j'envoie cette jolie photo de toi sur le Net. Tu vas être une célébrité chez les princesses en haillons !

— C'est quoi ces cris ?

Jay se fige et je baisse les yeux, gênée de mon accoutrement et de la situation face au sérieux de mon patron qui nous regarde d'un air pincé en croisant les bras.

— Jay, dit-il d'un ton monocorde, tu es en retard.

— Ouais, ouais, Matthias ! Deux minutes…, grimace-t-il en me jetant mon serre-tête.

Je me balance d'un pied sur l'autre. Comment partir discrètement à présent ?

— Veuillez me suivre, mademoiselle !

— Moi, mais…

Jay disparaît derrière le paravent en haussant les épaules. Le frère de Rob me précède dans la pièce. Il est très grand, encore plus que Jay. Son air sérieux a quelque chose de glacial.

Il se dirige vers un petit meuble sur la gauche et en sort un calepin avec des feuilles quadrillées, puis note scrupuleusement des chiffres sans que je comprenne pourquoi. Il a une écriture pointue et rapide. Ses cheveux noirs bien coiffés et ses lunettes à monture argentée semblent sortis d'un monde raffiné pour adultes exigeants. Il est beau et sophistiqué, comme peut l'être un homme en costume sombre.

Je suis en train de le détailler à la dérobée, quand les filles recommencent à glousser derrière le paravent. Jay leur parle de quelque chose de drôle et j'entends soudain mon prénom. Oh, le sale type ! Il est en train de montrer la photo qu'il a prise de moi sur son téléphone. Je deviens cramoisie en pensant que Rob sait que je suis là, et dans cette tenue. Je me tords les mains et me balance d'un pied sur l'autre.

Mon employeur me regarde paniquer dans mon coin d'un air impassible.

— Vous êtes la petite amie de Jay ? Vous êtes impatiente de le rejoindre ? finit-il par dire gentiment.

Son sourire dévoile une fossette sur sa joue droite. La même que celle de son frère, exactement au même endroit. Il y a quelque chose de doux et d'amusé dans son ton. Je n'arrive soudain pas à lui donner un âge précis. Son costume et ses lunettes m'apparaissent alors comme une armure dont il se sert pour construire une image qui ne lui correspond pas. Il a cet air charmant et désarmant qui me fait penser à Rob, mais avec un côté plus magnétique encore.

— Jay et moi ? Ah mais non, je…

Impossible de continuer ma phrase. Démentir me fait paraître encore plus suspecte. Le sourire de Matthias s'étire encore sur son visage, rejetant au loin mes premières impressions de lui. Il lève un sourcil entendu, comme le ferait un grand frère qui pourrait me taquiner. Et je souris aussi. C'est plus fort que moi.

— Pouvez-vous donner cette liste au photographe et au graphiste qui viennent d'arriver ? Ils doivent faire des ajustements de lumières en suivant les instructions.

Je hoche la tête. N'importe quelle excuse est bonne pour partir d'ici, même quelques instants. En sortant, j'ai juste le temps d'apercevoir Jay chuchoter quelque chose à Rob, toujours si bien entouré de ces filles à moitié nues.

Mon téléphone sonne brusquement.

Je décroche, encore gênée que mon chef ait pu croire que Jay et moi… Ah ! Quelle idée atroce… Moi et Grincheux ?

— Blanche, mais qu'est-ce que c'est que cette photo de toi sur Pomme-d'amour ? s'étonne Roxanne au téléphone.

— Quoi ? Jay l'a déjà postée ? Je vais le tuer…

— J'ignorais que tu aimais te déguiser en soubrette. On dirait une tenue sortie d'un manga. Si tu veux, je peux nous organiser une soirée « bonnes et majordomes », ça fait très début années 2000, mais ça peut être sympa… Disons ce soir à partir de vingt et une heures, chez moi ?

Roxanne est très sérieuse quand elle me fait part de son idée.

— Une soirée quoi ?

— Une soirée déguisée : les garçons en majordomes et les filles en soubrettes. Comme ça tu pourras garder ton déguisement, ce sera super !

— Non, ce n'est pas un déguisement, c'est mon… mon costume de travail.

— Ton quoi ?

— Je suis figurante pour le shooting du frère de Rob. Je bosse en intérim pour lui et…

— Tu bosses pour Matthias ? Naaaaaaaaaan, pas possible ?

— Si.

— Oh, ma pauvre ! Pourquoi as-tu accepté ça ? Rob et Matthias se détestent, je passe mon temps à recoller les morceaux. Si Matthias sait que… Bon, écoute, il faut qu'on en parle. Rendez-vous ce soir chez moi.

— Oui, mais pas de fête, je veux me reposer. Juste entre filles, d'accord ?

— Entre… filles ? Oooooooooooh ! Mais oui, quelle bonne idée ! Je m'occupe de tout !

Elle raccroche. Je ne suis pas sûre qu'elle ait bien compris le concept d'une soirée tranquille entre copines, mais, là, maintenant, je n'ai pas trop le temps de m'en soucier.

Toute une équipe arrive soudain et je cherche le photographe, à qui je donne la liste avec ces drôles de chiffres. Il soupire tandis qu'un homme qui se présente comme le graphiste commence à rire.

— C'est un shooting vraiment bizarre, se plaint le photographe.

— Mais non ! le calme le graphiste. C'est un shooting pour la mine d'or, ne te plains pas, c'est toujours novateur comme façon de procéder chez eux. Le shooting commencera quand le problème des lumières sera réglé, m'explique-t-il. Nous travaillons avec des filtres et des caméras numériques très sensibles, ces réglages prennent du temps mais sont essentiels.

Mon patron revient avec un plateau de sandwichs et s'assoit à côté de moi en attendant que tout soit prêt. Je ne sais pas trop quoi dire… Le silence devient gênant.

— C'est normal, ce genre de tenue pour une séance photo ? hasardé-je.

— Non, c'est particulier. Le thème du shooting est Prince et Princesse pour un site Internet assez connu. Vous incarnez une domestique, mais… plus pour le décor, vous voyez.

— Oh ! Donc je fais le « pot de fleurs » ?

Il rit avant de croquer son sandwich et je fais de même. Je me demande pour quel genre de boîte travaille mon patron.

— Jay n'est pas facile, je sais, mais c'est la première fois que je le vois de si bonne humeur depuis longtemps, je suis sûr que c'est parce qu'il vient de vous croiser.

— Jay ? De bonne humeur ? Mais non, je…

Il me sourit. OK, pas la peine d'insister ni de démentir au sujet de la nature de notre relation. De toute façon, je n'ai pas à me justifier.

— Ce shooting fait partie d'une plus grande opération marketing et sera présenté lors d'une soirée. Vous devriez venir à cette soirée, je suis sûr que Jay serait ravi.

— Rob y sera aussi ?

— Oui, pourquoi ?

Effectivement. « Pourquoi » je pose cette question ? Rob aura d'autres choses à faire et d'autres filles à voir… Je dois arrêter de penser à ça.

— Oh ! Juste comme ça, dis-je entre deux bouchées.

— Rob est de toutes les fêtes de la capitale. Les lancements de produit, ce n'est pas trop sa tasse de thé, mais il y aura des mannequins et des jeunes filles de la jet-set donc… forcément, il devrait être là.

— Oui, vu sous cet angle…

— Mais je ne voudrais pas qu'il se défile au dernier moment, ça serait bien son genre. Hum… Puisque vous le connaissez, nous pourrions en tirer profit, dit-il avec un air malicieux.

— Pardon ?

— Que diriez-vous de m'aider ?

— Moi, mais comment ?

— Voudriez-vous être ma princesse pour une soirée ?

Il se penche vers moi et me prend la main pour y déposer un baiser. Cela me prend tellement au dépourvu que j'en reste bouche bée. La chaleur de ses lèvres semble laisser une empreinte sur ma peau quand il me relâche. Un murmure couvre les pensées qui se bousculent dans ma tête. Ce sont deux mannequins qui nous dévisagent l'air étonné, alors qu'elles sortent de derrière le paravent pour se placer devant les objectifs du photographe un peu plus loin.

— Pouvons-nous nous tutoyer ? demande-t-il poliment en remontant ses lunettes sur son nez, sans prêter attention aux deux filles, qui, elles, n'ont rien de pots de fleurs mais sont deux sublimes princesses en robe longue. Je pense que nous ne sommes pas si éloignés en âge.

— Je… euh, si vous voulez… si tu veux. Mais quel âge avez-vous, euh, tu…

— J'ai vingt-quatre ans.

— Donc nous avons six ans d'écart, dis-je machinalement. Je pensais que vous, euh… que tu étais plus âgé que ça. Ça doit être à cause du costume ou de la cravate.

— On me le dit souvent, (Il ôte sa cravate, laissant ainsi voir la naissance de son cou.) C'est mieux, comme ça ?

— Quoi ? Oh, mais je… je… Il ne faut pas enlever ta cravate à cause de ce que je dis.

Il sourit.

— Blanche, tu paniques pour un rien, n'est-ce pas ?

Je sens un regard sur moi. Jay nous observe, bras croisés.

— Alors, Monsieur-l'idole-de-ces-dames adore les filles déguisées en bonniche ? C'est peut-être un de tes fantasmes inavoués, mais moi je veux partir d'ici, pas jouer les figurants pour un feuilleton de série B !

Devant le regard amusé de Matthias, Jay s'avance vers nous.

— Tu as très mauvais goût, ajoute Jay. Personne de sensé ne s'intéresserait à cette planche à pain, sérieusement ! Mais si ça pouvait faire en sorte que tu nous fasses moins la morale avec tes discours du style « Jay, reprends ta vie en main » ou « Dis à Rob de moins sortir, tout ça ne rime à rien, blablabla », ce serait idéal. Tes habitudes de prof sont lassantes !

— Je ne suis plus ton professeur depuis longtemps, Jay, mais reste poli. Rob est prêt ?

— Arrête de nous faire bosser comme si on était à la mine !

— C'est une mine d'or, effectivement ! ironise Matthias.

— Est-ce que la figurante peut venir ? crie le photographe.

— Je dois retourner à ma tâche, excusez-moi, dis-je pour éviter de rester entre eux.

L'ambiance est glaciale.

En réalité, je n'aurais pas dû me précipiter sans réfléchir car je frôle Rob au moment de passer à côté du paravent. Il me fixe. Bon sang, grillée ! Ses yeux sombres détaillent ma tenue et sa mâchoire se crispe.

On dit que le ridicule ne tue pas, mais là… j'ai envie de mourir.

CHAPITRE 22

Le trône

Assis de travers sur un genre de trône impérial, Rob ne perd aucun détail de mon visage qui vire à l'écarlate quand le photographe me demande de me rapprocher, ni de mon regard façon yeux globuleux de poisson hors de l'eau quand je comprends que je vais poser avec… avec Rob ?

Mais pourquoi ? Pour quelle raison est-ce lui le mannequin masculin ?

J'essaie de jouer l'indifférence quand je dois m'asseoir sur l'accoudoir du trône, tout près de lui. Les deux autres filles en tenue de princesse prennent des poses lascives et plus que sensuelles en se collant à lui. Je suis droite comme la justice. Rien ne me déride. Mannequin n'est pas mon métier, c'est plus qu'évident.

Le photographe me fait des remarques toutes les minutes et les deux filles me lancent des regards énervés. Je fais perdre du temps à tout le monde. J'ai envie de m'enfuir. J'évite les yeux de Rob comme je peux. Il ne m'a même pas dit bonjour, c'est comme s'il refusait de me parler.

Au bout d'une demi-heure, le photographe me prend à part pour me remettre les idées en place et je ne sais comment m'excuser.

— Faites un effort, mademoiselle ! me gronde le photographe. On vous retouchera à l'ordinateur, mais on ne fait pas de miracles non plus ! Détendez-vous !

— On peut faire un essai différent, propose soudain Rob.

Sa voix, que je n'avais pas entendue depuis hier soir, me fait sursauter. Je le dévisage, ne sachant pas comment réagir. Ses yeux m'évitent pourtant.

— Différent comment ? demande le photographe.

— Prends les photos, je m'en occupe. Les filles, poussez-vous !

Il attrape mon bras, donne un coup de pied dans le trône, qui dévie totalement, et me jette dessus. Le photographe ne voit que le haut dossier du trône de là où il se tient et peut-être mes jambes qui dépassent. Impossible pour quiconque de voir mon visage en entier. Sauf pour Rob. Sa main retire la coiffe de ma tête et la lance au loin. Il se penche et c'est tout mon être qui s'emplit de son parfum si doux et pourtant si masculin. D'une main posée sur l'accoudoir, il se tient en extension au-dessus du siège, nous sommes si proches que nos fronts se frôlent presque. De sa main libre, il attrape une mèche de mes longs cheveux et la porte à ses lèvres.

Ses yeux plongent dans les miens, j'arrête presque de respirer.

— Blanche, murmure-t-il entre ses dents, ne parle pas à mon frère, ça me rend nerveux !

Nerveux ? Je suis dans une tenue ridicule, à bosser dans un milieu dans lequel je n'ai rien à faire ; je n'entends que les battements de mon cœur dans mes tempes tellement le bleu de ses yeux annihile mes pensées, et c'est lui qui est nerveux ?

— Je suis obligée de parler avec lui, c'est mon employeur, murmuré-je en retour.

Les sourcils de Rob se froncent et il rapproche encore son visage du mien. Ses lèvres sont presque sur ma joue, je sens son souffle près de mon oreille.

— Blanche, ne me rends pas fou. Ne travaille plus pour lui.

Personne n'a pu entendre ses mots, prononcés si bas que, même moi, je me demande s'ils sont réels. Sa main gauche relâche doucement la mèche de cheveux, qui glisse sur mon épaule, ses doigts effleurent mon bras et je fixe ses lèvres pleines. Je m'apprête à répliquer que je n'ai d'ordres à recevoir de personne, quand il se relève brusquement et se détache de moi.

— On a ce qu'il faut ? demande-t-il soudain au photographe, me faisant revenir à la réalité d'un lieu où nous ne sommes pas seuls. J'imagine que l'image est plus parlante de cette manière qu'avant ?

— Oui, oui ! s'extasie le photographe, qui est déjà en train de faire défiler les photos qu'il vient de prendre.

— J'adore te voir travailler, Rob, c'est toujours si original, se moque Matthias, qui nous observe depuis quelques minutes.

Je ne l'avais pas vu entrer. Pas plus que Jay, qui croise les bras avec un air courroucé.

— Bon, on pourrait y aller, moi aussi j'ai des trucs à faire…

Rob ignore son frère, prend sa veste et s'en va avec Jay, sans un regard vers moi. Matthias hausse les épaules. Ça n'a pas l'air de l'étonner.

Mon employeur se rapproche de moi, tandis que je vois Rob et Jay disparaître.

— Tu veux être payée comment, Blanche, par virement ou en liquide ? demande Matthias.

— Quoi ? Ah, euh… du liquide, c'est possible ? J'ai besoin d'argent en urgence.

— Vraiment ? Bien sûr, c'est pour ça que tu as accepté le travail si vite, en déduit-il.

Il met les mains dans ses poches et fixe un point sur le plafond, il semble réfléchir.

— Dans ce cas, j'aurais peut-être besoin de tes services pour autre chose, qu'en dis-tu ? Tu serais libre ?

— Je suis on ne peut plus libre.

— J'ai vu sur ton CV que tu avais été monitrice l'été dernier avec des enfants. Je cherche une baby-sitter pour l'été et j'ai aussi besoin d'une intendante pendant les heures creuses de la journée, qu'en dis-tu ?

Oh ! La chance ! Tant pis si me voir fréquenter son frère rend Rob nerveux ! Je ne lui dois rien et j'ai besoin de ce job.

— Ce serait super !

— Parfait, sourit mon nouveau nain. On se verra demain ici pour le programme et le contrat. Tu veux que je te dépose chez toi, tu habites loin ?

— Me ramener ? Pas la peine, je loge chez ta voisine.

— Chez Roxanne ? s'étonne-t-il.

— Oui, elle m'a d'ailleurs invitée à rester toute la semaine chez elle. Elle est vraiment géniale !

— Tu habites chez Roxanne, c'est bien, ça… (Il semble réfléchir.) Je veux dire, c'est pratique si tu travailles pour moi…

Il me sourit, une mèche noire frôle doucement ses lunettes. Le souvenir de son baisemain me revient en tête et je le chasse d'un mouvement de la main, comme si un souvenir inopportun pouvait se repousser comme une mouche.

— À demain, jolie Blanche. Je compte sur toi. Passe le bonsoir à Roxanne.

Je hoche la tête sans un mot. Cet homme est troublant…

CHAPITRE 23

Confidences entre amies

Lorsque Roxanne m'avait annoncé une soirée filles, je m'attendais à un plateau télé et un film romantique dont on connaîtrait déjà la fin et tous les dialogues. Mais ça, c'était plutôt ce que je faisais avec Laurine. Roxanne sait mettre les petits plats dans les grands. Je comprends qu'avec elle tout devient une fête grandiose, même une soirée à deux. Allongée sur les tapis et les nombreux coussins, je contemple le ciel et la lune de juin sur la terrasse réaménagée. À la lumière des bougies, au milieu des fleurs aux tons pastel et des voilages tendus tout autour de nous, je me sens apaisée après ma journée sans fin.

Sur la table basse en bois foncé, Roxanne dépose des macarons assortis aux coussins, des sandwichs si petits qu'on les croirait destinés à des poupées, des verres de cocktails avec des parapluies en papier et des pailles multicolores. Il y en a pour un régiment !

— Roxanne, tu t'es donné du mal !

— J'adore faire ça ! rit-elle. Je les ai sauvés in extremis. Un peu plus et Jay les dévorait tous.

— Jay habite avec toi ?

— Oui, il est un peu en froid avec ses parents, alors il est venu à Paris pour faire ses études. Comme il passe le bac à la fin du mois, ça va faire trois ans maintenant, compte-t-elle. Ne t'inquiète pas, je lui ai interdit l'accès à la terrasse ce soir, il ne nous dérangera pas. Et toi, Blanche, raconte-moi tes histoires de cœur et aussi pourquoi tu bosses pour Matthias.

— C'est un peu long à expliquer… Disons que je n'ai pas trop le choix. J'ai besoin d'argent pour cette semaine. Je… je suis un peu à la rue en ce moment.

— Oh ! Dans ce cas, tu peux rester ici. Même plus qu'une semaine si tu veux. La maison est grande, il y a de la place.

— Merci, mais dans une semaine mon père devrait être rentré. J'espère retourner à mon appartement, même si je ne souhaite pas revoir ma colocataire.

— Pourquoi ?

J'hésite à lui raconter mes déboires minables. Je ne veux pas de sa pitié, et je ne veux pas la mettre dans l'embarras.

— Je ne te jugerai pas, Blanche. Moi aussi, j'ai eu pas mal de problèmes et je ne suis pas très normale ni très « standard », alors je peux essayer de te comprendre.

J'inspire pour me donner des forces. J'espère que Roxanne ne me rejettera pas. Je ne veux pas lui cacher quoi que ce soit, mais mettre des mots sur ce qui m'arrive est un peu douloureux pour moi.

Je lui raconte donc, depuis le début, ma relation avec Laurine, le fait qu'elle sorte avec mon père, sa manipulation avec Fred et la façon dont je me suis retrouvée sans rien. Et enfin ma rencontre avec le groupe de fêtards de Rob. Roxanne hoche la tête sans rien dire pendant toute l'histoire. Est-ce qu'elle va me trouver pathétique à présent ? Est-ce qu'elle va préférer prendre ses distances ? J'ai un peu peur, mais Roxanne sourit et me prend la main.

— Je pense que tu devrais rester ici autant de temps que tu le souhaites, dit-elle doucement.

— Tu ne me trouves pas minable ?

— Nous sommes amies. Je te soutiendrai.

Nous nous sourions, affalées sur les oreillers soyeux. Au loin, la tour Eiffel semble être la confidente silencieuse de notre conversation nocturne.

— J'ai fait le vœu d'avoir une amie, je ne vais pas te lâcher comme ça ! Je suis une fille très têtue !

— Un vœu ?

— Sur Pomme-d'amour. On dit que, lorsqu'on s'inscrit sur ce réseau social, on peut faire le vœu que l'on souhaite. J'ai souhaité avoir une amie et tu es là. Je crois que c'est réussi, non ?

— Tu crois à ces choses-là ?

— Pourquoi pas ? Et toi, quel était ton vœu ?

— Le même, en fait.

— Ha ha ha ! On se ressemble, alors ! Blanche, je dois te poser une question pourtant : est-ce que c'est la différence d'âge qui te choque le plus ?

— Quoi ?

— Entre ton père et ta copine, est-ce que c'est la différence d'âge qui te dégoûte ?

— Mais… mais non ! Enfin oui, c'est bizarre, mais le pire c'est la situation.

— J'ai un fiancé plus âgé que moi, alors l'âge n'est pas un souci en amour pour moi. Je préfèrerais que tu l'acceptes.

Elle me sourit. Je l'imagine parfaitement en couple avec un homme plus âgé, ça ne me dérange pas tant que ça. Quand Roxanne parle de son chéri, son sourire est immense et son visage s'illumine. Son fiancé s'appelle Silvio, il est styliste pour la marque Rosso. Les fondateurs de la maison Rosso sont les parents de Roxanne, et elle-même est l'héritière en titre. Silvio et Roxanne vont bientôt lancer ensemble une collection de prêt-à-porter plus abordable. Silvio Rosso est donc le nom de la marque de chaussures qu'ils ont choisi pour combiner à la fois le prénom du styliste et le nom de famille de Roxanne. Je l'ignorais complètement, je croyais qu'il s'agissait d'une seule personne.

— Au sujet de Rob et de ton patron, reprend Roxanne, je préfère te prévenir que les relations entre les deux frères sont extrêmement tendues depuis longtemps. Ils sont en rivalité pour reprendre l'entreprise familiale, il y a tout un jeu de pouvoir entre les partisans de l'un et de l'autre, même au conseil d'administration. Je passe mon temps à gérer leurs différends. Il vaut mieux que tu ne t'en mêles pas, ce serait plus simple.

— Je ne me sens pas concernée. En plus, Rob m'a complètement ignorée aujourd'hui.

— Rob t'a ignorée ? Mais comment ? Je veux dire… (Elle réfléchit en croisant les bras.) Est-ce que par hasard Matthias était à proximité quand tu es tombée sur Rob ?

— Oui, effectivement.

— Alors c'est normal, car Rob fait en sorte de ne jamais exprimer ses sentiments quand Matthias est à côté. S'il t'a évitée, au fond, c'est plutôt une bonne chose.

— Pourquoi ?

Elle me fait un clin d'œil comme si c'était évident, puis soupire en réfléchissant.

— Cependant, Matthias n'est pas stupide, il a dû noter le comportement de son cadet. Quoi qu'il te dise, reste sur tes gardes. Matt est quelqu'un de très spécial, qui arrive toujours à ses fins.

— Tu le connais bien ?

— Nous avons grandi ensemble. Mais nous nous sommes perdus de vue pendant quelque temps, avant qu'il resurgisse dans nos vies de manière assez… brusque, disons. Il est tard, Blanche, allons dormir, annonce-t-elle comme pour couper court à la conversation.

En regagnant ma chambre, je réfléchis : est-ce que la différence d'âge est vraiment importante ? Je ne pense pas, pas tellement… Si deux personnes peuvent se comprendre sans se sentir exclues, si elles peuvent lier leurs cœurs, ce n'est pas à moi de juger. Laurine sortait déjà avec des hommes plus âgés, ce n'est pas une nouveauté. Peut-être que ces hommes avaient eux aussi des enfants ? La grosse différence, c'est que je ne les connaissais pas, ils n'étaient pas de ma famille. Et surtout, il ne s'agissait pas de mon père. Le vrai problème est là : ça me dégoûte. Le pire reste pour moi l'idée qu'ils m'aient tout caché depuis le début.

Je souffle bruyamment.

Je me sens encore un peu perdue lorsque ma tête touche l'oreiller. Il faut absolument que je trouve une solution et que je rentre chez moi.

CHAPITRE 24

Simplet

Ce matin, je me suis levée assez tôt. Dans la maison voisine, je vois des informaticiens arriver avec leurs ordinateurs portables et monter vers les bureaux du premier. Quand je me présente à mon employeur, celui-ci me salue rapidement avant de me tendre un livre épais.

— Blanche, tu travailleras à mi-temps comme baby-sitter pour mon fils et le reste du temps comme intendante. Sans le costume de soubrette, promis ! (Il sourit, je fais la moue.) Je te donnerai des travaux dans la maison et des courses à faire. Pour commencer, Stella a oublié son livre de mathématiques et il faudrait le lui apporter. Encore une fois…, soupire-t-il comme si c'était habituel.

— Stella ?

— Stella est la fille d'une connaissance et je suis son prof de soutien scolaire. Tu la verras souvent dans la maison. Je t'envoie ses coordonnées sur Pomme-d'amour, comme ça tu la reconnaîtras tout de suite. Elle t'attend devant les portes de son lycée.

Il pianote à nouveau sur son écran, et mon portable bipe. Je vois en « Recommandation d'amis » le nom de Stella s'afficher. J'appuie sur « Demande d'amis » et aussitôt ma requête est acceptée. En miroir magique, c'est l'image de Simplet qui s'affiche. Simplet ? Sérieusement ?

— Si tu entends une guitare, c'est la bonne personne ! Je te recontacte pour te dire ce qu'il y aura à faire ensuite. J'ai une vidéoconférence ce matin avec les États-Unis, nous nous verrons juste après pour le programme de la semaine.

— Matthias, tu travailles dans quel domaine ? Hier, c'était avec des mannequins et, aujourd'hui, je vois des informaticiens partout.

— Je suis le responsable d'une start-up qui fait du traitement d'images. Je t'expliquerai une autre fois, d'accord ?

Je hoche la tête en le regardant monter dans les étages.

***

À pied, aller au lycée est une question de minutes, c'est vraiment à côté. Le bâtiment de style napoléonien est gigantesque et suggère des salles de cours obsolètes avec des classes surchargées. Devant les portes, des élèves s'agglutinent en petits troupeaux. De leurs conversations joyeuses s'échappent les noms de quelques profs, des plaintes sur la charge de travail et, je suppose, quelques ragots amoureux. Ma vie au lycée me semble si lointaine, comme issue d'une dimension parallèle. Moi aussi, j'étais comme eux, à peu de choses près. Moi aussi, j'ai eu peur pendant les examens, révisé tard le soir pour avoir de bonnes notes. Moi aussi, j'ai ri aux larmes pendant les intercours. Je me souviens encore de la cour goudronnée et un peu défoncée, des murs gris délavés et de nos trousses remplies de petits mots que l'on s'échangeait discrètement pendant les cours, à l'insu des professeurs qui passaient outre à nos délires d'adolescents irrespectueux.

Soudain, tous les élèves entrent dans le lycée et je ne vois toujours aucune trace de Stella. La localisation GPS de son profil m'indique pourtant qu'elle est à proximité. Je trouve cette fonction super pratique ! Je comprends comment Jay a pu me retrouver si facilement en plein Paris.

J'entends de la musique venir du parc derrière moi, voilà mon indice ! J'entre dans le square. Assise sur un muret, les pieds se balançant dans le vide, une jeune fille en jean et pull à capuche fredonne un air que je ne connais pas en pinçant les cordes de sa guitare. La mélodie est simple mais entêtante. Je m'arrête à quelques mètres d'elle.

Son petit visage est dévoré de taches de rousseur, ses longs cils semblent dorés à la lumière du soleil et ses cheveux bouclés sont d'un roux très sombre.

La chanson se termine et Stella lève son visage. Lorsqu'elle me voit la fixer, elle rougit brusquement, comme si elle avait été prise la main dans le sac. Elle ne doit pas apprécier qu'on l'écoute chanter.

— Bonjour, dis-je pour briser le silence. Ses yeux gris m'observent. Je m'appelle Blanche, je travaille pour M. Duval.

Elle saute du muret, serrant sa guitare contre elle, puis regarde autour d'elle, prête à déguerpir. Je m'avance vers elle et lui tends le livre de mathématiques. À sa mine dégoûtée succède une moue désespérée.

— Vous ne lui direz pas, n'est-pas ? demande-t-elle soudainement.

— À qui ?

— À M. Duval, vous ne lui direz pas que je joue de la guitare au lieu d'aller en cours, d'accord ? supplie-t-elle.

— Il m'a donné ce livre pour toi, est-ce que…

— Oh ! C'est la cata ! s'écrie-t-elle en se rongeant les ongles. J'avais promis de travailler avant le début des cours. Maintenant, il va me donner encore plus d'exercices pour se venger…

— Il y en a déjà une sacrée liste !

Et je lui montre la feuille autocollante jaune sur la couverture.

— Argh, il en a déjà rajouté ? Je le déteste !

Elle s'assoit dans l'herbe en poussant un long soupir.

— Les sciences…, dit-elle comme si elle souffrait le martyre, je n'y comprends rien. Je suis stupide pour ces choses-là… Je suis stupide.

Elle s'allonge en position d'étoile, et je remarque ses longs bras fins, ses jambes immenses malgré sa taille moyenne.

— Matthias est un monstre de logique. Les mathématiques, la physique-chimie, l'économie, tout ce qui a des chiffres, c'est comme un jeu pour lui… Pour moi, c'est comme un labyrinthe de pensées obscures. Ces exos, c'est de la torture. Ce type est dépourvu de fantaisie ! Bon, je l'adore, je ne dis pas le contraire, mais il est tellement sérieux que, des fois, j'ai envie de lui dessiner des moustaches roses dans son sommeil et de le forcer à chanter des chansons de dessins animés, juste pour rigoler. Pas toi ?

À la pensée de mon patron avec des poils au feutre rose sur le visage en train de se trémousser sur un refrain de générique pour enfants, j'éclate de rire. Je m'assois près de cette drôle de petite rouquine.

— Comment ferait-on pour le forcer à chanter ? (Je rentre dans le délire, tellement cela m'amuse.)

— On va trouver… Mais, si tu deviens complice, attention ! Il ne va pas apprécier. Tu vas te prendre des exos toi aussi !

Nous rions aux éclats. Je suis une vraie gamine.

— Pourquoi M. Duval te donne-t-il autant de devoirs ?

— Pour que je ne décroche pas au lycée. Je suis mauvaise élève et j'ai beaucoup séché dernièrement.

— En quelle classe ?

— Première, j'ai seize ans.

Nous sursautons en entendant la sonnerie du lycée. Stella se lève et me fait un signe d'adieu. Il y a quelque chose d'amusant chez elle et, en même temps, de très triste. Il me semble évident que Stella n'a aucune envie de mettre les pieds en cours. Je la vois soupirer à fendre l'âme avant de pénétrer dans l'immense bâtiment gris.

Je me demande quel genre de souhait Stella a fait sur Pomme-d'amour.com…

CHAPITRE 25

Siffler en travaillant

En début d'après-midi, je décide de faire l'inventaire des placards en vue d'établir une liste de courses pour les prochains jours. Matthias m'a donné des consignes via SMS. Les plats sont assez faciles à faire, et je peux acheter tout ce qu'il faut. J'ai aussi reçu une carte bancaire virtuelle liée à l'application Pomme-d'amour, que mon patron crédite en fonction de dépenses qu'il estime nécessaires.

Matthias passe de temps en temps, très absorbé dans ses réflexions. Il se balade en permanence avec sa tablette ou l'oreille vissée à son téléphone. Des ingénieurs et des mannequins défilent dans la maison. Au premier étage, les chambres sont transformées en bureaux et des ordinateurs, des écrans et des lampes tapissent les sols et les murs. J'ignore ce qu'ils font, mais l'ambiance est à la fois studieuse et décontractée. Ce qui fait contraste dans ce milieu de start-up, ce sont les mannequins : des filles et des garçons qui prennent des poses sur une estrade blanche devant un fond vert. Tout ce petit monde circule dans les escaliers, passe prendre à boire dans la cuisine ou discute dans le jardin, derrière les baies vitrées ouvertes. Matthias m'a présentée comme la responsable de la logistique (en gros comme la bonne à tout faire) et je fais partie de leur équipe au même titre que n'importe qui. Certains ingénieurs sont très jeunes, tout juste la vingtaine, et, comme les mannequins ne sont pas beaucoup plus âgés, j'ai l'impression de ne pas trop détonner ici.

Je me sens bien. J'ai de la chance d'avoir trouvé ce petit boulot ! Un bon point pour la sorcière !

Je suis plongée dans l'inspection des placards. Je dois faire la liste de ce qui manque et demander une livraison de repas à domicile. L'équipe doit travailler tard à cause d'un projet urgent pour la Fashion Week.

Soudain, je sens une présence dans mon dos. Je me retourne brusquement et tombe sur le regard vert et étonné de Jay :

— Hé ! Bob l'Éponge, t'es encore là aujourd'hui ! Je te manque tant que ça ?

Il me fait un clin d'œil.

Argh ! Il est aussi lourd que sexy, la nature fait si mal les choses !

— Qu'est-ce que toi, tu fais ici ? répliqué-je. Tu me poursuis ?

— Non, je ne suis pas un de tes fans accros du costume de soubrette. Tu n'es pas du tout mon genre de fille, je préfère te le préciser ! Je ne voudrais pas que tu espères trop, commente-t-il en s'accoudant au plan de travail sur lequel je suis en train d'écrire ma liste.

— Tu viens de tuer tous mes espoirs. Moi qui rêve en secret de tomber amoureuse d'un nain à la mine renfrognée, je suis au trente-sixième dessous à présent. Que pourrais-je faire pour avoir une once de ton attention, mon petit Grincheux ?

Je prends une pose de cruche, mains jointes sous le menton, et bats des cils pour lui signifier que je me moque de lui.

— Allez, princesse ! Restons potes ! Mais évite de chanter avec les lapins et les écureuils, je n'aime pas trop les rongeurs.

— Si je m'occupe des tâches ménagères ici, c'est parce que c'est mon boulot ! Je dois gagner ma vie, c'est ce que font les femmes indépendantes !

— Si tu me dis que je suis le plus beau et que tu rêves de moi la nuit, je peux réfléchir et faire de toi ma bonne attitrée et plus si affinités ! Je te laisserai peut-être même savonner mon corps nu…

J'éclate de rire. Il sourit. Nos petites joutes verbales sont notre système de communication favori, semble-t-il.

— Tiens, Jay ? Tu dragues encore ?

Jay se fige. Mon patron nous regarde. Stella est juste à côté de lui. Elle nous dévisage d'un drôle d'air, en serrant son livre de mathématiques contre elle.

— Jay, ajoute Matthias d'un ton monocorde, l'équipe t'attend à l'étage. Tu es en retard.

— Ouais, ouais ! Deux minutes…, grimace-t-il en me faisant un clin d'œil avant de bousculer intentionnellement Stella.

Matthias soupire.

— Si vous voulez avoir une relation tous les deux, je vous prierai d'être discrets dans cette maison. Je ne veux pas que les histoires d'amour éloignent Jay du projet que nous créons ni de son baccalauréat.

— Mais non ! m'écrié-je. Je ne sors pas avec… Mais non, mais pas du tout ! Et puis, Jay est plus jeune que moi. Moi, je vais à l'université !

— Jay a tout juste dix-huit ans, il est redoublant ! m'explique Stella en fixant le mur face à elle. Nous sommes dans le même lycée. Il a le même âge que toi, Blanche, il n'y a rien de choquant à ce que tu lui plaises.

— Tu vas au lycée avec lui ? dis-je, surprise. Tu le fréquentes ?

— Non, soupire-t-elle. On ne se parle pas.

— Cette semaine, il travaille avec moi sur un projet en lien avec le lancement de produit pour la soirée dont je t'ai déjà parlé, reprend Matthias. Tu risques de le croiser souvent. Mais, plutôt que de parler de ça, Blanche, peux-tu aller à l'école Le Petit Prince ? Il faut rester un peu avec Théo, puis le ramener à la maison tout de suite après.

— Théo ?

— C'est mon fils, sourit Matthias. C'est pour lui que tu joueras la baby-sitter. Je t'envoie l'adresse de l'école ainsi que son profil via Pomme-d'amour. Le site a un réseau spécial pour les parents et leurs enfants, l'école y est rattachée.

— Tu t'occupes de ce microbe ? se marre Jay, qui nous écoutait depuis la rampe d'escalier. Bonne chance avec ton nouveau nain, Blanche-Neige !

Je m'apprête à répliquer quand le profil de Théo s'affiche sur mon écran avec un joyeux bip et que l'image du nain Timide apparaît dans la foulée. Je soupire. On ne pourrait pas m'envoyer un prince de temps en temps ?

CHAPITRE 26

Timide

— Vous êtes l'accompagnatrice ?

Le gardien de l'école, assis dans sa loge d'accueil, un journal ouvert sur son bureau, attend ma réponse.

Je lui montre mon téléphone et mon profil lié à celui de Théo, le vigile hoche la tête. Apparemment, cela suffit. Mon profil de Blanche-Neige le fait beaucoup rire.

— L'éveil musical a lieu dans la verrière au fond du couloir. Deuxième à gauche, dit-il avant de replonger le nez dans son journal.

Je traverse le couloir. Les dessins d'enfants accrochés aux murs au-dessus des petits manteaux pendus sur les patères du couloir coloré font remonter en moi d'anciens souvenirs. Tout n'était pas facile quand j'étais enfant. Mes parents se disputaient tous les jours et j'avais peu d'amis, parce que je n'osais pas aller vers les autres. J'avais l'habitude de m'isoler au fond de la salle de classe pendant les récréations. J'avais mes propres jeux, je n'étais pas à plaindre. Je préférais jouer seule. Personne ne pouvait me faire du mal. Le silence de la salle de classe déserte avait quelque chose d'apaisant que je ne retrouvais plus une fois à la maison. Combien de temps ai-je passé à dessiner dans mon coin ? Combien de gâteaux rose et rouge ai-je inventés avec ma pâte à modeler ? Des dizaines ? Peut-être même des centaines.

J'étais heureuse à ma manière. Isolée dans mon univers où j'avais la parfaite maîtrise des évènements. Je mentirais si je disais que je n'enviais pas les enfants dans la cour. Parfois, leurs cris et leurs rires m'atteignaient, comme s'ils surgissaient d'une dimension parallèle. La porte-fenêtre de la salle, qui donnait sur la cour de récréation, avait des allures de barrière infranchissable. Mon monde, leur monde. Deux univers distincts.

Ma main effleure le dessin d'une princesse qui tient une fleur plus grande qu'elle, puis un autre représentant une voiture rouge garée devant une maison au toit vert. J'atteins la salle de classe et cherche des yeux le petit garçon que je dois accompagner à son cours d'éveil musical. Je n'ai aucune idée de ce qu'est un cours d'éveil musical, pour être honnête. J'aviserai en fonction…

La salle est vide. Sur la droite, un tableau noir d'où émanent des parfums de craie ; sur la gauche, de toutes petites tables et des chaises pour enfants. Tout est si mignon. Sait-on qu'on est adulte quand le mobilier pour enfants devient trop petit pour nous ? Quel est le moment précis où on ne peut plus être un enfant ? À quelle date suis-je devenue une adulte ? Y a-t-il un jour précis sur le calendrier de ma vie où tout a changé ?

J'entends un léger bruit et tourne la tête. Derrière les tables, il y a un espace bibliothèque et jeux au centre duquel se dresse un château en cubes colorés.

— C'est un merveilleux château, dis-je en pensant à voix haute.

Une petite tête blonde surgit brusquement de derrière les murailles jaune et vert du château. Deux yeux bleus dévorent les joues rebondies du petit garçon, qui me dévisage comme une assaillante. Nous nous regardons en silence.

— C'est ton château *à toi* ? demandé-je devant son mutisme.

Il hoche la tête sans un mot et disparaît derrière sa muraille.

— Je suis le prince ! murmure sa toute petite voix.

Je me mets à genoux et regarde par le trou qui fait office de porte d'entrée du château.

— Oh ! Je vois. Tu dois savoir qui habite dans ton royaume, alors. Peux-tu m'aider ? On m'a demandé de venir chercher Théo. Est-ce que tu l'as vu ?

— Théo, c'est moi, dit-il très timidement. T'es qui, toi ?

— Je suis Blanche. Ton papa m'a demandé de t'emmener à ton cours.

— Nan ! J'irai pas : le violon, c'est nul.

— C'est vrai, approuvé-je d'un hochement de tête. Des fois, ça fait des bruits de porte qui grince ou de souris qui crie.

Je souris. Théo éclate de rire.

— Moi, je veux faire du tambourin ! m'explique Théo.

— Bonne idée… Mais, pour ça, il faudrait demander à ton professeur. Si tu veux, on y va ensemble pour voir si c'est possible.

Je lui tends la main. Il hésite à la prendre en regardant les tours fragiles de son château.

— Si tu as peur de casser ton château en sortant, je te porte.

Il hoche la tête et, d'un bond, je le sors de son monde merveilleux aux briques de mousse.

— Blanche, est-ce que tu es une princesse ? me demande-t-il alors que je le porte jusqu'à la verrière au fond du couloir.

— Non, je suis une pauvresse, pas une princesse.

— Alors, on pourra pas se marier quand on sera grands, dit-il avec un regard désolé. Moi, je dois trouver une princesse.

— Tu as bien raison. Un prince doit épouser une belle princesse. Mais ça ne nous empêchera pas d'être des copains, qu'en penses-tu ?

— Tu veux être ma copine ?

— Oui, on pourrait construire des châteaux tous les deux, si tu veux. Cette semaine je travaille pour ton papa, donc on se verra souvent.

Théo hoche la tête en silence. Il me semble qu'il réfléchit à ma proposition. Le professeur de la classe, une flûte à la main, s'avance vers moi au moment où je dépose Théo sur un tapis avec ses autres camarades de classe.

— Vous avez réussi à amener Théo ici ? Sans pleurs ni cris ? s'étonne la dame en robe à pois.

— Oui, il est très gentil.

— Vous voulez dire qu'il vous a parlé ?

Elle marque un temps de pause et fixe Théo qui se précipite vers un tambourin.

— Incroyable…, murmure-t-elle. Pouvez-vous rester dans le fond de la salle et intervenir en cas de crise ?

— De crise ?

— Théo est un peu… spécial. Il ne parle jamais à personne et a souvent des crises de colère inexpliquées. C'est un petit garçon très timide et en même temps un peu colérique. Nous demandons toujours un accompagnateur pour lui lorsque nous faisons des activités ludiques. Son père avait engagé une gouvernante attitrée pour lui, mais elle a démissionné hier et nous avons craint de devoir renvoyer Théo à la maison. Mais, puisque vous êtes là, c'est parfait.

— Je ne comprends pas, il a été adorable. Par contre, il voudrait un tambourin, est-ce possible ?

— S'il n'y a que ça, oui… Pas de souci.

Elle s'en retourne à ses élèves.

L'éveil musical consiste à faire entendre des sons aux enfants et à leur demander de reconnaître les instruments auxquels ils correspondent. On chante des chansons en frappant les rythmes correspondants sur des tambourins et des triangles. Il règne ici une joyeuse cacophonie. Théo semble paisiblement prendre part à l'activité. Je ne comprends pas pourquoi on le considère comme un petit garçon timide.

J'en profite pour regarder mon téléphone. Aucune nouvelle de mon père, pas de message de Laurine… Par désœuvrement, je consulte mes actualités. Je vois défiler des photos du brunch blanc de Roxanne. J'y reconnais les filles de la boîte de nuit. Elles étaient donc là quand j'ai perdu connaissance. En descendant dans les photos qui s'affichent, je vois la fameuse photo de moi, évanouie, dans les bras de Rob…

Il y a aussi des photos de moi en pleine discussion avec Jay postées dans mes actualités. Ça, j'aurais pu m'en passer ! Sur les photos, j'observe le sourire de Jay. Pourquoi, chaque fois qu'il me parle, ai-je l'impression qu'il est agressif, alors que sur les photos il semble heureux ?

Une autre photo avec Jay, Roxanne et Rob est sous-titrée : *Les souverains des nuits parisiennes.*

L'image la plus récente sur mon mur est une photo de moi ivre et dansant en boîte de nuit ! Jay ! Je vais le tuer pour avoir posté ça… Comment vais-je me venger ?

J'en suis là de mes réflexions quand une nouvelle demande d'ami apparaît.

C'est Fred !

J'hésite… Peut-être veut-il s'excuser ? C'est peut-être naïf d'y croire… Pourtant, je le voudrais tellement. Je l'ajoute. Son avatar se transforme subitement et un spasme me secoue : sa photo s'est progressivement transformée en dessin du « chasseur ».

Cette plaisanterie de mauvais goût me fait mal.

Soudain, je reçois un message de Fred : *Il faut qu'on parle !*

Après avoir quitté son appartement, je pensais ne plus le revoir. Le souvenir douloureux de sa trahison, sa façon pleine de pitié de me regarder alors qu'il venait de saccager mon cœur me reviennent comme une boule au fond de la gorge. Mes yeux me piquent. J'appuie sur l'aile droite de mon nez. Je ne dois pas pleurer ici. Je suis une grande fille.

Une musique douce, jouée au piano par le professeur des enfants, se glisse dans la pièce, comme un baume sur mes pensées désordonnées. Je range le téléphone au fond de ma poche. Que dois-je faire ?

Je ne peux pas fuir la réalité mais je ne souhaite pas parler à cette ordure de Fred, qui m'a embrassée sur un simple ordre de Laurine. Je voudrais aller me cacher dans le château du petit Théo et reconstruire ma vie avec des cubes de couleurs…

— Tu pleures parce que la musique est triste ?

Théo me regarde avec un air plein de sollicitude.

— Un peu, dis-je en essuyant une larme qui m'a échappé.

— On joue tous les deux ?

— Dès que ton cours est fini, promis.

— Je veux jouer maintenant ! dit-il en tapant du pied. Ou alors je veux rentrer chez moi !

— Moi aussi, soupiré-je. Moi aussi, je veux rentrer chez moi, mais je ne peux pas.

— Pourquoi ? Ton papa ne veut pas ?

— C'est un peu ça…

— Alors, t'as qu'à venir chez moi. On habitera dans ma chambre, on fera un château plus grand que celui de l'école.

— Tu m'emmènerais dans ton château merveilleux ? Oui, ce serait fabuleux… dis-je en l'embrassant sur le front. On va faire ça dès que le cours se termine, d'accord ?

Théo hoche la tête et essuie le bisou que je lui ai fait.

Les adultes ont tort. Ce n'est pas un petit garçon timide, c'est un jeune prince…

CHAPITRE 27

Avec Simplet et Prof

Voilà quelques jours que je travaille pour Matthias. Roxanne m'a convaincue de rester chez elle. Même si elle est très occupée, nous prenons le temps de dîner ensemble. Quand je parle de Matthias, il me semble qu'elle essaie toujours de changer de conversation. Et, comme Jay affiche sa moue la plus énervée quand je mentionne l'aîné des Duval, je n'insiste pas.

Je n'ai pas revu Rob. Je me demande s'il m'évite parce que je travaille pour son frère ou si je lui suis juste sortie de la tête.

Je m'occupe de Théo et nous passons notre temps au parc, où il a ses amis et ses petites habitudes de jeu.

Mercredi en fin de matinée, chez mon patron, je dessine avec Théo tandis que Stella accorde sa guitare.

Théo me demande de lui dessiner un mouton, puis des châteaux et même des dragons. J'invente avec lui les histoires qui accompagnent ces illustrations. Je ne sais pas qui de lui ou de moi s'amuse le plus.

— Fais un bateau !

— Un bateau ?

— C'est pour aller voir les sirènes, je veux en voir une, comme Stella.

Je regarde Stella qui ouvre tout grand ses yeux gris.

— Oui, Stella est une sirène.

Théo me tend son livre de contes pour enfants. Effectivement, la Petite Sirène d'Andersen, avec son air mélancolique et ses longs cheveux, ressemble beaucoup à Stella.

— D'accord, voici une sirène !

Je ris en traçant les contours du visage de Stella et ses nombreuses taches de rousseur.

— Et moi, je suis le prince ! Et le dragon, c'est toi, Blanche !

— Ha ha ha ! OK, Théo en prince et me voilà avec ma tête de dragon. On va aussi ajouter une pirate blonde avec des bottes noires.

— On dirait la voisine.

— Oui, c'est Roxanne. Il te faut aussi des petits mousses pour ton bateau, voici des nains.

Je trace Jay en Grincheux, Matthias en Prof et Rob en Joyeux.

— C'est mon papa ?!

— M. Duval en Prof ?! s'exclame Stella. C'est parfait ! Les lunettes sont exactement les mêmes. Jay est très ressemblant aussi ! Cela doit venir des sourcils !

Elle imite le regard de Jay et sa position, bras croisés.

Nous éclatons de rire.

— Maintenant, la sirène Stella doit nous chanter une chanson ! s'écrie Théo.

Stella pince les cordes de sa guitare et commence un petit air :

Je suis seule et muette,
Je suis triste et c'est bête.
Moi qui voulais te parler,
Qui souhaitais exister,
Dans tes yeux, dans ta vie,
Et t'avoir comme ami.
Je suis seule et muette,
Je suis triste, c'est si bête :
Une sirène sans voix
Ne peut rien dire, tu vois !
Ni que je t'aime,
Ni que je peine,
D'être seule et muette,
De cet amour pour toi.
Je suis seule et muette,
Je suis triste et c'est bête.

— Bravo ! applaudit Théo.

— Mais comment fais-tu pour inventer une chanson aussi vite ?

— Hum, réfléchit Stella, c'est facile. Tu penses à quelque chose que tu aimerais bien dire mais que tu n'oses pas dire. Tu crées une mélodie, ensuite les paroles viennent toutes seules.

— Je n'y avais jamais pensé comme ça.

— Bof… (Elle hausse les épaules.) Je suis un peu bizarre, c'est ma méthode, mais peut-être que les vrais chanteurs font autrement ?

Nous rions et elle commence une autre mélodie. Nous passons la matinée en musique et jeux, mais Stella ne me dit pas à qui elle dédie ses chansons d'amour triste.

Lorsque Matthias descend enfin, nous nous assoyons au salon. Nous déjeunons donc tous les trois, tandis que Théo joue à quelques mètres de nous.

— Je suis incapable de mentir correctement et je dis tout ce qui me passe par la tête, m'explique Stella en piochant les sushis dans son assiette. Y a aucun filtre là-haut ! (Elle tape son front avec son index). C'est M. Duval qui dit toujours ça. Pas vrai, monsieur Duval ?

— Un vrai moulin à paroles, soupire Matthias. Elle peut paraître atrocement effacée, mais, une fois qu'on la connaît, impossible de l'arrêter. J'essaie de lui faire comprendre qu'elle ne peut pas tout dire à n'importe qui, mais elle s'en moque. Stella n'a aucun secret pour personne et ne sait pas mentir par convenance ou même par simple politesse.

J'essaie de la cerner. Elle me paraît sympathique et, en même temps, elle est complètement hors normes. Elle est comme une enfant qui dirait simplement tout ce qu'elle a à l'esprit.

— Et aussi, les filles de ma classe me détestent parce que je ne sais pas garder un secret et que…

Je l'écoute en riant. Sur Pomme-d'amour.com, Stella incarne le nain muet et enfantin Simplet. Je ne comprends pas trop pourquoi. Peut-être parce que Stella ne rentre dans aucun moule ? Pendant les après-midi de cours avec Matthias, elle ne dit jamais rien, elle attend que les choses se passent. Il me semble que, dans sa tête, elle invente ses propres histoires. Parfois, pendant les pauses, au lieu de discuter avec moi, elle s'isole pour jouer de la guitare. Je l'entends fredonner de loin, de sa voix fragile. Elle semble si seule, cela me fait parfois froid dans le dos.

Pourtant, en ce moment, Stella parle tellement qu'elle en oublie de manger. Je fixe le sushi au bout de ses baguettes qui font des cercles dans l'air lorsqu'elle parle en remuant les mains. Je m'attends à le voir voler à travers tout le salon pour aller s'écraser sur les jouets de Théo à quelques mètres de nous.

— Je te donne encore quinze minutes, dit Matthias d'un air sévère. Après, tu retournes au lycée. Je ne veux pas que tu sèches encore, c'est ton dernier mois de cours en première. Ta famille me le reprocherait.

— Mais, ce que je fais, tout le monde s'en fiche chez moi ! dit-elle tout bas.

Stella fixe le bord de son assiette en silence, alors que Matthias part répondre à un coup de téléphone. La jeune fille en profite et se penche vers moi.

— M. Duval et toi, vous sortez ensemble ?

— Non, mais pas du tout ! (Je manque de m'étouffer en avalant de travers.)

— D'habitude, il ne parle qu'avec des informaticiens pour le boulot. Mais j'ai entendu discuter certaines filles, à l'étage. Elles lui tournent toutes autour, tu sais. Elles disent des trucs du style « Il est sexy », « Je l'aime tellement », mais elles se trompent, ces filles.

— Je ne comprends pas.

— M. Duval ne sortirait jamais avec l'une d'entre elles. Et ce n'est pas une personne romantique, comme elles le croient toutes. Ça, c'est du gros fantasme… Moi, je vois bien qu'il est très calculateur. Il a toujours une idée derrière la tête.

— Tu es dure. Je croyais que c'était ton prof préféré.

— Oui, il l'est. Parce qu'il ne joue pas avec moi, il s'inquiète vraiment. Mais ça ne l'empêche pas de mentir et d'inventer ses propres règles. Ce que j'aime chez lui, c'est qu'il se moque des convenances. Il fait uniquement les choses qui lui semblent justes et aussi… il le fait d'une manière toujours spéciale. J'ai même entendu dire qu'il avait été prof dans un lycée et qu'il s'était fait virer avant de monter sa start-up. Une histoire avec un élève ou quelqu'un de sa famille, je n'ai pas réussi à le savoir…

— Virer ?

— C'est excitant, pas vrai ?

Elle reprend un sushi dans mon assiette, pas gênée le moins du monde, tout en regardant si Matthias ne nous entend pas. J'ai l'impression que nous conspirons contre lui. Ça devrait me mettre mal à l'aise, mais les secrets, j'avoue que, moi aussi, je trouve ça intéressant. Et Matthias en prof un peu marginal, j'adore...

— J'ai cru que tu étais amoureuse de lui, pendant un instant, avoué-je en pensant à sa chanson.

— Ah, mais non ! fait-elle avec une moue dégoûtée. Par contre, Rob est pas mal...

— Et Jay ?

— Oh ! Lui ? On se croise souvent, mais je n'ose pas lui parler.

— Toi, tu n'oserais pas parler ? dis-je en souriant.

J'imagine l'improbable rencontre entre ce moulin à paroles qui dit tout ce qu'elle pense et le sombre et arrogant Jay. Je prendrais une photo souvenir que je pourrais titrer « Rencontre du troisième type » ou « Comment l'adorable Simplet rencontre Grincheux en version mauvais garçon ».

— Au lycée, je suis... un peu différente d'ici, m'explique Stella. Avec M. Duval ou même avec toi, je ne me prive pas de discuter, mais au lycée c'est... Je ne sais pas. C'est oppressant, je ne suis pas moi-même. Je ne sais pas mentir, alors je pense que tout le monde préfère que je me taise. C'est pour ça que j'aime mieux être ici… ou même sécher les cours. Blanche… Tu n'as jamais eu parfois envie de disparaître ?

Quand Stella me dit ça en baissant la tête, les yeux gris fixés sur le bord de la table, mon cœur se serre. Je hoche la tête sans rien dire. Oui, moi aussi parfois j'en ai envie. Ce serait plus simple que de rester ici avec toutes mes questions et mes attentes déçues, mais j'ai décidé de vivre en restant fidèle à moi-même et de me battre, même si papa, Laurine et Fred se moquent bien de mon cœur bafoué. Mais, pour Stella, qu'est-ce que « disparaître » veut dire ? Je n'ose pas le lui demander.

— Matthias est une personne qui a l'air très importante pour toi, dis-je pour changer un peu de sujet.

— Oui, fait-elle doucement. C'est lui qui me donne la force de continuer à aller en cours. Je l'ai rencontré l'année dernière. Je séchais les cours et il était dans le parc où je me promenais. Il m'a écoutée jouer de la guitare et m'a même enseigné des accords. Nous sommes devenus amis comme ça. C'est lui qui m'a appris qu'on peut s'exprimer avec de la musique. Mes parents l'ont même engagé comme prof de soutien scolaire pour moi, mais il a refusé de se faire payer. Depuis, il me donne des cours sur un peu tout en plus de la guitare. Je l'adore, parce que c'est le seul qui m'écoute. Enfin, à part toi maintenant. C'est le vœu que j'ai fait en m'inscrivant sur Pomme-d'amour : avoir quelqu'un pour m'écouter. Et toi, Blanche ?

— J'ai… demandé des amis.

— Ha ha, c'est un peu pareil, non ?

Elle me sourit sincèrement en remettant une mèche de cheveux roux derrière son oreille. J'aime être avec Stella. Il y a parfois des gens que l'on apprécie sans pourtant les connaître depuis longtemps. J'ai ce sentiment quand je suis avec elle.

Je comprends mieux à présent pourquoi elle est Simplet : ce nain est le plus expressif de tous mais personne ne l'écoute. Il n'est pas vraiment muet, il a juste un autre mode de communication. Mais, si on prête une oreille attentive à cette jeune fille, alors elle aussi pourra s'exprimer.

CHAPITRE 28

Sais-tu qui je suis ?

En cette nouvelle journée, je m'amuse avec Théo au parc. J'attends Stella, qui a promis de nous rejoindre après les cours.

— Je suis un dragon ! dis-je en tournant sur moi-même. Je suis venue vous chercher, jeune prince ! Nous devons nous rendre au château du roi, votre papa !

— En avant, mon dragon ! crie Théo en s'agrippant à mes épaules.

Je bondis autour du bac à sable, mon petit prince sur le dos, et nous rions aux éclats. Sous le regard amusé des promeneurs, nous volons des balançoires au toboggan.

— J'ai faim ! se plaint soudain Théo.

— Moi aussi, jeune prince ! Je mangerais bien quelques princesses ou à la rigueur des villageois, mais d'abord il nous faut atteindre le château. Votre père, le roi, vous a sûrement préparé votre goûter.

— Mais, en vrai, tu vas pas manger des princesses ?

— Je suis un dragon, alors peut-être… Je n'ai pas le droit ?

— Non, je te donnerai des bonbons chez moi, mais ne mange pas des gens, d'accord ?

— Des bonbons ? Pour un dragon ? Alors j'en veux un énoooooorme tas !!

Nous rions.

— Après le goûter, on jouera encore tous les deux, hein, Blanche ?

— Je ne sais pas. J'aimerais bien, mais je dois d'abord demander si ton père n'a pas besoin de moi.

— Je vais lui demander, moi ! Est-ce que je peux faire du toboggan avant de partir ?

Je m'assois sur un banc à l'ombre des arbres centenaires tandis que Théo grimpe sur les jeux. Mon téléphone sonne soudain. Je décroche.

— Salut !

C'est la voix de Rob, je me redresse instantanément sur le banc.

— Bon… bonjour !

— Je ne te dérange pas ?

— Non, réponds-je.

— Blanche, est-ce que tu… Je dois te le demander parce que ça me ronge depuis plusieurs jours… Est-ce que tu sais qui je suis ?

— Hein ? Tu es… Rob et, accessoirement, mon téléphone te reconnaît comme le nain Joyeux. Mais à part ça…

Il rit.

— Un nain… Oui, pour Blanche-Neige, je suis un nain !

J'imagine son sourire à fossettes s'élargir et je souris aussi, seule sur mon banc.

— Est-ce que tu connais mon nom de famille ? demande-t-il.

— Duval, c'est le même que ton frère, c'est facile. Mais on joue à quel jeu ?

— Et tu sais qui est ma famille ?

— Non, mais toi non plus tu ne connais pas la mienne, alors on est à égalité. Où veux-tu en venir ?

— Hum… Blanche, si tu veux bien laisser nos familles en dehors de tout ça, alors… j'aimerais qu'on se voie.

— Franchement, dis-je en soupirant, je préfère que tu ne connaisses pas ma famille. (S'il savait pour mon père et Laurine, qu'en penserait-il ? J'ai trop honte.)

— Alors… Juste toi et moi ? Ce soir ? Il fait beau, sortons.

— Sans Roxanne, ni Jay ? (Je m'étonne.)

— Juste toi et moi, pas de questions sur nos familles respectives, juste nous deux. C'est possible ?

— Je… Euh… Rob, quand tu dis sortir, c'est « entre amis », n'est-ce pas ?

— C'est comme tu veux.

— En ce moment, j'ai besoin d'amis, rien d'autre !

Mon cœur bat à toute vitesse.

— Et où veut aller ma nouvelle amie ?

Je regarde le soleil briller à travers les branches des arbres. Il fait si chaud.

— Manger une glace, aller voir la Seine, marcher le long des quais. Flâner !

Toutes ces choses que je n'ai pas faites cette année à force d'étudier comme une acharnée et de gérer mon père, à distance d'abord, puis chez moi quand il s'est immiscé dans ma vie d'étudiante. J'étais venue à Paris pour mes études et pour profiter de la capitale, je n'en ai vu que les bibliothèques et les couloirs de ma fac.

— Tu as des envies très simples ! dit-il en riant.

— Tu te moques de moi ?

— Non, je trouve ça mignon. Une autre fille m'aurait réclamé des choses extravagantes ou une virée shopping à porter ses paquets, ou encore une sortie dans un club branché.

— Je n'ai pas ce type de souhaits et pas l'argent pour faire du shopping. Je porte mes sacs moi-même et, les clubs branchés, je m'y sens mal à l'aise.

— J'aime ça chez toi.

— Quoi ?

Soudain mon cœur a frappé plus fort.

— Que tu apprécies les petits bonheurs du quotidien et que tu sois indépendante, reprend-il. Alors, va pour une glace et une promenade. Je passe te prendre. Où es-tu ?

— Je suis au parc, à côté du lycée de Jay et Stella.

— Qu'est-ce que tu fais au parc, tu bronzes ?

— Non, je gagne ma vie ! Je suis baby-sitter !

— Oh ! Dans ce cas, je passe te prendre sur ton lieu de travail !

Je souris en raccrochant. Théo me fait signe du haut du toboggan avant de s'élancer.

Ça me va si on ne se voit qu'« entre amis ». J'aimerais que tout soit clair et apaisé dans ma vie avant de penser aux garçons et, surtout, j'ai mal chaque fois que je pense à Fred et à son SMS : *Il faut qu'on parle.*

Je soupire. Combien de temps vais-je pouvoir supporter cette situation ? Il faudra bien que je rentre chez moi et que j'affronte Laurine et… papa.

— Tu soupires si fort, je te jure, on dirait un bœuf !

Jay, les bras croisés, se moque de moi tandis que Stella à côté de lui fait la moue.

— On t'a rien demandé, t'es vraiment un boulet ! râle-t-elle.

Je suis un peu surprise de voir Stella lui tenir tête alors qu'elle me disait qu'elle n'oserait pas lui parler seul à seul. Peut-être qu'elle se sent plus à l'aise si je suis là ?

— Jay, demandé-je, qu'est-ce que tu fais ici ?

— Il m'a suivie ! Il est méchant et il m'embête ! se plaint Stella.

— Tu dragues les adolescentes ? Je ne t'imaginais pas comme ça !

— Rah ! Mais non ! grogne Jay. Je suis venu parce que Rob m'a envoyé un message pour qu'on se retrouve ici « entre amis ». (Ses doigts miment des guillemets.) Apparemment, tu as peur de te retrouver seule avec lui, donc je dois tenir la chandelle !

— Je n'ai jamais dit ça !

Je suis étonnée que Rob ait eu la délicatesse de comprendre et qu'il ait invité Jay.

— Ben, c'est ce qu'il a pigé. J'ai croisé la rouquine, je me suis dit que tu ne serais pas loin, alors je l'ai suivie.

— Pervers ! lance Stella.

— Mais pas du tout, la gamine ! Va chanter tes comptines dans le bac à sable et laisse-nous !

— Non, toi, dégage ! T'es pas invité !

— Je m'invite tout seul ! Je n'ai pas besoin de ta permission !

— T'es lourd, on te dit de partir !

Ils se chamaillent comme deux enfants, j'ai envie de rire !

— Ta guitare, c'est juste pour faire joli ou tu sais en jouer ?

— Ça ne te regarde pas !

— Je te mets au défi !

— Quoi ?

— Vas-y, chante. Impressionne-moi, j'ai deux minutes à perdre !

— Pas question, qu'est-ce que j'y gagne ?

— Deux minutes avec moi !

— Plutôt mourir !

— Je peux t'arranger ça !

— Oh, ça va ! Je connais ta réputation de gros méchant, mais ça ne m'impressionne pas ! Crétin !

— Moi, un crétin ? C'est pas toi la fille qui a les pires notes de sa classe ?

— Comment tu sais ça ?

— Rumeurs…

— Si tu les écoutes, tu es encore plus bête que ce que j'imaginais !

— Alors vas-y, chante ! Prouve-moi que j'ai tort.

— Je… (Stella plisse les yeux, elle réfléchit.) Tu me donneras deux minutes pendant lesquelles tu feras tout ce que je voudrai.

— Si tu m'impressionnes, OK !

Stella est à deux doigts de lui en mettre une. Mais elle s'assoit sur l'herbe et, contre toute attente, sort sa guitare de son étui.

— Dédicace à un super crétin que l'on surnommera Grincheux ! commence-t-elle. Il se reconnaîtra !

Stella me fait un clin d'œil. Je mets ma main devant ma bouche pour cacher mon sourire à Jay qui me dévisage.

— Moi ? Grincheux ? Blanche-Neige, tu vas m'entendre ! hurle-t-il à mon encontre.

— Je n'y suis pour rien, il faut écouter les sirènes, dis-je, très calme.

— Quoi ? Elle en sirène ? (Il s'étrangle.) Tout ce qu'elle a de commun avec le monde marin, c'est un côté thon !

— Oh ! Tu vas me le payer, sale nain ! Je vais te faire une impro spéciale version slam ! Écoute jusqu'au bout ! C'est que pour toi !

Au lieu de pincer les cordes de sa guitare, Stella tape dessus à petits coups rapides. Elle se sert de son instrument comme d'une caisse de résonance.

Était-elle bête ou juste simplette ?
Grincheux hésitait sur le sujet,
Fixant de fait la jeune nymphette.
Il hésitait, mine renfrognée.
Sourcils froncés et bras croisés,
Dans sa tête : grosse tempête !
Que chantait la nymphette ?
Ça commençait à l'énerver !
Était-elle bête ou juste simplette ?
Qui oserait bien le défier,
Lui, le bad boy du lycée,
À coups de petites chansonnettes ?
Oh ! Toi l'esprit étriqué,
Apprends à les reconnaître,
Les sirènes abandonnées.
Garde leur refrain en tête :
Ohé ! Ohé ! Il était bien bête
D'avoir défié la sirène isolée
Car, pour son immense défaite,
Il devrait deux minutes lui dédier !
Ohé ! Ohé ! Il était bien bête !
Jay le grincheux fâché
D'avoir ainsi défié
Une fille muette en sirène déguisée !
Ohé ! Ohé !...

— Tu… tu te fiches de moi ? s'exclame Jay.

— La fin laisse à désirer, mais en gros c'est l'idée.

— Je vais te massacrer !

Elle éclate de rire et se lève d'un bond tandis qu'il essaie de saisir sa guitare.

— Faudra déjà m'attraper, Grincheux !

Jay s'élance derrière elle.

Je les vois filer à travers le parc. J'essuie mes larmes de rire, je ne peux pas m'arrêter depuis le début de la chanson. J'ai vu Jay passer par toutes les couleurs. Il ne s'y attendait pas du tout.

— C'est un slam parfait ! leur crié-je en me tenant les côtes à force de rire.

— Blanche-Neige, je vais m'occuper de ton cas plus tard ! me hurle Jay, toujours en train de courir.

Je les perds de vue derrière les bosquets et m'étire sur le banc. Je me lève et vais m'asseoir dans l'herbe en faisant un petit signe à Théo pour qu'il me repère. Il fait si doux.

— Je rêve ou Jay poursuit Stella en riant ?

— Bonjour, Rob, non, tu ne rêves pas. Stella te fera une petite chanson à toi aussi si tu veux.

— En tout cas, ça a le mérite de te mettre de bonne humeur.

Il s'assoit dans l'herbe à côté de moi.

— Je m'amuse toujours quand je suis avec Stella. J'adore être avec elle.

Je m'allonge en m'étirant à nouveau. Le vent joue avec les feuilles.

— Je n'en doute pas, mais… (Il hésite et nos regards se croisent.) Juste avec Stella ?

Le soleil couchant se cache derrière lui ; l'ombre de Rob s'étale sur moi.

— Oh, euh, je…

Je ne sais pas quoi répondre sur le coup. Ses yeux bleus ne me quittent pas. Mes mains se serrent derrière ma nuque. Rob s'allonge à son tour à mes côtés. Son visage si proche du mien fixe le ciel, qui s'assombrit à cause du passage de quelques nuages. Sa proximité me gêne, j'ai l'impression de rougir sans raison. Le silence tombe entre nous comme seule barrière intime.

Je me redresse brusquement et m'assois en tailleur, cherchant les autres du regard. Ma main arrache nerveusement des brins d'herbe. Je n'ose pas me tourner vers son regard intense et si doux. Personne ne m'a jamais regardée comme Rob me regarde. C'est nouveau pour moi. J'ai l'impression qu'il voit en moi toutes ces choses que j'essaie de cacher… Mon cœur bat si vite, et sans raison. Je serre mes genoux contre ma poitrine pour le faire taire, et je me concentre sur le murmure de la brise estivale.

— Non… Je… J'aime bien être avec vous tous. C'est… J'aime bien aussi…

Les mots s'embrouillent.

— D'accord, répond doucement Rob en fixant la course des nuages. Avec nous tous, répète-t-il.

Mon téléphone sonne brusquement et je sursaute.

— Allô ?

Je décroche sans regarder qui appelle. C'est juste une excuse pour couper court à notre échange.

— Oh, Blanche ! s'écrie la sorcière. Je dois faire un rapport pour mon audit interne : combien de nains as-tu rencontrés ?

Je soupire en me levant pour m'éloigner et parler plus discrètement. Combien de « nains » ? Et si je rentrais dans son délire…

— Des nains, mais… Vous êtes sérieuse ?

— J'ai l'air de plaisanter ? Compte-les ! J'ai des rapports à rédiger pour Pomme-d'amour, moi !

— Je dirais qu'il y a Rob en Joyeux fêtard, Jay en Grincheux bad boy, Roxanne en Atchoum glamour, Stella en Simplet, Matthias en Prof et Théo en Timide, ça ne fait que six. Il en manque donc un…

— Et lequel pour être ton prince ? demande la sorcière alors que je l'entends taper sur un clavier. (Fait-elle vraiment un rapport ?)

— Théo ! dis-je en riant.

— Tu te moques de moi ?

— Un peu…

— J'ai des noisettes en réserve, je te préviens !

— Vous me menacez ? Ouh ! J'ai peur !

— Bon, puisque tu ne sembles pas encore prête à ouvrir ton cœur, je t'envoie la reine ! On verra bien comment tu vas réagir !

Elle m'a encore une fois raccroché au nez ! Cette femme est complètement folle.

Un prince ? Je soupire. Je n'ai pas besoin de prince dans ma vie. J'ai besoin de stabilité, de travail, et de savoir que j'ai des amis qui me soutiennent et que je peux aider en retour. Rien d'autre. De toute façon, si l'amour c'est ce que j'ai vécu avec Fred, je n'en veux plus !

CHAPITRE 29

Rivalités

Nous avons mangé une glace et ramené Théo à la maison. Rob n'a rien dit de plus, et Jay et Stella ont animé la soirée par leurs chamailleries. Nous nous sommes bien amusés quand même.

Le lendemain, je reprends mon train-train.

Je viens de finir mes tâches de la journée. Matthias essaie de convaincre deux informaticiens de rester pour la soirée. Mon patron a invité des investisseurs et collègues ce soir, et je dois faire quelques heures de plus pour garder Théo avant de le coucher.

Les invités commencent à arriver. J'entends des rires dans le couloir et des bruits de pas.

Deux filles entrent en se collant à un garçon, qui sourit et balaie de la main une mèche rebelle sur son front.

Rob !

— Ensuite on ira en boîte ? demande la plus grande des deux filles.

— Non, je veux un truc plus intime ce soir, se plaint la seconde en lui lançant un regard entendu.

Je me détourne d'eux et fais mine de ranger un placard. Qu'est-ce qui me prend ? Je n'ai qu'à dire bonsoir, c'est facile. Pourquoi ça m'énerve de le voir avec ses nouvelles conquêtes du jour ? Il était évident depuis le début, depuis notre rencontre dans ce bar, que Rob était un séducteur.

Oh ! Attends, je suis jalouse ou quoi ? Il fait ce qu'il veut, je m'en moque !

Jay descend au même moment de l'étage et lance à Rob :

— Tiens, tu es déjà allé chercher les filles pour la fête de ce soir. Super ! J'en ai marre de poser pour ces geeks qui me prennent en photo sous toutes les coutures.

Rob s'apprête à répondre quand Matthias les rejoint en soupirant.

— Moi aussi, Jay, j'avoue que c'est un plaisir de travailler avec toi.

Il me semble que Rob se referme aussitôt. Les deux frères se toisent froidement. Soudain, mon patron me voit les observer.

— Jay, justement, j'allais inviter Blanche au cocktail de ce soir. Ça ne te dérange pas ? demande Matthias avec un air de défi.

Jay hausse un sourcil en entendant la proposition de mon patron. J'ai l'impression que Matthias cherche à le provoquer, mais je ne saurais pas expliquer pourquoi. Rob ne me regarde pas. J'ai plutôt l'impression qu'il m'ignore exprès. Les filles se collent encore plus à lui.

Il me semble que mon patron trouve l'attitude de son frère un peu étrange, car son regard glisse du jeune fêtard vers moi.

Matthias se rapproche ; il se tient à présent tout près de moi.

— Blanche, alors ?

Il se penche vers moi et me murmure un « s'il te plaît » pas vraiment discret, sous les regards ahuris de Rob et de Jay.

— Je ne peux pas, dis-je, gênée. C'est une soirée pour vous et vos collègues. Ce serait déplacé que je reste. Je m'en irai dès que Théo sera couché.

— Quelle éthique admirable ! s'étonne Matthias. Je crois bien que c'est la première fois qu'on me dit non !

— Comme quoi il faut une première fois à tout, se marre Jay en croquant une pomme qu'il a prise dans un plat sur la commode.

J'ai l'impression que Rob retient un sourire devant la mine étonnée de son grand frère. Nos yeux se croisent en silence, juste le temps pour mon cœur de se serrer, puis Rob reprend son attitude froide et quitte la pièce pour le jardin.

— Rob, attends-moi, se plaint Jay.

Il pourrait quand même me saluer, qu'est-ce qui lui prend ?

— Blanche !

Théo arrive du jardin avec Stella, qui est passée étudier chez Matthias après ses cours. Ils jouaient avec d'énormes pistolets à eau et sont trempés, mais ça n'a pas l'air de les gêner. Stella s'amuse comme une enfant quand elle est avec lui. Je n'ai pas le temps de répondre à Théo que je me retrouve aspergée de la tête aux pieds ! Le petit garçon éclate de rire. Stella s'attaque à Matthias, qui finit dans le même état. Il pourrait se fâcher, mais il préfère répliquer avec son air sérieux :

— Stella ! Ta belle-mère a appelé, je lui ai dit que tu passerais la soirée ici, ça te va ?

— Vraiment ? Youpi !

Elle lève les bras en signe de victoire. Je crois qu'elle n'apprécie pas la nouvelle épouse de son père.

— En attendant, allez vous changer !

— C'est juste de l'eau, dit Stella en remplissant les réservoirs de leurs armes au robinet, on y retourne ! Pas vrai, Théo ?

— À l'attaque ! s'écrie-t-il en attrapant son pistolet rechargé.

— Les invités sont mal partis pour une soirée calme, on dirait…

— Ça ira, c'est une soirée informelle pour remercier ceux qui travaillent avec nous ! Personne ne sera choqué, m'explique Matthias.

— C'est rare de ta part d'organiser une soirée détente.

— Tu sembles étonnée.

— J'ai pris l'habitude de te voir travailler tout le temps. Tu es comme… un drogué du boulot. J'ai bien vu les montagnes de dossiers sur ton bureau et ceux que tu balades toujours avec toi, quand ce n'est pas ton ordinateur. Tu ne t'arrêtes donc jamais ?

Il hausse un sourcil.

— Oui, la description me correspond assez, mais tout cela sera bientôt terminé. Après, je passerai à autre chose.

— J'ai un peu de mal à y croire… Matthias au repos ? Ça donnerait quoi ?

— J'imagine que j'emmènerais Théo loin de Paris et que nous pourrions nous installer dans une jolie maison avec vue sur la mer. J'aimerais profiter de la vie un peu… Parfois, je me sens si vieux.

— Tu n'es pas si âgé, dis-je en riant. Tu as trop de soucis, n'est-ce pas ? Avec… tout ça ?

Je montre de la main la maison et l'étage où se trouvent les bureaux, mais je pense aussi à son travail de prof pour Stella et à sa responsabilité de jeune père. Il me semble que tout cela fait beaucoup.

— J'ai choisi ce mode de vie, me répond-il doucement en prenant une bouteille d'eau gazeuse au réfrigérateur. C'est une manière d'arrêter de penser.

— Et ça te rend heureux ?

— C'est bien la première fois qu'on me pose cette question ! (Il regarde sa bouteille d'un air absent.) Tu es une personne gentille, Blanche. C'est quelque chose de rare et précieux de nos jours.

— Mais non ! (Je hausse les épaules.) Tu n'as pas répondu à ma question : qu'est-ce qui te rend heureux dans ce projet ?

— Heureux… répète-t-il comme si c'était un mot nouveau dans son vocabulaire. Je travaille à la réalisation de tout ce que tu vois ici depuis tellement longtemps que je ne sais plus. Je me suis fait dévorer par mes propres objectifs en chemin, mais ce n'est pas si mal. Tant que cela me permet d'oublier certaines choses, de ne pas penser au mal que j'ai fait à certaines personnes, cela me suffit.

— Stella dit que tu es différent quand tu lui enseignes la guitare. Est-ce que c'est toi qui lui as donné celle qu'elle a toujours avec elle ?

— Oui, Stella est… Elle est très spéciale pour moi, un peu comme une petite sœur. La musique l'aide beaucoup, c'est une manière de libérer sa peine. On a tous un moyen d'exprimer ses sentiments et de dévoiler son cœur. Pour Stella, c'est le chant.

— Et pour toi ?

— Moi ? (Il me fait un sourire forcé en regardant la condensation couler en gouttelettes sur la bouteille qu'il tient.) Moi, j'essaie d'oublier que j'ai un cœur.

— Tu n'es pas un robot, Matthias.

— Parfois, ce serait plus simple, souffle-t-il.

Il lève les yeux vers moi et je me sens un peu désemparée. Je me demande ce qu'il cache sous ses lunettes et son regard sombre.

— J'ai des vêtements de rechange à l'étage, tu peux aller te servir.

— Quoi ? (Je baisse les yeux sur mon tee-shirt mouillé, qui commence à coller à mes sous-vêtements.) Mince !

Je m'éclipse à l'étage, rapidement. Mon patron est tout aussi dégoulinant que moi, se changer ne serait pas du luxe pour lui non plus, mais il se fait arrêter par des invités qui arrivent. J'aperçois Roxanne, qui me fait un signe de la main en entrant. Je suis soudain ravie qu'elle soit là, elle aussi, et je file dans le couloir, pressée de la rejoindre dès que je serai présentable.

Je passe devant les bureaux et monte au deuxième étage, celui des chambres. Le dressing de Matthias est une petite pièce entre la chambre de Théo et la sienne. Tout est rangé par couleurs, c'est digne de mon patron si ordonné. J'imagine que sa bibliothèque est rangée par ordre alphabétique et je souris. C'est un maniaque de la logique et de l'ordre, aucun doute.

Alors, où sont rangés les tee-shirts ? Pas dans ce tiroir de cravates, ni dans celui-là… Tiens ? Je distingue au fond de ce tiroir immense un cadre. C'est une photo. On y voit mon patron à l'adolescence. À côté de lui, une jolie fille de treize ou quatorze ans. C'est Roxanne, je la reconnais à ses cheveux blonds. Entre eux deux, un enfant avec un cerf-volant sourit. Les fossettes et les cheveux en bataille… C'est Rob. Derrière eux, on voit un château couvert de lierre. Un souvenir de vacances ? Pourquoi Matthias garde-t-il cette vieille photo cachée ici ?

— Tu n'as pas trouvé ?

Je sursaute. Matthias est juste derrière moi. Je referme le tiroir.

— Les tee-shirts sont dans le tiroir d'à côté.

Il retire sa chemise devant moi et attrape un tee-shirt noir. L'espace d'un instant, il est torse nu. Je vois un tatouage qui part de son cœur et semble s'étendre jusque sur son épaule gauche.

— J'hallucine ! Mon patron si sérieux est tatoué ?

— C'est rien !

— Ah ! Non, non, non ! Je veux savoir pourquoi mon patron si mature et responsable a des ronces tatouées sur le corps.

Matthias semble perturbé, il se rapproche de moi en fronçant les sourcils. Il se penche vers moi ; je retiens mon souffle. Ses prunelles sont d'un bleu intense.

— Blanche, ne pose pas de questions comme ça !

— Ça te gêne ?

— Oui.

La réponse est brève et sans appel. La pièce, déjà petite, semble se rétrécir autour de moi. Matthias est si près. Son visage est à quelques millimètres du mien.

— Je te l'ai dit tout à l'heure, jeune fille : je cherche à oublier que j'ai un cœur. Rien d'étonnant à ce qu'il soit enseveli sous une montagne de ronces. Ne t'en approche pas ! C'est trop dangereux pour toi !

Je respire à peine lorsqu'il tend la main, frôle mon bras et ouvre un tiroir pour prendre un tee-shirt. Il me le donne et sort de la pièce en silence, me laissant seule. Mon cœur reprend un rythme acceptable. J'ai eu… je ne sais pas… peur ? Non, c'était différent. Dans l'attitude de Matthias, j'ai vu de la colère et aussi de la tristesse.

Et je n'ai pas réussi à lui poser ma seconde question… Matthias, pourquoi conserves-tu une photo de ton enfance avec ton frère et Roxanne comme un trésor ?

Je soupire. J'enlève mon haut et reste en soutien-gorge. Le tee-shirt de Matthias sent bon. C'est la lessive que j'ai choisie en faisant les courses hier avec Théo. Théo voulait que ses habits aient un parfum de fleurs. Pauvre Matthias, maintenant ses habits ont une odeur de rose. Pas très viril ! Je souris.

— Tu ris toute seule ?

Je me retourne, serrant le tee-shirt sur ma poitrine pour me cacher.

Dans l'embrasure de la porte, Rob me lance un regard douloureux et je panique. Je sais de quoi tout cela a l'air : Matthias est sorti d'ici après s'être changé et moi, je suis à moitié nue et je respire un vêtement à lui dans une pièce où nous n'étions que tous les deux.

— Toi et mon frère, murmure-t-il.

— Non, ce n'est pas ça !

— Rhabille-toi, s'il te plaît !

Il se détourne mais ne quitte pas la pièce pour autant. J'enfile le tee-shirt.

— Écoute, Rob ! Ce n'est pas ce que tu crois, je…

— Je sais que Matthias peut manipuler les gens, mais, Blanche, fais attention ! Lui et toi ? C'est vraiment ce que tu souhaites ?

— Mais non ! Il est mon patron, ça s'arrête là ! Et puis, je n'ai pas à me justifier ! Je n'ai rien fait de mal et je ne te dois rien !

— Tu as raison, dit-il si froidement qu'une chape de plomb semble nous tomber dessus. Toi et mon frère ! J'aurais dû m'en douter, il ferait n'importe quoi pour se venger !

— Non, je ne pense pas que…

— Fais attention, répète-t-il. Rien chez lui n'est gratuit, tout est calculé, tout ! Je t'aurais prévenue.

— Attends !

Je lui attrape le bras, mais il se dégage rapidement. Je recule et me cogne contre le mur.

— Ne sème pas la pagaille ici ! rage-t-il.

— Quoi ? Comment ça, *ici* ?

Il me saisit la main et la pose sur son torse. Je sens son cœur battre à tout rompre. Sa main brûlante sur la mienne, son rythme au creux de ma paume et son souffle sur mon front. Je baisse les yeux, fixant ma main prisonnière de la sienne.

— Ici ! répète Rob avec un soupir en pressant ma main sur son cœur.

Doucement, il me relâche. Ses yeux s'accrochent intensément aux miens, je perds le fil de mes pensées et le regarde, immobile, quitter la pièce à son tour. Il me faut quelques instants pour revenir à la réalité.

Qu'est-ce qu'il vient de me dire ?

Je redescends au salon. Je vois Stella et Jay discuter à travers la baie vitrée. Ils ont l'air de se disputer, mais, connaissant Jay, je ne serais pas surprise qu'il ait décidé de la taquiner.

Je me rapproche d'eux alors qu'ils entrent dans le salon.

— Blanche !

Stella se précipite vers moi et se cache derrière mon dos. Jay nous regarde en croisant les bras.

— Tu l'embêtes, Jay ? demandé-je.

— Non, je voulais juste entendre à nouveau la voix de la rouquine, mais c'est plus difficile que prévu.

Stella lui tire la langue avant de filer vers les étages.

— Quelle gamine ! soupire-t-il.

— Tu n'étais pas venu en bonne compagnie ? demandé-je. Où sont vos cavalières à toi et Rob ?

— Les mannequins ? Elles sont avec le photographe, il avait des idées pour un autre shooting. Moi, leurs discussions de travail, j'en ai ma dose !

— Oh ! Ces filles font partie de l'équipe de Matthias ?

— Bien sûr, pourquoi ?

Je pensais qu'elles étaient les amies de Rob puisqu'il a débarqué avec elles… Mais rien ne me dit le contraire non plus. Je hausse les épaules. Je ne sais plus trop qui je dois croire. Je serre le poing. J'ai encore la vague impression de sentir les battements d'un cœur dans ma paume.

— Mon dragon ! s'écrie Théo en sautant du canapé.

Je me retourne. Roxanne rit avec le petit garçon qui me montre du doigt.

— Blanche, le fameux dragon de mon petit voisin, c'est toi ? (Elle éclate de rire.) C'est un super job !

Elle rit fort, je crois qu'elle a un peu bu et je la trouve légèrement nerveuse. Elle est venue en voisine. Peut-être pour aider Rob et Matthias à se réconcilier ? J'ai compris que c'était une de ses tâches favorites.

— Et tu craches du feu aussi ? demande-t-elle.

— Roxanne, ne te moque pas de moi !

Nous sourions alors que Théo raconte comment nous volons tous les deux à travers les nuages et comment j'ai mangé le méchant voleur de trésor. Ce sont les histoires que j'invente avec lui au parc.

Roxanne est hilare, son verre est vide. Combien en a-t-elle bus ? Matthias nous rejoint soudain.

— Je pense que Théo devrait aller se coucher, annonce-t-il en prenant son fils dans ses bras.

— Oh ! se désole Roxanne, qui fait la moue. Quel rabat-joie tu fais, Matt !

— Roxie, tu as trop bu, tu devrais arrêter, lui répond Matthias en lui enlevant le verre des mains.

— Ne me fais pas la leçon ! Je ne suis pas une de tes jeunes élèves ! Je suis assez grande pour savoir ce que je veux !

— Ce que tu veux ? Le sais-tu seulement ? dit-il, glacial.

Roxanne pâlit. Ils se dévisagent dans un silence lourd.

— Ouais ! fait-elle. (Il est clair qu'elle a trop bu…) Je veux que tu te dérides, mon petit Matthias ! Que tu te DÉ-RI-DES ! Pourquoi es-tu tout le temps si sérieux ? C'est chiant !

— *Chiant ?* répète Matthias de sa voix monocorde. Tu es si peu mature que je dois l'être pour deux.

— Mais au moins, moi, je vis ! réplique-t-elle.

— Si tu le dis !

L'atmosphère devient électrique.

— Roxie, rentrons ! intervient Jay. Il est tard ! Nous n'aurions pas dû venir.

— Pourquoi rentrer ? minaude Roxanne. Regarde comme on s'amuse ici ! (Elle lève un verre qu'elle attrape sur un plateau.) À notre collaboration ! Trinquons ! Nous fêterons cela au gala. D'ailleurs, avec qui iras-tu, Matt ? Ne me dis pas que la star de la soirée viendra seule ? Ce serait si triste ! Alors ?

Il y a un défi non déguisé dans cette question. Matthias serre les dents et pose sa main sur mon épaule.

— J'ai invité Blanche, déclare-t-il simplement.

Je… Hein ?? Quoi ?!

Je reste la bouche ouverte, complètement stupéfaite. Roxanne en pose son verre.

— Oh, je vois ! dit-elle en mimant l'indifférence.

Jay écarquille les yeux, sous le coup de la surprise. Je vois son regard passer de moi à Matthias puis vers le fond de la pièce. Je me retourne pour voir ce qu'il regarde avec son air interrogateur. De l'autre côté du grand salon, près de l'entrée, Rob nous dévisage en silence et, tout aussi silencieusement, sort de la maison.

CHAPITRE 30

La reine

Le lendemain, je dépose Théo à l'école puis je fais des courses. Vers la fin de la matinée, Matthias me donne rendez-vous dans une boutique tendance. Apparemment, il travaille avec les responsables de la marque. Je suis dans un quartier extrêmement chic de Paris, toutes les enseignes sont des boutiques de luxe. Il faut absolument que je lui parle d'hier soir. Je dois clarifier la situation et il me doit une explication !

— Blanche !

Matthias me salue depuis le bout de la rue en s'avançant vers moi. Quand il me sourit de cette manière, je le trouve gentil et je me demande comment lui et Rob peuvent se détester à ce point.

L'aîné des Duval s'apprête à me parler quand, soudain, j'ai l'impression fugace de reconnaître la silhouette d'une jeune femme.

Les longs cheveux blonds bouclés au fer, la bouche carmin, les mains aux ongles vernis… C'est impossible !

Mon ancienne meilleure amie et colocataire, dans une robe moulante, est en train de minauder devant un homme que je ne connais pas.

L'homme à qui elle parle porte d'énormes sacs sur lesquels je vois le logo des chaussures Rosso. Je sais très bien ce qu'elle fait. C'est habituel pour elle de se servir des hommes pour en tirer tout ce qu'elle peut : des sacs de luxe, des vêtements, des bijoux, des week-ends dans des palaces… C'est sa manière à elle de vérifier leur désir : jusqu'où un homme peut aller pour ses beaux yeux.

Ça m'a toujours dégoûtée, mais je n'y avais jamais assisté en direct. Laurine racontait cela de manière évasive. Jamais je ne voyais vraiment son comportement en couple.

Quand je l'ai vue embrasser mon père, j'ai eu un haut-le-cœur. Pourquoi s'intéressait-elle à lui ? Il n'avait pas d'argent, pas de position sociale. Était-elle enfin tombée amoureuse ? L'idée de les voir en couple me filait des boutons, mais c'était toujours mieux que de penser qu'elle sortait avec lui par intérêt. Là, j'aurais pu tout casser !

— Tu les connais ? s'étonne Matthias devant ma mine défaite.

Je lève les yeux vers lui. Dans ma surprise, j'ai eu un mouvement de recul et je me suis cramponnée à son bras. Je m'excuse en le relâchant.

La nausée est toujours là. La colère me dévaste, j'ai envie de traverser la rue pour lui griffer le visage et la jeter dans le caniveau, elle avec sa coiffure parfaite. Je la déteste comme jamais. La haine me submerge. Ma respiration est saccadée. Je veux me venger. Je veux venger mon père. Elle va me le payer.

L'homme aperçoit soudain Matthias et lui fait signe. Que nous veut-il ?

— Duval, on se promène ? C'est rare pour un accro du boulot comme toi ! s'exclame-t-il en amenant avec lui Laurine, dont le visage blêmit lorsqu'elle me reconnaît.

Je vais détruire sa relation avec ce type et réduire en bouillie son sourire d'hypocrite.

— Joue le jeu, OK ? Je veux me débarrasser de lui ! me murmure Matthias.

— Je sors avec mon amie, elle a eu raison de moi, dit-il tout haut en m'attirant contre lui avant que je n'aie eu le temps de réagir. La campagne de communication avance-t-elle bien ?

Les yeux de Laurine passent de moi à Matthias, puis à sa nouvelle conquête. Le petit gros moustachu n'a pas la prestance du ténébreux professeur, ni son corps parfait qu'on devine sous son costume. Elle hésite entre la stupéfaction et la jalousie.

— Mademoiselle, vous venez de conquérir un des plus beaux partis de Paris, un exploit incroyable ! commente le petit gros. Vous devez être une perle.

Il me sourit et Matthias me serre encore plus contre lui, en me tenant par la taille. Laurine est livide. Ce commentaire vient de la clouer sur place. Je me colle à Matthias pour en rajouter un peu.

— Je vous remercie, dis-je au petit bonhomme, mais c'est moi la plus chanceuse ! Matthias est vraiment merveilleux.

Laurine manque de s'étouffer quand Matthias me caresse la joue. Il est vraiment génial dans son rôle d'amant idéal. L'idée que je sois en couple avec un homme aussi sexy doit la tuer, mais c'est surtout le fait que Matthias soit qualifié de « beau parti » qui doit la mettre dans tous ses états. Je viens de la battre à plate couture (enfin, même si je fais semblant d'être en couple…) et je hume avec délice le subtil parfum de sa jalousie.

— Tu n'as pas vu Fred ? me lance Laurine avec un regard mauvais.

— Tu n'as pas vu mon père ? dis-je du tac au tac.

J'ai plus de répartie qu'elle n'en a jamais eu, alors, si elle veut jouer à me faire des reproches en mentionnant Fred, elle va tomber sur un os. Il est hors de question qu'elle me fasse la morale. Non seulement je n'ai rien à me reprocher en ce qui concerne Fred, mais, en plus de ça, c'est à cause d'elle que j'ai eu une relation avec un garçon qui me mentait.

— Vous vous connaissez ? demande son porte-sacs.

— Nous étions à la fac ensemble, mentionne Laurine comme si j'étais une vague connaissance.

— Fabuleux ! s'exclame le petit homme. Nous nous verrons donc tous à la soirée. Laurine a été invitée parmi les blogueuses tendance. Nous allons d'ailleurs rejoindre les autres dès à présent. On se voit là-bas ? À bientôt, mademoiselle.

— Au revoir, Smith ! répond laconiquement Matthias.

Lorsqu'ils sont suffisamment loin, Matthias m'interroge :

— À quel point tu la détestes ?

— Qui ?

— La blonde.

— Au point de vouloir la noyer dans la Seine.

— C'est ce qui me semblait. Tu étais très crispée. Tu l'es encore d'ailleurs.

Nos regards se croisent. Il me faut un quart de seconde pour me rendre compte que je suis toujours collée à lui ; sa main dans mon dos est la seule chose qui me maintient encore debout.

Je me dégage de ses bras en rougissant.

— Tu peux m'expliquer, ou c'est un secret ?

— C'est… (Je réfléchis.) En fait, je voudrais me venger de cette fille. Elle a pas mal ruiné ma vie ces derniers jours.

— Une vengeance ? Ça me plaît, ça. Tu m'aides et… je t'aide. Qu'en penses-tu ?

— Bonne idée ! m'entends-je dire dans un état second, tout en m'imaginant arracher la tête de l'autre débile pour la planter sur une pique que je laisserai griller au milieu du désert.

— Parfait. Alors tu m'accompagneras et je ferai de toi la reine de la soirée, ça la rendra jalouse ! Mais avant, fais-moi un grand sourire et regarde par ici !

Il dégaine son téléphone et fait un selfie de nous deux, enlacés. Puis je le vois pianoter un texte. Mon téléphone sonne dans la seconde qui suit. La photo de nous deux s'affiche sur mon mur Pomme-d'amour avec le commentaire « Hâte d'être à demain. J'ai trouvé ma princesse ».

— J'ai besoin que cette photo soit vue au maximum. Ne demande pas à l'effacer du site, OK ?

— Comment ça ? On peut effacer des photos du site même si ce ne sont pas les nôtres ?

Matthias me regarde en ouvrant de grands yeux.

— Mais, Blanche, c'est le principe même de Pomme-d'amour ! Toute personne qui est amie avec toi ou qui publie une photo de toi la partage obligatoirement sur ton mur. Si cette photo ne te convient pas, tu peux cliquer sur l'icône de la pomme rouge, à droite, et la photo disparaît. Complètement. Ça fait partie du contrôle de ton image. C'est pour ça que tout le monde adore cette application. Enfin, il y a plein d'autres raisons, comme l'idée des avatars changeants et personnalisés qui s'adaptent à ton profil via le miroir magique. Pour Roxanne, ce sont des photos de princes et de princesses, pour Jay, ce sont des personnages de dessins animés américains.

Je comprends le principe et ne m'étonne plus du tout qu'en me définissant comme Blanche-Neige sur le site j'ai fait que mes amis deviennent eux aussi des personnages du conte.

— Tu dis qu'on peut supprimer une photo, alors ?

Mon premier geste est de foncer sur la photo que Jay a prise de moi dans la boîte de nuit et de l'effacer dans la seconde en cliquant sur la petite pomme. La photo disparaît immédiatement. Je me sens soulagée !

— Bien sûr, précise Matthias, la personne qui a posté la photo est immédiatement avertie quand quelqu'un la supprime.

— Tant mieux, dis-je. (J'imagine la tête de Jay…)

— Tu souris ?

— Oui. J'adore le principe du droit à l'oubli et le fait de pouvoir supprimer ce que je n'aime pas.

— C'est la philosophie même de ce site : avoir le droit d'oublier et d'être oublié. Je pense aussi que c'est la raison de sa popularité. Si tu veux disparaître du Net en général, c'est impossible. Tout ce qui est posté reste. Mais, sur Pomme-d'amour, c'est plus intelligent. J'ai vu ce qu'une mauvaise utilisation d'Internet et une image publique détournée pouvaient engendrer. Roxanne, par exemple…, souffle-t-il en regardant le ciel.

— Roxanne ?

— Elle ne t'a pas raconté ?

— Non.

— À l'époque de notre adolescence, elle était assez exposée avec sa famille et son père dans le milieu de la mode. Elle était sans cesse photographiée et on utilisait son image à bon ou à mauvais escient. C'est devenu vraiment dur au lycée. Elle est plus discrète à présent à cause de ça, et tu ne la verras qu'à très peu de soirées officielles. Elle a une peur bleue des photographes et des paparazzi. Je crois que Pomme-d'amour est le seul site où elle s'est inscrite et jamais elle n'utilise Internet sinon.

— Matthias ?

— Hum ?

— Tu connais Roxanne depuis longtemps ?

— Depuis l'école primaire, mais on s'est… un peu perdus de vue au lycée. J'ai été envoyé aux États-Unis vers mes quinze ans.

— Oh !… Vous êtes donc amis d'enfance ?

— Amis… Je ne sais pas. Disons que nous sommes des connaissances à présent. Ça fait plus de dix ans, tout ça. Aujourd'hui, Roxanne est plus proche de Rob que de moi. C'est mieux ainsi.

Il dit ça en évitant mon regard interrogatif.

Je regarde mon reflet dans les vitrines en marchant. Je devrais arrêter de poser des questions, ce n'est pas très poli. Moi, je n'aimerais pas qu'il me demande pourquoi je cherche à tout prix à travailler et qu'il apprenne que je serais à la rue sans la générosité de Roxanne.

CHAPITRE 31

Le grand cœur d'une princesse ?

Après ce rendez-vous avec Matthias, je suis libre pour ma pause de midi. Alors que je mets les mains dans les poches de ma jupe en jean, mes doigts rencontrent mon téléphone. Je pense au message de Fred : *Il faut qu'on parle !* Mais de quoi ? A-t-il des remords, ce chasseur ? Est-ce qu'on peut se réconcilier ? Est-ce que mon cœur est assez grand pour lui pardonner ? Je ne sais pas.

J'ai trop de tristesse et de rancœur pour me calmer. Pourtant, croire que tout ce que nous avons vécu, nos soirées ensemble, nos sourires, était un pur mensonge est trop insupportable. Avant d'être mon petit ami, Fred était mon ami. Coincé, atypique, toujours à graviter autour de Laurine, mais mon ami tout de même. Ce n'est pas une personne méchante ou calculatrice. Je ne peux pas croire qu'il ait réussi à fomenter un plan aussi atroce. Qu'il m'ait tout caché par lâcheté, ça oui, ça ne m'étonne pas trop de lui. Il a toujours eu ce côté autruche, préférant mettre la tête dans un trou plutôt que de regarder la réalité en face. Au fond, nous ne sommes pas si différents. Moi aussi, je fuis la réalité. Mais mentir, manipuler… Ça, je n'aurais jamais pu. Je suis prête à écouter ce qu'il a à dire. S'il me présente des excuses, s'il m'explique… Peut-être que j'arriverai à lui pardonner. Je ne veux pas faire une croix sur tous les gens qui m'entourent simplement parce que je suis en colère. Je vais faire un effort. Enfin, je peux essayer. Un petit peu ?

Les doigts tremblants, je réponds au message de Fred en lui donnant rendez-vous devant les portes de l'allée privée. Ça me permettra de couper court à la discussion si cela se passe mal, en prétextant que j'ai des choses à faire pour mon patron.

Mon cœur bat dans mes tempes. J'ai peur. Peur de ce qui va se passer. J'essaie d'être logique et de laisser une chance à Fred, mais je crains de ne pas être assez forte pour supporter son regard plein de mépris…

Le rejet est atroce à supporter. J'ai toujours fait beaucoup d'efforts pour l'éviter. Je me suis appliquée à être discrète à la maison, pour ne pas être la cause des disputes de mes parents. Je ne supportais pas de les entendre dire des choses comme « *ta* fille », « quoi *ma* fille ? », ou « avant qu'elle naisse, les choses étaient différentes ». Tout cela me pesait, comme si ma simple existence était une erreur à leurs yeux. Étais-je mauvaise parce que j'avais brisé leur couple ? Je les aimais tellement, mais comment leur dire d'arrêter de crier, comment leur demander de me pardonner d'être là ? Je n'avais pas de super pouvoirs.

J'ai beaucoup réfléchi et, la seule solution que j'ai trouvée, c'est de ne pas être une gêne. Jamais. J'ai fait très attention à être « comme il faut ». J'ai beaucoup travaillé pour avoir les notes qu'il fallait en cours. Je suis restée isolée dans mon coin pour faire oublier ma présence aux autres et ne pas trop apparaître dans leur champ de vision. J'ai espéré être ignorée pour ne pas être une charge. Je me suis occupée de tout à la maison dès que j'ai été en âge de faire la vaisselle et les courses. On ne pouvait rien me reprocher de ce côté-là. Quand maman est partie, j'ai pris soin de papa. Plus que n'importe quel enfant ne l'aurait fait.

M'occuper des autres, prendre en charge le maximum de choses était ma manière de dire : « J'existe, mais je ne vous causerai aucun problème. Alors, s'il vous plaît, acceptez-moi un peu aussi. » Toute mon enfance, j'ai été comme une ombre. Je me suis construite selon les attentes des autres. C'était ma méthode de survie. C'était mon secret. Mon atroce secret.

Quand j'ai rencontré Laurine, ça a été comme une révélation. Elle me regardait droit dans les yeux et savait m'écouter aussi. Elle m'a redonné confiance en me redonnant le droit d'exister.

La première fois qu'elle a vu mes dessins dans mes cahiers, elle a poussé un cri :

— Blanche, c'est… incroyable ! Tu as dessiné tous les copains de l'école ?

— C'est rien…

J'avais peur qu'elle se moque de moi. Je dessinais les enfants de l'autre côté de la fenêtre de ma salle de classe.

— Mais c'est si réaliste. Là, c'est la maîtresse ? Et ici, c'est Lucas, Nico et Assan ?

— Oui, je les ai dessinés en ninjas.

Elle a ri.

— Et on voit Naella en sorcière et Line en fée ? Il faut montrer tes dessins aux autres !

— Non, ils vont se moquer !

— Mais, Blanche, tu ne te rends pas compte de ton talent ?!

Le lendemain, toute l'école s'extasiait sur mes petits dessins. C'est ainsi que Laurine m'a aidée à m'intégrer à ma classe, en me montrant que ma manière de voir les autres était aussi un don. Que l'on peut se faire des amis en se dévoilant un peu. Plus tard, encouragée par mon père et ma meilleure amie, j'ai osé faire une demande pour intégrer les Beaux-Arts. Mes dessins avaient évolué. Ils étaient plus aboutis techniquement et ma palette s'était élargie : je pouvais dessiner aussi bien des natures mortes que des nus ou des paysages. Pourtant, quitter le monde de l'enfance et ses personnages féeriques m'était impossible. Je vivais protégée par mon père d'abord, puis par Laurine.

Je pensais que personne d'autre ne ferait jamais attention à moi. Je m'en contentais. Ça a duré jusqu'à ma rencontre avec Fred.

Lorsqu'il m'a embrassée pour la première fois, j'ai été si surprise. Et quelque part tellement heureuse. Il m'avait choisie, moi. Il me semblait que c'était gratuit et sans intérêt caché. C'était juste pour moi. Le cercle de ceux qui me regardaient et me faisaient exister s'est agrandi d'un coup. Je lui ai fait confiance et j'ai ri avec lui, comme jamais auparavant. Entre Laurine et Fred, je me sentais en sécurité. J'avais le droit d'être moi, quel bonheur ! Je l'ai cru, du moins.

Ils avaient toute ma confiance ; j'étais sûre d'avoir la leur. Être au milieu de notre trio, c'était comme trouver une place rien que pour moi. Comme si on me disait : voici l'endroit où tu seras enfin heureuse.

Mais, au final, ce genre d'endroit n'existe pas.

Pas pour moi.

Fred n'a pas agi de manière désintéressée. Il n'avait pas de sentiments pour moi. Étais-je juste une ombre qui l'empêchait d'atteindre Laurine ? Est-ce que mon existence était encore une gêne ?

En réalité, je ne veux pas vraiment d'excuses de sa part. J'aimerais que Fred me dise que je compte quand même un peu pour lui. Même juste un tout petit peu.

Armée de tout mon courage, j'attends Fred devant l'allée privée.

J'ai peur. Le fer forgé noir et froid de la grille s'imprime dans la paume de ma main, qui s'y cramponne. C'est plus la grille qui me maintient debout que mes propres jambes.

— Salut !

— Fred, tu es déjà là ? Tu as fait vite, dis-je du ton le plus léger que je peux.

Il regarde l'autre côté de la rue. Il fuit mon regard et me tend un sachet en plastique.

— J'avais encore des trucs à toi chez moi. Je te les ramène.

J'ai du mal à respirer. Est-ce sa manière de me dire « Adieu, je te rejette de ma vie. Voici ce qui restait de toi, tout tient dans un mini-sac-poubelle » ?

— Bon, tu le prends ?

Le sac, au bout de son bras tendu vers moi, ballotte dans les airs. J'ai envie de m'enfuir.

— Fred, tu voulais me voir pour ça ? Tu n'as rien d'autre à me dire ?

— Te dire quoi ? Que, depuis que tu es partie de chez moi, tous mes amis me font des commentaires sur tes nouvelles fréquentations et tes activités étranges ? Tu t'es bien moquée de moi ! Quand je pense que j'ai eu de la peine pour toi. Mais tu sais faire la fête, comme si de rien n'était.

— Pardon ?

— Au final, tu te fichais bien de moi.

— Quoi ? Mais qu'est-ce que tu dis ? Je n'aurais jamais… Et puis c'est toi qui t'es servi de moi, comment as-tu pu ?

— Ne me fais pas la morale, Blanche. Tu crois que je n'ai pas vu les photos de toi en boîte qui circulent sur Internet ?

— Mais non, je…

— Ça t'amuse de me mettre la honte ? crie-t-il tout à coup. T'es vraiment comme Laurine ! Vous vous êtes bien moquées de moi, toutes les deux !

Il s'approche de moi, l'air furieux. Je ne l'entends plus, mon cœur s'est arrêté. Il me pousse et mes genoux touchent violemment le bitume. À travers mes larmes, je vois surgir une ombre. Je reconnais furtivement une silhouette.

Soudain, le sachet blanc s'envole ; il laisse s'éparpiller les souvenirs de ma courte vie en couple. Puis Fred est brusquement projeté à terre. Il lève le bras pour se protéger des coups. La silhouette noire le frappe dans les côtes et il pousse un cri de fauve. Il me faut un certain temps pour réagir et me lever.

— Arrête ! Arrête !

Je me relève et m'élance vers le poing levé de l'homme en noir. Il va tuer Fred. Pourquoi est-il intervenu ? Pourquoi est-il là ?

— Jay, supplié-je. Arrête !

Les coups de poing pleuvent de part et d'autre, mais Jay prend rapidement le dessus. Lorsque son pied s'écrase sur la poitrine de mon ex-petit ami, j'entends distinctement un craquement et je le vois immobile sur le sol. Inerte !

— Dégage, avant que je ne t'achève ! siffle Jay.

Mon ex se relève en me jetant un regard haineux.

— Je te la laisse. Je n'en veux plus !

— Moi non plus, je ne veux plus jamais te revoir, Fred, dis-je.

— Elle n'a pas besoin d'une mauviette dans ton genre, crache Jay.

Je regarde quelques secondes le dos de Fred qui s'éloigne, puis fixe Jay, pétrifiée. Mes genoux saignent sous ma jupe. Je lui retiens encore le bras pour être sûre qu'il ne poursuivra pas Fred.

— Elle est où ta répartie, Bob l'Éponge ? Depuis quand tu te laisses insulter ? T'es une demeurée, ou bien ? J'aurais pu lui refaire un peu plus le portrait, tu sais ?

— Je sais. J'aurais dû réagir plus vite ! Mais… je suis une mauvaise personne.

— Quoi ?

— J'aurais pu me relever plus tôt, mais… je n'ai pas eu cette force. Je crois… que ça m'a fait du bien que tu le frappes. Je t'ai laissé faire. Quelque part, je crois que ça m'a soulagée ! Je suis méchante ! C'est mal, n'est-ce pas ?

Je retiens mes larmes, mais mon nez coule.

Jay fouille dans la poche de son blouson et me colle un paquet de mouchoirs sur le front.

— Alors, comme ça, on est une mauvaise fille ? T'es pas crédible deux secondes avec tes genoux écorchés et tes larmes de gamine. Tu t'en rends compte, au moins ?

Il se fiche de moi en riant !

— Si tu étais si mauvaise, ce mec serait encore là à subir mes coups et tu serais hilare en le voyant agoniser. Au lieu de ça, tu t'en veux de ne pas t'être relevée plus vite pour m'arrêter ? C'est ridicule ! Tu as le droit d'être en colère et de vouloir tout casser. Arrête de te retenir, bon sang ! D'ailleurs, c'était qui ce crétin ? Ton ex ?

Je hoche la tête en me mouchant.

— La prochaine fois, ne te laisse pas insulter comme ça ! Et ne me prends pas pour ton chevalier, OK ? C'est juste que j'étais énervé et que sa tête ne me revenait pas.

Jay avise le sachet blanc qui vole à quelques centimètres de nous, l'attrape et commence à ramasser les objets éparpillés sur le trottoir.

Ce sont les miettes de mon couple avec Fred et je n'en veux plus. La seule chose importante dans tout ça, c'est la photo de mes parents, celle où ils me tiennent dans leurs bras. Je l'emmène partout avec moi. C'est un souvenir que je chéris. Mais j'ai beau chercher partout, je ne la trouve pas.

— C'est ça que tu cherches ?

Jay me tend la photo écornée. Elle est tombée dans le caniveau et a un peu pris l'eau.

— Tu n'es pas un peu vieille pour garder une photo de papa-maman ?

— C'est tout ce qui me reste, maintenant.

Je n'ai pas l'intention de lui en dévoiler plus. Je prends donc la photo et la fourre dans le sachet blanc. Mes doigts tremblent.

— Merci, Jay ! Tu n'étais pas obligé de prendre ma défense. Tout ça, c'est de ma faute ! Je croyais que je pouvais pardonner et qu'on pouvait me demander pardon aussi, mais mes espérances étaient un peu trop hautes. Pardon de t'avoir mêlé à tout ça.

— Tu vas faire quoi ?

— Oublier et reprendre ma vie en main. L'amour, je n'en veux plus.

Jay lève les yeux au ciel et hausse les épaules.

— Tu ne vas même pas te venger… Jamais tu ne seras « mauvaise », ma pauvre, c'est peine perdue !

— C'est un compliment ou un reproche ?

Il soupire et me soulève dans ses bras. Mes pieds ne touchent plus terre.

— Pas la peine de me porter, Jay ! Je ne suis pas blessée à ce point !

— Blanche, parfois tu dois compter sur tes amis. Tu ne peux pas toujours penser que tu es seule.

Je rougis. Comment fait-il pour comprendre ce que je ressens ? Je n'ai jamais eu d'ami garçon, à part Fred avant que nous soyons en couple, mais Jay ressemble un peu à celui que j'aurais aimé avoir.

Il me porte jusqu'à chez Roxanne. Je ne dis rien, je retiens mes larmes. Roxanne pousse un cri quand nous arrivons dans le salon.

— Mais tu saignes ? Qu'est-ce qui s'est passé ?

— Rien, je suis juste tombée.

— Vraiment ?

Roxanne se précipite vers moi et Jay me dépose sur le canapé.

— Je vais acheter de la glace au chocolat, annonce Jay.

— De la glace ? s'étonne Roxanne.

— C'est ce que vous mangez, vous les filles, dans ces cas-là, non ? Vous regardez des films qui font pleurer et puis vous mangez de la glace. J'aime pas vous voir pleurer, je sers à rien. Mais je m'occupe de la glace. J'y vais.

Nous regardons Jay sortir de la pièce sans un mot.

— Mais de quoi il parle ? demande Roxanne.

— C'est… Ce n'est rien.

— Blanche, nous sommes amies, alors s'il te plaît, dis-moi la vérité.

— Peut-être aussi que j'ai rompu avec la personne que je croyais être mon petit ami.

— Oh ! je vois…

— Et peut-être que Jay est intervenu.

— Il s'est battu, pas vrai ?

— Un peu… Je… je suis désolée.

— Ne t'inquiète pas. Je suis sûre que Jay a adoré taper sur un imbécile, dit-elle en mimant Jay boxer un type imaginaire.

Je souris malgré la situation.

— Bon, je vais nous préparer une soirée tranquille, mais d'abord on va s'occuper de tes égratignures.

Elle me fait asseoir, pose une couverture sur mes épaules et court à la salle de bains pour chercher la trousse à pharmacie. Il faut désinfecter mes genoux. Elle est si gentille. Est-ce ça d'avoir une amie ? Une vraie, je veux dire ?

Dans le couloir, je l'entends soudain discuter avec quelqu'un et je ne comprends que « dans le salon, prends donc la trousse et aide-la ». Jay a déjà dû rentrer.

Il est hors de question qu'il m'aide. Il en a déjà assez fait. Je ne veux me reposer sur personne. Je ne veux pas être une gêne. Après, on me le reprochera.

J'ai cru pouvoir ouvrir mon cœur, faire confiance à Fred. Finalement, ça a mal fini. Je ne voulais pas lui causer du tort, pourtant.

Il s'est servi de moi, et maintenant il pense que je fais comme lui. Je ne veux pas être ce genre de personne. Je ne veux pas tomber à leur niveau en me vengeant.

Quelle ironie ! Tout ça n'est qu'un malentendu, mais je ne m'excuserai pas. Je n'ai rien fait de mal. Sur les photos, on me voit discuter avec des garçons et danser. Est-ce si mal ? Il n'avait pas le droit de m'insulter. Au fond, il avait plus l'air d'être furieux à cause de sa réputation que d'être jaloux. Fred ne m'aimait pas. Pas du tout. C'est dur à encaisser.

Mais mes sentiments envers lui, était-ce vraiment de l'amour ? Si c'est ça, être amoureuse, je ne veux plus. Je me sens trop misérable.

Je vais reprendre mes techniques de survie d'avant, pour ne pas être rejetée comme si j'étais un boulet. Je dois être plus forte que tout ça. Plus forte !

— Blanche, mais qu'est-ce qui t'est arrivé ?

La trousse à pharmacie se pose sur la table du grand salon et une main se tend vers mon visage, dégageant avec une douceur infinie une mèche de cheveux qui retombe sur mes yeux.

— Rob ?

CHAPITRE 32

L'invitation au bal

La main de Rob replace une mèche de mes cheveux derrière mon oreille, effleurant ma joue au passage. Ses yeux ne se détachent pas des miens. J'y lis de l'inquiétude et une douceur à laquelle je ne suis pas habituée.

— Blanche, que s'est-il passé ?

— Rien.

Je n'ai pas oublié l'indifférence qu'il affichait chez mon patron, et son brusque changement de comportement me dérange au fond. Il m'ignore, puis me rappelle comme si de rien n'était. Devrais-je être plus méfiante ? Je ne veux pas être le jouet de ses techniques de cache-cache sentimental. Ça ne m'intéresse pas d'être prise au piège du « je t'aime, moi non plus » d'un don Juan habitué à séduire les filles en tout genre. Je n'ai rien contre Rob. Je ne veux juste plus être la victime d'affreux mensonges, comme avec Fred. J'ai eu ma dose.

Rob prend une compresse dans la trousse à pharmacie et l'imbibe de désinfectant, ignorant ma moue boudeuse et mon silence. Il la pose doucement sur ma jambe, ses doigts effleurent légèrement ma peau. Il est concentré ou évite conscienciеusement mon regard, je ne sais pas. Je l'observe à la dérobée, ne sachant pas comment réagir devant son attitude si attentionnée. J'attrape ma couverture et la serre sur mes épaules. Pourtant, je n'ai pas froid. J'ai même brusquement très chaud et mes jambes tremblent un peu, trahissant l'envie que j'ai qu'il me prenne dans ses bras.

Il me trouble tellement.

Je veux le mettre à distance. De mon cœur, de mon corps, de mon esprit qui pense trop à lui et à ses yeux d'un bleu si profond. Ai-je menti en disant que je voulais qu'on sorte « juste entre amis » ? J'ai peur de mon cœur.

— Je peux le faire moi-même, dis-je en lui prenant la compresse des mains. Tu peux retourner à tes occupations. Je suis une grande fille.

— Blanche… Je voulais juste t'aider.

Sa voix se casse lorsque nos yeux se croisent. Je lui jette un regard affichant une fin de non-recevoir. Je cache mon malaise. Je ne veux pas tomber amoureuse si c'est pour me sentir misérable encore une fois.

— Ça va, maintenant. Je vais me débrouiller seule, j'ai l'habitude.

— Blanche, je suis désolé de t'avoir ignorée devant mon frère. La situation est compliquée et…

— Tu n'es pas obligé de m'en parler. Tu ne me dois rien.

Je commence à désinfecter mes genoux. Le produit pique un peu, mais les larmes que je retiens n'ont rien à voir avec cette douleur infime. Qu'est-ce qui me prend de lui faire des reproches ? Pourquoi est-ce que je ne peux pas accepter simplement sa gentillesse ? Peut-être parce qu'elle me paraît feinte. Parce que j'ai peur de voir se répéter ce que j'ai vécu avec Fred. Je ne veux pas m'attacher à quelqu'un juste parce qu'il aurait été un peu « gentil », ou juste parce qu'il m'aurait accordé un peu d'attention. Rob est un séducteur. Je le sais depuis notre première rencontre. Je me souviens encore de sa manière de danser avec toutes ces filles en boîte de nuit. Je ne veux pas être une de ses conquêtes et ajouter mon nom à la longue liste de ses aventures sans lendemain.

Mon cœur n'est pas fait d'acier. Je suis la seule à pouvoir le préserver d'une nouvelle fêlure. Je ne veux plus de désillusions. Rob est un prédateur trop dangereux pour moi. Je ne suis pas de taille. Mes sentiments sont toujours sincères, je ne sais pas jouer comme les autres. Je ne connais pas les codes de la séduction, je ne sais pas plaire, je déteste l'idée de flirter. Tout cela est une supercherie que je n'ai jamais comprise. La seule autour de moi qui en maîtrisait parfaitement les techniques, c'était Laurine. Mais la voir tirer les fils de ses relations amoureuses ne m'a pas appris à en apprécier les subtilités. Ça ne m'intéresse pas. Je passe mon tour.

— Tu peux y aller, tu dois avoir mieux à faire, dis-je doucement.

— Je voulais simplement savoir comment tu allais, je pense à toi depuis des jours, je…

— Arrête, le supplié-je. Je n'ai pas besoin de mensonges.

Je me souviens encore de notre discussion sur la terrasse chez Roxanne, lorsqu'il m'a avoué qu'il disait à toutes les filles qu'il voulait les revoir sans pour autant le penser. En quoi serais-je différente ?

— Si tu n'as rien de particulier à me demander, je ne te retiens pas.

Il semble hésiter et se passe la main derrière la nuque.

— Jay m'a appelé alors que j'étais en chemin. J'ai appris pour toi et ton ex.

Je retiens mon souffle. Non ! Je ne voulais pas que ça se sache ! De quoi ai-je l'air ? Est-ce que je lui fais pitié ? Est-ce qu'il croit que je suis toujours amoureuse de ce type horrible ?

Je baisse la tête, mes cheveux noirs cachent entièrement mon visage. Je ne veux pas être pathétique, mais là, je ne sais plus quoi dire.

— Ce n'est rien, dis-je tout bas. Je savais déjà que je ne pouvais m'attendre à rien de bien. Les hommes de mon entourage sont tous les mêmes. Ils se moquent bien de moi. Ça t'amuse, ce qui m'arrive ? Tu es venu rire de moi ? Cela ne te suffisait pas de m'avoir ignorée chez ton frère ces derniers jours ?

— Blanche, la situation avec mon frère est plus que complexe. Je ne voulais pas que tu y sois mêlée, mais je vois qu'il a commencé son petit manège de manipulateur…

— Quoi ? Je ne comprends pas.

— J'ai vu le selfie de toi et Matthias. Je me demandais s'il t'avait demandé de faire quelque chose.

— Oh ! Je vois. (Il avait donc un objectif en tête, il n'est pas venu juste pour me voir. Je dois me rendre à l'évidence.) Je travaille pour ton frère, c'est tout.

— C'est tout ? s'assure-t-il. Il me semble qu'il t'a invitée à une soirée, tu n'as pas accepté ?

— Si, mais…

— N'y va pas. Ce n'est pas un endroit pour toi.

— Quoi ? Ça veut dire quoi « pas un endroit pour toi » ? Tu me méprises à ce point ? Il m'a invitée, donc j'irai si je le souhaite.

— Ce n'est pas une bonne idée. Matthias t'a sûrement invitée par intérêt, et…

— Bien sûr, dis-je. Personne n'inviterait une pauvre fille comme moi par bonté.

— Ce n'est pas ce que je voulais dire.

— Mais c'est ce que tu as dit.

Le silence s'installe entre nous. Je le sens bouillir de l'intérieur, mais j'en ai autant à son service. Je ne plierai pas. C'est fini.

— Si je t'interdis de fréquenter mon frère, c'est pour ton bien !

— Tu… m'interdis ? Rien que ça ?

Les bras m'en tombent. Est-ce que sa gentillesse n'était qu'un masque ? Rob est-il un homme autoritaire ? Fred était avec moi pour ma docilité, mais Rob ? Je ne peux pas le croire.

— Je ferai comme je veux, tant pis si je n'ai pas ta bénédiction.

— Je te dis de te tenir éloignée de lui ! C'est moi qu'il cherche à atteindre à travers toi.

— Comment le pourrait-il ? Et quand bien même, je ne le laisserai pas faire, mais…

— Mais…

— C'est vrai qu'il m'a dit qu'il voulait mon aide. Je n'ai pas demandé pour quoi.

— Ah, tu vois ! Donc, tu n'iras pas !

Le ton incisif de Rob ne me plaît pas ! Je suis furieuse qu'il joue les donneurs de leçons alors qu'il m'a ignorée presque toute la semaine.

— Je n'ai pas d'ordres à recevoir de toi ! dis-je en me levant.

— Eh ! Mais pourquoi vous criez ?

Roxanne entre, avec Jay qui porte deux énormes pots de glace.

— Mademoiselle veut aller au gala, explique Rob en croisant les bras. Matthias l'a invitée.

— Ça craint ! marmonne Jay.

— Pas sûr, sourit Roxanne. Matthias s'est calmé dernièrement. Vous êtes trop durs avec lui. Il s'inquiète pour vous deux, c'est tout. C'est un grand frère attentionné, même si ça vous énerve de l'admettre. Ce n'est pas un terroriste.

— J'hallucine, s'écrie Jay. Tu es de son côté ?

— Je suis du côté de ce qui est bien.

— Hors de question, râle Jay, que je rentre dans ce moule social pour coincés du…

— Hé, oh ! le coupe Roxanne. Vous en faites partie, que vous le vouliez ou non.

— Impossible de discuter avec toi ou Blanche ! s'indigne Rob. Je me casse !

— C'est ça ! Bon vent !

Je me rassois sur le canapé et leur tourne le dos. Les garçons sortent (malheureusement avec les pots de glace !) et Roxanne lève ses paumes vers le plafond.

— Ah ! Les relations entre eux et Matthias ne sont pas faciles.

— Je ne devrais peut-être pas y aller. Si c'est pour causer des problèmes à tout le monde, ça ne sert à rien.

— Ce n'est pas de ta faute. Même moi je n'arrive pas à recoller les morceaux entre eux. Mais j'espérais que ce serait possible à cette soirée. Il faudra bien que leur dispute prenne fin.

La sonnette retentit dans le couloir. Est-ce que les garçons reviennent s'excuser ? Venant de Jay, c'est impossible. Quant à Rob, il était bien trop énervé. Roxanne s'absente quelques secondes et réapparaît avec un immense carton, emballé comme un paquet-cadeau.

— C'est quoi ?

— Je ne sais pas. Une livraison surprise ? Il y a une carte. (Roxanne l'ouvre et sourit.) Il va vraiment falloir aller à cette soirée… C'est l'invitation officielle.

— Tu es invitée aussi ?

— Oui, mais je le savais depuis longtemps. Ce paquet et ce mot sont pour toi, Blanche.

— Mais non, voyons !

Je lis la petite carte qui accompagne le carton :

Pour la jolie princesse qui voudra bien m'accompagner. Je me permets de t'envoyer aussi la tenue appropriée.

Matthias

— Il a très bon goût, s'exclame Roxanne en ouvrant le paquet. Je crois que j'ai les chaussures assorties en plus !

Ma main se tend vers le tissu brodé de cette robe de gala. C'est tellement beau… Peut-être trop pour « une fille comme moi ».

CHAPITRE 33

Ne m'appelez pas Blanche-Neige !

Ai-je le droit d'accepter un cadeau d'un homme qui n'est pas un proche ? Je fais la moue en touchant le tissu brodé.

— Je vais lui rendre la robe. Je préfère me payer moi-même ma tenue. Je ne veux pas dépendre de quelqu'un, ni être redevable à qui que ce soit.

— C'est ton honnêteté que j'aime tellement, rit Roxanne. Mais pour cette fois tu ne peux pas refuser car, vois-tu, c'est cette robe que tu dois porter.

— Pourquoi celle-là précisément ?

— Parce que c'est la robe de la princesse que tu incarnes.

— De quoi parles-tu ?

— Il y aura des thèmes à cette soirée. Tu sais qu'il s'agit d'un lancement de produit des Rosso, avec les équipes de Matthias et même le site Pomme-d'amour.com. Eh bien, certaines invitées incarneront des héroïnes de conte de fées ou des princesses dans des robes haute couture.

Roxanne m'entraîne vers son dressing pour y accrocher la robe sur un portant.

— Nous lançons un produit très ludique pour le monde de la mode et j'y participe aussi. Voilà ma tenue. (Roxanne tend son index vers une robe bleu ciel qui brille tant qu'elle ressemble à du cristal.) Je suis censée incarner Cendrillon, la princesse aux chaussures enchantées. En tant que représentante de la firme Rosso, ça ne pouvait être que moi, n'est-ce pas ?

Elle rit.

— La tienne, Blanche, ne te rappelle rien ?

Je regarde la robe longue. Son bleu nuit et ses broderies jaune jonquille ne me disent rien de spécial. Le bustier est incrusté de pierres brillantes bleues et dorées. La seule princesse à porter ces couleurs…

— Ce n'est pas…

— Si, dit Roxanne en hochant la tête. La princesse qui accompagnera Matthias à cette soirée sera également l'ambassadrice de Pomme-d'amour.com et incarnera Blanche-Neige.

— Oh, non ! Tout mais pas ça !

Je ne veux pas mettre cette robe. Je ne veux pas incarner cette princesse. C'est un cauchemar.

Se déguiser… Je me souviens des jours de carnaval en primaire. Au milieu des shérifs, des policiers et des superhéros, une petite princesse devrait théoriquement être en sécurité. Théoriquement. Mais, si le masque nous permet d'exprimer un autre trait de notre personnalité, si le déguisement nous ouvre un champ de possibilités infini grâce à notre imaginaire d'enfant, la vie m'a appris que, sous l'idéal merveilleux de cette fête aux costumes chamarrés, se cache la sombre facette de la nature humaine.

Ma main se resserre sur le tissu de cette robe haute couture envoyée par Matthias, de la même manière que mes mains d'enfant froissaient avec désespoir mon déguisement dans la cour d'école.

Blanche-Neige est un conte que maman me lisait. Et dans mes rêves, allongée dans mon petit lit, je quittais la réalité où ma timidité maladive me bloquait et entrais dans un nouvel univers : il y avait dans une forêt magique une chaumière, un foyer merveilleux qui n'attendait que moi. C'était un endroit où la sécurité et le calme prenaient le pas sur les disputes quotidiennes de mes parents. Un lieu extraordinaire où des nains m'accueillaient comme une amie. Des amis rien que pour moi, qui veillaient sur moi et me donnaient des conseils bienveillants. Un lieu où j'étais préservée de la cruauté de la vie.

Il y a des petites filles qui veulent être des princesses pour la richesse et les robes magnifiques. Il y a des gens qui aiment les contes de fées pour les histoires d'amour et de magie. Blanche-Neige a survécu à la méchanceté d'une reine maléfique et rencontré son prince. À neuf ans, ces histoires de bisous sortant une jeune fille de son sommeil prolongé ne m'intéressaient pas.

Blanche-Neige était exceptionnelle en ce sens qu'elle avait rencontré sept nains. Ce conte était pour moi le fantasme d'une histoire d'amitié éternelle.

Seule derrière la vitre de la salle de classe à dessiner mes rêves de toutes les couleurs du bout de mes pastels gras, je rêvais de les rencontrer, ces amis que je n'avais pas.

Lorsque, pour Mardi gras, maman était arrivée avec la robe de Blanche-Neige, j'avais trouvé que c'était un cadeau incroyable ! En portant les couleurs de la princesse tant admirée, j'aurais moi aussi la possibilité de tester un peu de sa magie. Y avait-il des amis qui m'attendaient dans une forêt enchantée ? Jamais je n'avais été aussi heureuse et pleine d'espoir que ce jour-là à l'école. Quelque chose d'extraordinaire allait m'arriver. Mais, au milieu de princesses bien plus à la mode, j'avais subi les railleries des autres enfants comme si, pour eux, c'était un jeu amusant. La réalité m'était retombée dessus.

Il n'y a pas de magie pour moi.

J'avais attendu le retour de maman pour rentrer à la maison, avec la honte de savoir que je n'étais pas à la hauteur de la belle robe qu'on m'avait offerte. C'était une imposture.

Ce jour glacial, c'est papa et ses yeux rougis qui avaient débarqué devant les grilles de l'école. C'était inhabituel. Mais c'était mon papa ! Il savait mes malheurs ! Il avait deviné que j'avais besoin d'aide et il était venu me sauver, n'est-ce pas ? Dans la voiture, au feu rouge, entre deux soupirs, papa, qui me regardait de temps à autre dans son rétroviseur, m'avait annoncé avec difficulté que maman était partie pour quelque temps. Quelque temps ? En mots d'enfant, ça fait combien de jours et combien de nuits ? Il n'avait pas su me répondre.

Leur dispute avait été un peu plus violente que d'habitude. Maman était partie en claquant la porte. Elle n'était pas revenue, ne laissant que des messages sur le répondeur du téléphone de la maison.

Est-ce que maman est fâchée contre moi ? Est-ce que c'est parce que je ne suis pas une gentille princesse ? Comment lui dire de revenir ? Alors que mes mains tordaient le tissu du petit déguisement, j'ai compris ce jour-là et ceux qui ont suivi que Blanche-Neige n'était pas une histoire d'amitié et que la magie c'était pour les vraies princesses.

Mais pas pour moi.

J'ai compris le conte.

Blanche-Neige est une histoire d'abandon.

C'est l'histoire d'une princesse abandonnée par sa mère.

Je n'avais compris que le début.

Seule avec mon père qui déprimait et se plongeait dans son travail pour donner le change, j'ai fait ce que je savais le mieux faire. Rester discrète. Ne pas être une gêne. J'y ai mis tout mon cœur. Pour que papa, enfin, se rende compte que j'existais et que j'avais été courageuse. J'ai rangé ma chambre tous les jours, puis plus tard j'ai fait les repas et géré les papiers de la maison.

Il y a eu d'autres femmes dans la vie de mon père, mais elles défilaient sans vraiment avoir d'importance pour lui. J'espérais rester toujours sa préférée. Lui m'appelait « ma petite princesse » et m'emmenait faire des promenades longues et amusantes. Nous ne nous mentions pas. Quand il allait mal, il m'en parlait comme si j'étais une adulte et je me sentais privilégiée. Mon père et moi, c'était nous contre le monde entier. Il était mon père, mon meilleur ami, et prenait toute la place dans mon cœur d'enfant. J'ai grandi comme ça.

Parfois, nos relations subissaient les aléas de ses amours : papa me présentait ses nouvelles reines ; certaines étaient odieuses avec moi mais je passais outre, priant parfois le soir pour que maman revienne dans nos vies. Mais maman ne revenait pas. Elle envoyait des cartes postales de ses voyages au bout du monde. Pour ne pas faire de peine à papa, je les cachais dans mon armoire. Je m'imaginais une vie avec elle, à découvrir ces paysages lointains que je ne connaissais pas. Mais je ne pouvais avouer à papa qu'elle me manquait tant. Cela aurait été comme une trahison. Alors, quand elle a enfin demandé à me revoir, j'ai préféré dire non. Moi, je n'abandonnerai pas mon père. Moi, je resterai.

Le jour de mes dix-huit ans, j'ai quitté la maison pour faire mes études à Paris. J'ai emménagé avec Laurine, qui avait déjà fait sa vie d'adulte à la capitale. C'était comme retrouver une grande sœur. J'imaginais que, enfin, ma vie allait être celle d'une jeune femme indépendante.

Je m'occupais encore du courrier et des formulaires administratifs quand papa était en reportage. Il y a quelques mois, les papiers du divorce sont arrivés. Maman réapparaissait avec fracas, sans montrer le bout de son nez. Puis j'ai reçu une carte postale. Maman m'en envoyait parfois et je les cachais à papa. J'ai appris de cette manière qu'elle avait refait sa vie à New York. Pour s'acheter une nouvelle maison, elle devait brader son ancien foyer. Maintenant, je savais où elle était, elle n'en bougerait peut-être plus. Pourtant, impossible de me décider à aller la voir. Impossible.

Peut-être que papa croyait que l'amour de sa vie allait réapparaître, même après toutes ces années. Mais c'était trop espérer. La maison a été vendue en quelques jours pour couvrir les frais du divorce et procéder au partage équitable de leur ancienne vie à deux. Sans toit, papa s'est tourné vers moi. C'est comme ça qu'il a atterri dans le petit appartement que je partageais avec Laurine début mai.

Le divorce a été comme un rappel retentissant de mes souvenirs d'enfance. C'était dur à encaisser. Encore une fois.

Encore une fois, j'ai fait semblant de tenir le coup. Je me suis noyée dans le travail. Concentrée sur mes révisions, je vivais presque dans la bibliothèque universitaire, laissant derrière moi papa seul avec Laurine. Je me renfermais un peu plus sur moi-même. Puis j'ai passé mes partiels en pensant que la situation s'arrangerait rapidement. Papa allait s'en aller et moi, j'allais reprendre mon indépendance et me trouver un job d'été.

Mais un soir, en rentrant de mon dernier examen, je les ai trouvés, là sur mon canapé, à s'embrasser. Papa me mentait ? Qu'est-ce que Laurine avait en tête ? Était-ce son moyen de me faire comprendre que j'étais allée trop loin ? Laurine n'a jamais apprécié son propre père, alors la complicité qu'ils avaient tous les deux de temps en temps passait à mes yeux pour une relation père-fille d'adoption.

Comme je me suis leurrée.

J'ai claqué la porte de l'appartement. Comme on manque d'air. J'ai couru au plus loin. Sans espérer quoi que ce soit. Je fuyais. Et puis je suis tombée sur Rob, Jay et Roxanne dans ce petit bar pour la jeunesse dorée de la capitale.

Lorsque Rob m'a créé un profil sur Pomme-d'amour et surnommée Blanche-Neige, le souvenir de mon imposture comme princesse est remonté, comme un cadavre jeté à l'eau et que les courants ramènent sur la rive des années plus tard.

J'ai compris la deuxième partie du conte.

Cette fois, c'est mon père qui m'abandonnait. Mon amour pour lui était insuffisant. Comme la princesse, je n'avais pas d'autre choix que la fuite.

Je ne veux plus me déguiser ! Je ne veux plus jamais que des adultes complices de la supercherie me sourient en m'appelant Blanche-Neige, alors qu'ils savent que les fées n'existent pas et que la magie n'apparaît jamais.

Je ne veux plus qu'on m'appelle Blanche-Neige. Plus jamais !

— Je vais prévenir Matthias, dis-je à Roxanne. Je n'irai pas à cette soirée ! Tu peux rassurer les garçons.

Il fait nuit, c'est un peu tard mais Roxanne m'encourage à envoyer un SMS tout de suite à Matthias. Selon elle, mon refus aura des conséquences urgentes : il faudra en effet me trouver une remplaçante au pied levé pour porter la robe.

J'envoie donc un message en expliquant que, malheureusement, je ne pourrai pas venir et je prétexte un emploi du temps surchargé.

Cette journée m'a paru si longue ! Alors, lorsque ma tête s'enfonce dans l'oreiller moelleux de mon nouveau lit, je pousse un soupir de soulagement. C'est fini. Dors ma vieille, demain tu aviseras. Mes paupières se ferment, comme caressées par une main invisible. Et je pars…

CHAPITRE 34

Timide et son dragon

Je rêve ? Cela me semble pourtant très réel. Je suis dans une cuisine laquée noire. J'ai si chaud. J'ai mal aux pieds d'avoir marché et dansé avec les talons trop hauts prêtés par Roxanne. J'ai déposé les chaussures dans l'entrée. Je me vois griffonner un mot de remerciement à Roxie, qui est déjà rentrée chez elle. Jay discute avec des filles qui se collent à lui. C'est un souvenir de la soirée où j'ai rencontré les garçons ? Je suis dans l'immense appartement de Rob ; nous sommes revenus de la boîte de nuit et de notre promenade sur les quais.

— Les filles vont coucher dans la chambre d'amis, explique Jay. Je vais prendre le canapé de l'étage inférieur. Sauf, se moque le jeune homme, si notre petite fêtarde veut me rejoindre ?

Il se penche vers moi et rit de sa proposition explicite.

— Non ! répliqué-je. Pas question !

— Jay, laisse-la tranquille. Elle va rester ici ce soir mais pas dans tes bras, intervient Rob.

— Ici ? Mais dans quel lit ? J'ai encore faim et je suis plus enclin à dévorer les princesses qu'à les protéger. Allons, Rob, donne-m'en un peu. Tu te moques bien des autres filles d'habitude, tu sais que ton cœur est trop fragile pour leur accorder de l'importance.

— Bonne nuit, Jay, répond son ami.

Jay hausse les épaules et descend les escaliers. Une fille le suit discrètement.

— Et moi ? dit-elle.

— Pourquoi pas ? se moque-t-il. J'aimerais un polochon sexy pour la nuit. Notre Blanche-Neige est un peu trop sèche avec moi. Je suis si triste, console-moi !

Les autres filles rient et partent en nous disant qu'elles doivent avoir le teint frais pour demain. Franchement, moi, mon teint, je m'en moque. Je sais aussi que je ne trouverai jamais le sommeil. Dans ma tête, les questions vont tourner en boucle. Mon père et Laurine, est-ce qu'ils dorment ensemble à l'heure actuelle ? Je vais vomir si je pense à leurs corps l'un contre l'autre ! Mais peut-être est-ce plutôt à cause de tout l'alcool que j'ai bu…

Rob me tend un verre d'eau. Nous sommes seuls à présent dans la cuisine.

Il me regarde sans un mot. Je n'ai pas l'impression qu'il veuille vraiment me faire la conversation… J'ai envie de toucher ses cheveux qui tombent sur son front. Je divague totalement…

Il faut que je pense à autre chose et mes yeux balaient l'immense loft. Pourtant, je sens encore la présence de Rob tout près.

Je soupire, quand soudain une main attrape la mienne et je vois Rob la porter à sa bouche. Mon souffle se coupe devant ses yeux bleus qui me regardent intensément, la chaleur de ses lèvres au creux de mon poignet.

— Blanche, murmure-t-il de sa voix grave. Blanche, est-ce que tu…

Une sonnerie me tire brusquement de mon rêve… Est-ce que… Est-ce que je rêvais ?

Je cherche dans le noir d'où vient la sonnerie qui vient de ruiner ce flash-back et mon sommeil. Ce n'est pas l'alarme du réveil, c'est mon téléphone.

— Mmmallô, c'est qui ?

— Blaaaaaanche, viens vite ! hurle une petite voix d'enfant.

— Quoi, mais… Théo ? Allô ? Allô ?

Il a raccroché ! J'ai enregistré mon numéro de téléphone sur le petit portable de Théo et je lui ai dit de m'appeler en cas d'urgence. Il lui suffit de presser le numéro 2 (le 1 est le numéro de son père).

Les yeux encore embués d'avoir été réveillée en sursaut, je marche au radar et enfile un tee-shirt beige et un jean bleu en quelques secondes. Dehors, la soirée apporte sa fraîcheur et me réveille un peu. Je dépasse l'énorme portail de la maison voisine et longe le chemin bordé de buissons ronds. La porte d'entrée n'est pas fermée à clé ; je traverse le hall en direction des voix que j'entends.

Je pénètre alors dans le salon immense où des femmes en tenue de soirée et des hommes en costume discutent. C'est un cocktail ! Je me sens déplacée. Les gens me regardent passer l'air étonné devant mon jean et mes cheveux que je porte détachés, sans aucun apprêt.

Un cri inhumain provient du fond de la pièce adjacente. Je me précipite, tandis que les invités poussent des soupirs de lassitude.

Le cri hésite entre la sirène de pompier défectueuse et le violon mal accordé. Il fait comme une vague, avec des hauts et des bas, de courts moments d'hésitation avant de redémarrer. Ce n'est pas très mélodieux, et cela a le mérite de casser parfaitement les oreilles au point de pouvoir les faire saigner. Une merveille de torture auditive.

Théo hurle à s'en casser les cordes vocales tout en se roulant par terre.

Je m'avance vers le mégaphone humain et me penche vers lui. Il est rouge de colère et se convulse sur le tapis oriental, créant le vide autour de lui.

— Je veux mon dragon ! hurle-t-il.

— Jeune prince, dis-je avec un air conspirateur, avez-vous révélé mon secret à quelqu'un ? C'est très grave, vous savez ?

Théo hoquette et me regarde, accroupie à ses côtés. Ses pieds qui tambourinaient sur un rythme de techno-dance sauvage oscillent doucement dans l'air chaud de cette soirée pour adultes blasés.

— Quel secret ?

— Vous ne devez pas dire que je suis un dragon ! Je me déguise en fille la journée pour qu'on ne me reconnaisse pas. Si vous dites mon secret à tout le monde, des méchants vont vouloir me capturer.

— Oh, non ! Je te sauverai ! dit-il en agrippant ma manche de son petit poing. Je ne les laisserai pas faire.

— Heureusement, dis-je. Je discutais tout à l'heure avec le roi des sorciers, j'ai une mission à accomplir pour ce soir. Pourriez-vous m'aider, jeune prince ?

— Le roi des sorciers ? Il a dit quoi ?

— Il m'a dit que tous les enfants devaient dormir tout de suite ! Sinon, demain, j'aurai des problèmes pour me lever et je ne pourrai plus voler tellement je serai fatiguée.

— Tu pourras plus voler ?

— Plus du tout. Alors je propose qu'on aille se reposer maintenant, d'accord ?

Théo hoche sa petite tête blonde en essuyant le reste de ses larmes d'un revers de main. Je le fais monter sur mon dos et quitte les salons sous le regard soulagé des invités.

À l'étage, sa chambre est si grande qu'elle pourrait à elle seule contenir mon petit appartement. Le prince timide ne lâche pas ma main lorsque je l'allonge dans son lit et me regarde avec espoir et inquiétude.

— Tu seras là quand je me réveillerai, Blanche ? En vrai ?

— Je suis ta baby-sitter, donc on va se revoir, mais tu dois dormir.

— Alors, il sera content et moi aussi.

— Qui ?

— Mon papa. Il m'a dit : « Appelle ton dragon, il va sûrement venir vite. »

Je ne comprends pas bien son histoire mais Théo s'endort aussitôt, sa petite main dans la mienne.

— C'est un gentil garçon. Il a su appeler son dragon correctement. Quelle chance pour moi ! intervient une voix d'homme dans mon dos.

Je me retourne.

Matthias, adossé contre la porte, me sourit.

— Alors, Blanche, tu veux me faire faux bond ?

— Tu as utilisé Théo pour me faire venir ?

Il sourit en coin et reste silencieux. Stella m'avait prévenue : « Il invente ses propres règles. » Je me rends compte qu'il sait utiliser les autres de manière subtile et efficace.

Matthias s'avance et se penche vers moi. Son regard a quelque chose de magnétique. Ça me noue l'estomac, mais pas d'une manière qui me semble désagréable, juste… inhabituelle. Il a les yeux bleus comme son frère Rob.

— Matthias, je ne te l'ai jamais demandé, mais où est la maman de Théo ? dis-je brusquement, pour changer de sujet.

— C'est une histoire compliquée, je ne veux pas rentrer dans les détails, répond-il évasivement. Elle et moi ne sommes pas un couple, nous vivons dans des villes différentes. C'est une personne un peu spéciale qui a préféré me laisser Théo.

— Tu n'es pas marié, alors ?

— Non, je ne l'ai jamais été. Ça te gêne ?

— Quoi ?

— D'aller à une soirée avec un père célibataire ?

— Non. Je… je ne pensais pas à ça.

— Les jeunes parents ont aussi le droit de sortir, sourit-il. Ils peuvent même tomber amoureux, tu sais…

Matthias me regarde avec son petit sourire en coin. Je détourne le regard malgré moi.

Avant Laurine, mon père sortait avec d'autres femmes quand j'étais enfant. Lui aussi était un père célibataire. Oui, mon père tombait amoureux. C'était pénible pour moi. Mais je n'étais pas toute sa vie, même si j'aurais bien aimé l'être. J'étais juste sa fille. Son cœur d'homme, il pouvait bien le donner à d'autres. Je ne voulais que son amour de père.

La grande différence avec Matthias, c'est que mon père m'imposait ses nombreuses conquêtes. Ses multiples reines défilaient dans ma vie sans arrêt. C'était parfois dur à supporter, certaines me haïssaient, d'autres m'ignoraient. Aucune n'est restée suffisamment de temps avec lui pour devenir une nouvelle maman.

— Je ne veux pas tomber amoureuse, dis-je pour rompre le fil de mes pensées.

— Je ne te force à rien… Je ne te parle pas d'amour, je te parle d'une soirée. Il me semble aussi que ton esprit est ailleurs dès que Rob entre dans ton champ de vision, je me trompe ?

Je le dévisage et rougis un peu, tandis qu'il rit doucement de mon trouble. Comment peut-il dire ça ? Pourquoi est-ce que je suis gênée par sa remarque ?

— Tu es tellement innocente, c'est mignon…, se moque-t-il. C'est si… « rafraîchissant » dans notre milieu. Mais fais attention : Rob te cache pas mal de choses. Au fond, ce n'est pas un Duval pour rien.

— On a tous nos secrets, Matthias ! Rob n'a pas à tout me dire et l'inverse est vrai également.

— Mais peut-on construire une relation sincère sur des non-dits ?

— Je ne sais pas. Je dirais que non.

— C'est bien ce qui me semblait. Un jour, Rob devra crever l'abcès et avouer à quelqu'un ce qui le détruit. Mais j'imagine que cette personne devra avoir un cœur assez grand pour accepter le poids de ce secret.

— Je ne comprends pas.

— Ce n'est pas à moi de t'en parler, Blanche. Discute avec Rob. Parle-lui de Camille.

— Qui est Camille ?

— Le cœur de sa tourmente.

Matthias me fait signe de sortir de la chambre de son fils.

Une fois dans le couloir, il pose une main contre le mur, me barrant ainsi le passage vers les escaliers. Je lève les yeux vers lui, rencontrant son regard sombre derrière ses lunettes.

— Jolie princesse, j'ai vraiment besoin de ta présence à mes côtés. Je suis sûr que, si tu m'accompagnes, cette soirée sera réussie. Et puis, j'ai fait refaire la robe en hâte à tes mensurations pour qu'elle te soit livrée aujourd'hui. Je ne peux pas la retoucher avant demain soir, le délai est trop serré à présent. Ta présence est donc devenue extrêmement précieuse, car elle est unique.

— Mais, je…

Ma mauvaise excuse de la veille pour décliner son invitation me revient à la figure comme une erreur fatale. Je dois pourtant esquiver…

— Comment cette robe pourrait-elle être à ma taille ? Tu ne connais pas mes mensurations comme tu le dis et…

— Bien sûr que si, sourit-il en me regardant par-dessus ses lunettes. Ça fait partie de ma formation de savoir ce genre de chose d'un simple coup d'œil.

Ses yeux plongent en moi. Je fixe sa cravate noire pour éviter son regard. Il a toujours cet air si sérieux dans ses costumes.

Il lève la main vers son cou et desserre sa cravate. De la même manière que l'autre jour, lors du shooting. Il se souvient que cela me gênait. Je rougis soudain, sans pouvoir m'expliquer d'où monte cette chaleur dans mon corps. J'ai l'impression d'être nue, exposée et atrocement fragile.

Muette, je cherche une issue.

— Je passerai te prendre demain, jolie Blanche-Neige, déclare-t-il soudain.

Il se redresse brusquement et part rejoindre les invités, me laissant pantoise. Va-t-il vraiment falloir que j'aille à cette soirée ?

— Je viendrai avec mon destrier blanc. Sois prête ! lance-t-il avant de descendre vers le salon de réception.

Et… on y va à cheval, en plus ?

CHAPITRE 35

La mine d'or

Le lendemain matin, devant un bol de café noir, je fulmine… Comment éviter tout cela ?

Roxanne arrive dans une robe évasée, taille Empire, qui la fait ressembler dès l'aurore à une déesse antique.

— Ça ne va pas au travail ? demande-t-elle en croquant dans un cupcake.

Je soupire.

— Je peux te poser une question ?

— Mmmh, fait-elle la bouche pleine de gâteau.

— Quel est le métier de Matthias ?

— Il travaille au lancement d'un logiciel pour le milieu de la mode. Jay et moi prêtons d'ailleurs notre image à cette occasion pour promouvoir la maison Rosso, mais je ne m'occupe pas trop des détails.

— Bizarre… Il m'a dit que connaître les mensurations des filles en un clin d'œil faisait partie de sa formation. C'était une blague, n'est-ce pas ?

— Oh, non ! C'est bien sa formation. Enfin, disons plus sa déformation…

— Hein ?

— Tu connais la GoldMine ?

— L'agence internationale pour les mannequins ? Oui, tout le monde la connaît. On dit que c'est une véritable « mine d'or » dans le monde de la mode. Ils font même des castings sauvages dans la rue et des concours annuels pour trouver les visages de demain. Ils sont toujours à la pointe de la nouveauté et des tendances.

— C'est la famille Duval qui la dirige. Matthias est l'un des héritiers.

Je comprends mieux maintenant, et je pense à Rob entouré de tous ces mannequins. C'étaient sûrement ceux de son agence. Mais ça n'explique pas tout.

— Matthias m'a aussi dit qu'il viendrait avec son destrier blanc. Mais ça, c'est une plaisanterie, rassure-moi !

Je la fixe, espérant qu'elle va démentir : l'équitation n'est pas ma tasse de thé.

— Oh ! Vous y allez comme ça ? C'est une bonne idée. Ça vous évitera les embouteillages. Et puis, c'est plus rapide.

— Plus rapide à cheval ?

Roxanne éclate de rire.

— C'est un cheval très spécial, mais je ne vais pas te gâcher la surprise.

Elle sort de la cuisine en riant.

J'ignorais que Rob et Matthias étaient les héritiers de la GoldMine. Leur milieu social est à mille lieues du mien.

Je sors mon portable de ma poche et, par curiosité, je tape « Matthias Duval », « Rob Duval » et « GoldMine » dans le moteur de recherche d'Internet.

Des centaines de photos s'affichent. Des articles de magazines, des blogs et des pages de fans apparaissent. Tellement d'images que ça me glace le sang. Ils sont plus que connus, ils sont surexposés.

Sur les photos, on voit Matthias adolescent. Il a un regard sévère en fixant les objectifs, mais d'une douceur extrême quand il pose sur les photos de la marque Rosso avec une jeune fille blonde. Je reconnais immédiatement Roxanne. Elle n'a que treize ou quatorze ans et elle est déjà très belle. Il n'y a aucune photo récente de Matthias, à part sur un article de presse titrant « Le retour du fils prodigue de la GoldMine ! Quel avenir pour la plus grande agence de mannequinat mondiale ? »

On y explique que mon patron a totalement disparu de la sphère médiatique vers ses quinze ans, à cause d'une dispute de famille ou par une volonté étrange de sa part. Il est auréolé de mystère. Le voilà donc aujourd'hui, à vingt-quatre ans, prêt à fondre sur l'entreprise pour en reprendre la direction. On annonce une lutte acharnée entre les deux héritiers. Les préférences du conseil d'administration et de la famille fondatrice semblent aller dans le sens du plus jeune fils : Rob Duval.

Je regarde ce qui circule sur le cadet. Je souris en voyant Rob enfant. Il a une dizaine d'années. Il est super mignon.

Il fait coucou aux caméras et pose avec Roxanne. On voit une partie de son enfance dans la sphère privée, puis de son adolescence. Sa vie se déroule sous les caméras. On le surnomme « le petit prince de la mode », puis après sa majorité, l'an dernier, « le fêtard le plus glamour du moment ». Sur chaque photo, il est accompagné d'une nouvelle fille. On lui prête un nombre incalculable de conquêtes d'un soir, de *party girls* et de *it girls* à des soirées privées qui se déroulent dans le monde entier. Il est très entouré, souvent par des mannequins de l'agence GoldMine. On dit qu'il est un cœur à prendre mais qu'il n'est pas sérieux.

Rob est donc un garçon volage. Il sourit sur les photos de lui adulte, mais c'est un sourire étrange. Un sourire « ultra bright » qui me semble factice. Très différent de la manière dont il me sourit timidement. J'ai l'impression de voir une personne que je ne connais pas. Rob est un vrai séducteur, il est hors de portée. Je dois me rendre à l'évidence : nous ne sommes pas du même monde. Je me sens un peu mal. Quelque part, je le savais déjà.

Est-ce que, dans tout cela, on voit la dénommée Camille dont tout le monde semble taire l'existence ? Je ne vois jamais la même fille sur les photos. Peut-être n'est-elle pas une personnalité publique comme Rob et son frère ?

Je soupire en éteignant mon téléphone.

CHAPITRE 36

La vengeance

Nous sommes le jour de la fête et j'ai toujours en tête cette histoire de cheval et les photos d'Internet que j'ai eues en guise de déjeuner. Je soupire. Lorsque j'arrive sur le pas de la porte de mon patron ce matin, Rob s'apprête à y rentrer. Il me dévisage, l'air surpris.

— Blanche, mais qu'est-ce que tu fais ici ? Tu travailles encore pour lui malgré mes mises en garde ? J'aurais dû m'en douter, s'agace-t-il. De sa part, tout est calculé pour me pourrir la vie. Moi qui pensais que tu étais différente…

— Rob, ce n'est pas ce que tu crois. Je ne sors pas avec ton frère, c'est un concours de circonstances qui fait que…

— Après tout, tu fais ce que tu veux. Sur le pont, l'autre soir, tu disais que tu voulais un premier amour idéal, mais c'était peut-être un mensonge, ou alors tu l'as vraiment trouvé ? Toi et mon frère…

Il me pousse d'un geste las et entre dans la maison.

« Je t'aide et tu m'aides », avait dit Matthias en postant cette photo de nous deux après notre rencontre avec Laurine. Je m'en souviens parfaitement. Était-ce une manière de toucher Rob ? Est-ce que je suis vraiment au cœur d'une vengeance moi aussi ? Mais pourquoi moi ?

J'entre à mon tour dans la maison et me dirige vers la cuisine pour me servir à boire quand j'entends des voix s'échapper du bureau d'en face. Je n'écoute pas exprès, mais la dispute a l'air d'être intense et, d'ici, j'entends tout. Comme la porte du bureau de mon patron est restée ouverte, si je sors maintenant de la cuisine, je risque de me faire repérer. Pas la peine de mettre de l'huile sur le feu : je vais rester cachée ici le temps que ça passe.

— À quoi joues-tu, Matthias ? accuse Rob. Tu ne vois pas à quel point il est irritant pour moi et Roxanne de devoir travailler avec toi ? Dis à notre père que tu n'as pas besoin de nous. Je n'ai aucune envie de te côtoyer et encore moins de travailler main dans la main avec toi. J'abandonne le projet et je ne mettrai plus les pieds ici ! Crois-moi, je ne viendrai pas à cette soirée !

— Je pense que si ! rétorque Matthias d'un ton très froid. Si, en tant qu'héritier de la GoldMine, tu n'es pas à ce lancement de produit, tout le monde pensera que j'ai gagné et que tu n'es qu'un enfant capricieux qui ne sait pas distinguer le contexte familial du contexte professionnel. Le business, ce n'est pas personnel, c'est juste les affaires !

— Menteur ! Si c'était vrai, tu ne travaillerais pas avec les Rosso ! Tu aurais choisi une autre entreprise que celle de Roxanne. Tu es là pour te venger de ce que je t'ai fait ?

— L'agence GoldMine est le plus gros actionnaire de la maison Rosso, au cas où tu ne le saurais pas, Rob. Je travaille avec eux en partenariat pour satisfaire nos investisseurs. Mets-toi bien dans la tête que tu n'es pas le seul à avoir des idées. Si cela te pose un problème, alors fais mieux que moi. Libre à toi de prendre la tête d'un projet plus conséquent. En attendant, tu travailleras sous mes ordres, et pour moi.

— Espèce de…

Une porte claque violemment, Rob sort du bureau de Matthias. Il reprend son souffle et passe une main tremblante dans ses cheveux. Je peux sentir la tension et les sentiments de colère qui l'assaillent en ce moment.

Quand il relève le visage, nos regards se croisent. Lui dans le couloir et moi en face, immobile et gênée. L'espace d'un instant, je retiens mon souffle et les pupilles de Rob semblent se rétrécir.

Il se ressaisit brusquement, m'adresse un sourire très professionnel, comme si de rien n'était, et sort de la maison sans un mot.

Je me précipite à sa suite. Mais il descend l'allée privée sans un regard en arrière.

Je soupire en levant les yeux vers le ciel.

Stella arrive au même moment. Elle a l'air complètement dans la lune et fredonne un petit air, d'énormes écouteurs roses vissés sur les oreilles, comme à son habitude. Son visage s'illumine lorsqu'elle me voit sur le pas de la porte.

— Blanche, salut ! Est-ce que Matthias est dispo ? J'aimerais tellement profiter du beau temps pour me balader au lieu de rester ici, se plaint-elle.

— Salut. Oui, il est là, mais je ne pense pas que ce soit le moment de…

— Le moment de quoi ? intervient la voix grave de mon patron dans mon dos. Il est toujours temps de faire des maths, ne décourage pas mon élève.

— Mais…

— La dispute que tu sembles avoir entendue n'a rien à voir avec Stella, je sais gérer mes sentiments. Contrairement à Rob, je fais la part des choses.

Il me sourit, mais son ton est sans équivoque.

— Toujours entouré de jolies filles ? ironise Roxie, qui vient de rejoindre notre petit groupe.

Elle m'avait dit qu'elle passerait pour essayer d'apaiser les tensions entre Rob et Matthias, hier soir. J'imagine qu'elle a vu Rob sortir en colère de chez son frère depuis sa terrasse et qu'elle vient voir ce qu'elle peut faire.

— Les Duval sont vraiment maîtres en matière de séduction… Attention ! Stella et Blanche, Matthias s'en défend, mais il a son charme.

— Moi, du charme ? s'étonne Matthias en levant un sourcil. Si tu me fais des compliments, c'est que tu veux quelque chose, Roxanne. Comment puis-je t'aider ? soupire-t-il en mettant les mains dans ses poches.

— J'aimerais que… que tu fasses un effort ce soir. Avec Rob !

— Tu cherches encore à nous réconcilier ? Laisse tomber ! Rob vient de partir très en colère, il me semble difficile de le calmer.

— Qu'est-ce que tu lui as dit ?

— Qu'il devait prendre sa vie en main, qu'il devait arrêter de croire qu'en obéissant à son père il arrangerait les choses.

— C'est ton père aussi, Matthias.

— Louis Duval n'est plus mon père depuis longtemps. Le jour où vous le comprendrez tous, vous aurez fait du chemin. Lui et moi ne sommes que des partenaires en affaires au sein de la GoldMine, cela s'arrête là.

— Les gens disent que tu veux reprendre le contrôle de l'entreprise, insiste Roxanne, est-ce que c'est vrai ? Après toutes ces années, tu es revenu des États-Unis pour ça ?

— Peut-être bien… Ou alors, espérais-tu que j'étais revenu pour toi ? se moque-t-il soudain.

Ils se dévisagent froidement. Je sens Roxanne bouillir de l'intérieur et se contenir tant qu'elle peut. Stella se rapproche inconsciemment de moi et nous regardons la scène sans savoir comment réagir. Est-ce qu'ils se disputent sous couvert de sourires polis, ou bien la tension entre eux est-elle une invention de mon esprit ?

Roxanne a un sourire forcé.

— Je garde espoir que Rob et toi, vous puissiez vous réconcilier. Je ne démordrai pas de cette idée.

— Tes espoirs sont toujours démesurés… pour ne pas dire irréalistes. Sors de ton monde de conte de fées et grandis un peu. Ici, ce n'est que l'insipide réalité de la vie qui se joue.

Elle se mord les lèvres et tourne les talons, certainement pour éviter de répondre à cette dernière pique.

— À ce soir, Blanche ! lance-t-elle.

Lorsque Roxanne part, je vois Matthias la suivre du regard puis se passer la main sur la nuque en fixant le sol. Parfois, certains sentiments me paraissent si évidents. Je pense à la photo cachée dans son tiroir.

— Tu devrais lui dire.

— Quoi donc, Blanche ?

— Que tu veux faire partie de sa vie.

Matthias a un moment de blanc. Il me regarde avec étonnement, puis fronce les sourcils.

— Ce n'est pas ça, ne t'en mêle pas. Ce qu'il y a dans ma tête doit rester dans ma tête, c'est mieux pour tout le monde. Roxanne me parle uniquement pour s'assurer que je ne fasse pas de mal à Rob, c'est tout ce qui l'intéresse.

— Et tu vas lui en faire ? demandé-je en hésitant.

— Quoi donc ?

— Du mal à Rob.

— Ce n'est pas mon but, mais je vais détruire son univers, donc oui, je pense qu'on peut dire que je vais lui faire du mal. Cependant, ne t'inquiète pas : il s'en remettra. Il s'est relevé de bien pire.

— Tu parles de… Camille ? (J'ai lancé ce nom un peu au hasard.)

— Rob t'en a enfin parlé ?

Pour la première fois, Matthias perd de sa superbe et semble à la fois étonné et triste.

— Non. C'est juste que… Je me pose des questions. Est-ce que Camille est à l'origine de votre brouille ?

— Pas exactement… Disons que cette personne a été impliquée de la pire des manières. Tout dépend de la version de l'histoire… Mais je préfère que tu aies celle de Rob.

— Matthias, est-ce que tu cherches à te venger de Rob ?

— Me venger ? Oui, une personne normale pourrait le vouloir. Ce serait assez logique.

— Et toi ?

— Je suis une personne bizarre, Blanche, pas une personne normale.

— Est-ce que je suis un instrument de ta vengeance, alors ?

Il penche son beau visage vers moi. Ses yeux bleus derrière ses lunettes me transpercent le cœur.

— Tu étais là au bon moment, mais je ne te ferai pas de mal. Je te demande simplement de m'accompagner au gala, rien de plus. Je serai un prince charmant pour la soirée, enfin, aussi « charmant » que possible.

Il me caresse la joue. Mais son geste me fait un effet très bizarre. Il n'est pas doux comme il l'aurait été avec Rob, c'est plutôt un geste étudié. Il fait soudain demi-tour et repart vers son bureau, où il s'enferme.

— Euh, je fais quoi maintenant, à ton avis ? murmure Stella.

— En fait, dis-je en essayant de recouvrer mes esprits, je crois que Matthias a laissé un livre de maths et une liste d'exercices pour toi sur une des tables de l'entrée.

— Argh, noooooooooooon ! Ce mec est un monstre ! s'exclame-t-elle avec une expression désespérée.

— Il a aussi dit qu'il t'emmènerait à la soirée si tu finissais tout avant ce soir.

— C'est vrai ?

Stella me regarde avec un sourire énorme. Je crois qu'elle est soudain très motivée.

CHAPITRE 37

Un château merveilleux

Quelques heures plus tard, Stella, Théo et moi montons dans une voiture avec chauffeur que Matthias nous a fait envoyer. Je n'ai pas eu le temps de demander à mon patron où nous allions.

Les questions se bousculent dans ma tête. Matthias parlait d'y aller à cheval, a-t-il prévu une calèche pour tout le monde ? Ça promet…

— Hé, Blanche, me lance Stella qui a envie de faire la conversation, tu savais que Roxanne et Matthias se connaissaient au collège ? Rien que pour ça, je veux trop qu'elle me donne des infos de l'époque. Des super dossiers top secret sur lui, tu vois ?

Je réfléchis à mon patron et mon amie, et repense à cette photo cachée dans le tiroir du dressing. Quelles étaient leurs relations quand ils étaient adolescents ? Quand Matthias parle avec les gens, il a un côté froid et distant. Mais, quand il est près de Roxanne, il semble légèrement différent. Plus…

heureux, mais aussi plus torturé. Il a l'air de se retenir et de souffrir en même temps.

Théo se serre contre moi à l'arrière, tandis que Stella remet ses écouteurs roses sur ses oreilles pour retourner dans son monde bien à elle.

Nous sortons de la capitale. Je finis par m'endormir en regardant les panneaux routiers qui défilent.

Lorsque j'ouvre les yeux, nous sommes derrière de gigantesques hangars. Sommes-nous déjà arrivés ? Je sors de la voiture et le bruit que j'entends me semble familier. Des avions atterrissent à proximité. Deux hélicoptères noirs, ornés chacun d'un dessin représentant un étalon blanc, semblent se moquer de moi.

Matthias s'avance vers moi avec son sourire habituel et me prend les sacs des mains.

— Chère princesse, puis-je vous emmener avec moi dans mon château merveilleux ?

— Je croyais… Oh non, laisse tomber ! (Je ris de ma propre naïveté.) C'est ça, ton fidèle destrier ? dis-je en montrant l'hélicoptère le plus proche. Incroyable ! Et où allons-nous ?

— Je te l'ai dit : dans mon château merveilleux !

Il me saisit par la taille, m'aide à monter dans l'hélicoptère puis s'assoit à mes côtés, juste derrière le pilote. Je vois Théo et Stella grimper dans l'autre engin, plus petit, alors que nous décollons.

Roxanne, assise à côté du pilote, semble concentrée, comme repliée sur elle-même. Elle m'a fait de grands signes sur le tarmac pour me dire coucou, mais elle n'a pas décroché un seul mot ensuite. Son attitude étrange a commencé dès qu'elle a vu Matthias m'aider à monter dans l'hélicoptère.

C'est mon premier vol en hélicoptère. Voyant mon regard inquiet, Matthias se penche vers moi et me prend la main. Sa paume couvre entièrement mon poing, qui se crispe de surprise. Il essaie de détourner mon attention en m'expliquant les paysages que nous survolons. Mais je ne peux me concentrer sur rien d'autre que sa main qui emprisonne la mienne. Lorsque je lève les yeux vers lui, le soleil qui traverse la vitre latérale m'éblouit légèrement et c'est le profil de son frère que je crois voir.

Rob. Où est-il en ce moment ? Est-il encore fâché ?

Et, soudainement, cette pensée me bouleverse bien plus que la présence de Matthias à mes côtés.

***

Lorsque Matthias parlait de son « château merveilleux », je pensais qu'il se moquait de moi, comme pour son « fidèle destrier », qui s'est révélé être un hélicoptère. Mais, encore une fois, l'énigmatique professeur me surprend, comme si tout, avec lui, était imprévisible. C'est du moins ce que je pense lorsque l'hélicoptère survole le parc arboré, la piscine, les courts de tennis, les écuries et enfin les murs couverts de végétation d'un château des bords de Loire.

— Ne me dis pas que nous allons réellement dormir dans un château ?

Je m'étonne même de poser la question, tant il me semble impossible de passer la nuit dans ce qui doit être un haut lieu touristique.

— C'est notre propriété familiale depuis plusieurs générations, m'explique Matthias sans y prêter une attention particulière. J'y ai passé mon enfance. Toi, tu y vois un château. Pour moi, c'est juste notre maison de campagne.

Je ne sais tellement pas quoi répondre à cette remarque si pleine d'humilité que j'en oublie de fermer la bouche… Si quelqu'un d'autre m'avait dit ça, je l'aurais immédiatement traité de frimeur, mais Matthias pose un regard nostalgique sur ce morceau de rêve. Il ne se vante pas en disant cela, c'est juste sa manière de me dire que ce lieu compte pour lui parce qu'il est plein de souvenirs d'enfance et non pas parce qu'il s'agit d'une luxueuse propriété. Roxanne se tourne soudain vers nous, sortant enfin du silence dans lequel elle s'est murée durant tout le trajet.

— Je te montrerai où Rob se cachait quand on jouait à cache-cache, tous les trois, et aussi l'endroit que les deux frères évitaient comme la peste, rit-elle en faisant un clin d'œil à Matthias. Tu savais que Matthias et Rob ont peur des fantômes depuis qu'ils savent que ce château est hanté ?

— Arrête avec tes vieilles histoires, se plaint Matthias. Ça n'intéresse personne, surtout pas Blanche, qui ne croit sûrement pas à ces histoires de revenants.

— Oh ! comme tu sembles contrarié, mon petit Matt ! Mais je vous vois encore détaler à toutes jambes lorsque vous avez cru entendre le chant de la fameuse et non moins sinistre Dame blanche. Qu'est-ce que j'ai pu rire !

— Tu courais aussi vite que nous, Roxie, je te signale.

— C'était pour vous suivre, je n'avais pas envie de rester seule en pleine nuit !

Les deux amis se taquinent gaiement en évoquant leurs jeux de gamins tandis que l'hélicoptère se pose dans le parc du château.

Matthias reprend ma main et j'ai l'impression qu'il la serre davantage chaque fois que Roxanne se retourne pour nous parler. Comme s'il cherchait à lui faire comprendre qu'il est avec moi. Roxanne semble lui jeter des regards énervés puis fait semblant de l'ignorer. Je ne sais pas comment dégager poliment ma main. Je dois dire à Matthias que je ne veux pas de ses gestes ambigus. Il est très attirant, mais il ne me plaît pas autant que… autant que… Non, je dois penser à autre chose.

***

Matthias a été débordé dès notre descente d'hélicoptère. Les organisateurs de la soirée l'ont entraîné dans leur réunion de dernière minute pour peaufiner quelques détails. Roxanne est restée discuter avec un petit groupe d'invités, tandis que Stella est montée se changer dans une chambre. Mon patron m'a demandé de coucher Théo et, maintenant qu'il dort, je me sens un peu désœuvrée.

D'ailleurs, où suis-je ? Je ne reconnais pas ces tableaux ni ce couloir. Par où suis-je passée ? Je me penche par la fenêtre du deuxième étage. L'arrière du château s'ouvre sur une immense propriété verdoyante. Je vois au loin une forêt et, sur le côté, je sens la fraîcheur que nous apporte l'eau de la Loire par ce début de soirée d'été.

Les ombres des objets se déploient sur mon passage, comme autant de fantômes tristes d'un passé oublié. Je crois que je me suis perdue. J'entends une porte claquer au loin. Au bout d'un couloir tendu de bleu, gardé par des rangées d'armures vides, j'arrive finalement à un embranchement avec trois couloirs au choix. Par où passer ? Dois-je rebrousser chemin ? Une voix d'homme résonne sur la gauche. Oh non ! Je ne suis pas prête à supporter ça. Smith et Laurine montent dans leurs chambres. Je ne veux pas les voir ! Instinctivement, je me plaque contre le mur. Cachée derrière une armoire en bois massif, je retiens ma respiration pour qu'ils ne m'entendent pas. Je ferme les yeux et me concentre pour me calmer. Je n'ai aucune envie de faire la conversation à ces deux énergumènes.

Quand j'ouvre les yeux à nouveau, le silence semble revenu. Je me précipite dans le couloir d'en face, mais me cogne aussitôt contre quelque chose que je n'avais pas vu.

Je me frotte le nez en espérant ne rien avoir de cassé, et lève les yeux. Bien que la matière sur laquelle je viens de buter me semble tout à fait reconnaissable et non dangereuse, j'ai un brusque mouvement de recul quand je comprends que je ne suis pas rentrée dans un objet mais dans une personne.

— C'est ta manière peu subtile de me faire du rentre-dedans ?

Jay me fixe de toute sa hauteur.

Qu'est-ce qu'il fait ici ?

Je soupire.

— Mais non, Jay.

Il se penche vers moi et pose son index sur mon front, en me donnant un petit coup qui me fait reculer d'un pas.

— Tu es vraiment une prise de tête à toi toute seule, tu sais ça ? Quand je pense que nous avons fait toute cette route depuis Paris alors que j'avais prévu de passer une soirée loin de toutes ces simagrées et de ces rombières dans leurs robes de luxe ! J'ai l'impression de devoir courir après une petite sœur désobéissante !

Il se frotte l'arrière de la tête en levant les yeux au ciel.

— Je n'y suis pour rien !

— Voyons, soupire-t-il, tu veux jouer avec les frères Duval, alors tu devais t'attendre à ce que je sois dans les parages ! Rob, elle est là ! clame-t-il alors que je me raidis à la simple idée qu'il y ait quelqu'un derrière moi. Matthias ne l'a pas fait griller ni empailler ! Si tu es rassuré, j'aimerais que nous repartions à présent.

Je me retourne. Rob me fixe sans bouger.

Il est donc venu quand même ?

— Donne-nous deux minutes, Jay ! Pourquoi n'irais-tu pas piquer une tête dans la piscine en attendant ?

— Ouais, je vais faire ça ! Autant rentabiliser notre voyage !

Jay tourne les talons. Je regarde le garçon et son blouson de cuir qui s'éloignent. J'ai peur de me retourner et de parler à Rob. Est-il encore fâché ? Je ne veux pas recommencer une dispute…

— On se verra tout à l'heure !

J'ai lancé ça en espérant m'enfuir et couper court à toute confrontation, mais je suis arrêtée dans mon élan. Rob me retient par la taille et m'attire à lui. Ses yeux bleus, même si je fais tout pour les éviter, semblent prêts à m'engloutir. Je me perds moi-même ; je perds la suite logique de mes idées quand il me regarde ; j'ai l'esprit qui vagabonde et mes pensées sont anarchiques. Pourquoi ai-je l'impression d'être si fragile et si nue quand il est là ? Où est ma repartie habituelle ? Pourquoi n'ai-je rien de brillant à dire ? Un simple mot d'excuse suffirait pour que je m'éclipse. Ce serait si facile dans une autre situation. Mais là, je suis un poisson hors de son bocal et je me débats péniblement pour respirer et survivre. Comme tout cela me semble pitoyable.

Je dois lui paraître si stupide… Mon estomac fait des nœuds.

— Blanche, dit-il doucement, je regrette ce qui s'est passé. Je ne veux pas qu'il y ait de malentendu entre nous. Toute cette histoire n'est pas importante. C'est juste que Matthias et moi, nous sommes en froid depuis longtemps. Je… je ne veux pas que tu sois impliquée dans nos querelles. S'il te plaît, viens avec moi. Partons d'ici.

— Rob, j'ai des obligations, mon job pour Matthias et… je ne peux pas partir comme ça.

Je me dégage de son emprise.

— Mais si, c'est facile ! Toutes ces petites choses sont sans importance !

— Ces… petites choses ? Je bosse, là ! Toi, tu ne fais peut-être rien de tes journées, mais moi, sans ce job de nounou, je n'ai pas de quoi tenir jusqu'à la fin de la semaine.

— Si c'est une question d'argent, je m'en occupe ! Sortons d'ici !

— Quoi ? Mais je ne te demande pas l'aumône, je suis une grande fille ! Pour qui tu me prends ?! Je gagne moi-même mon salaire. Je ne veux pas dépendre de qui que ce soit.

— Ravale ta fierté, Blanche. Je te dis que nous n'avons rien à faire ici. Je suis venu te chercher et tu m'engueules ?

— Tu es venu me chercher ? Mais je suis très bien ici et je ne suis pas en danger. Je n'ai pas besoin que tu me donnes des ordres ou que tu te prennes pour mon sauveur. Je me débrouille très bien sans toi !

— Pourquoi m'agresses-tu ? C'est Matthias qui t'a fait tourner la tête ? Qu'est-ce qu'il t'a dit sur moi ?

— Mais rien du tout !

— Ce ne serait pas la première fois qu'il cherche à me rabaisser ! Dis-le-moi…, insiste-t-il.

— Arrête ! Tout ne tourne pas toujours autour de toi !

— Un problème ? intervient la voix mélodieuse que j'exècre le plus en ce moment.

Laurine, dans une robe de soirée fendue sur le côté, avec un décolleté inratable, est là à faire une moue interrogative et à battre de ses faux cils.

— Nous n'avons pas besoin de toi, dis-je. Tu peux t'en aller.

Rob détecte mon ton énervé et sourit.

— Êtes-vous venue accompagnée ? demande-t-il à Laurine.

— Oh, euh… En fait, je suis venue pour le travail, donc je suis seule !

Rob me lance un regard de défi.

— Parfait. Je vais vous tenir compagnie dans ce cas.

Laurine me jette un œil étonné, et je tourne brusquement les talons, la laissant partir au bras de Rob, qui semble déterminé à me faire payer mon refus d'obtempérer. Oh ! ce n'est pas possible !

Je m'arrête quelques mètres plus loin, seule au milieu d'un couloir rouge.

Je ne comprends pas le cœur des gens. Je ne comprends même pas le mien.

— Tu veux entrevoir le cœur de tes amis ? me lance une voix de femme.

Je me retourne et vois la sorcière en tenue de soirée. Elle porte une robe noire d'un grand couturier.

— Vous étiez là ?

— Je représente Pomme-d'amour.com ce soir, sourit-elle. Donc, jeune princesse, tu veux voir le cœur des gens ? Tu veux comprendre les ressorts de l'âme humaine ? C'est une bonne idée, je trouve. Peut-être que le cœur des autres fera écho au tien… comme un reflet de ce que tu es. Tu as besoin d'un miroir omniscient, une sorte de… miroir magique, par exemple ? Sais-tu pourquoi tous tes amis sont des nains sur les miroirs magiques de Pomme-d'amour.com, Blanche ?

— Parce que c'est un site bizarre avec un humour étrange ? Aïeuh !

Une noisette vient de taper mon front.

— Non, petite chérie ! Parce que ce sont des nains sentimentaux. Aucun d'eux n'arrive à exprimer ses sentiments et à faire grandir son cœur. Le miroir magique les a immédiatement reconnus comme tels. C'est un site particulier…

— Tu m'étonnes !

Je me protège le front par réflexe, histoire d'éviter la prochaine noisette. La sorcière me dévisage avec un sourire entendu.

— Et toi, Blanche ?

— Moi ?

— Quand vas-tu quitter tes nains et grandir à ton tour ?

— Mais je…

— Ton cœur, Blanche, à qui l'offriras-tu ?

— Je ne veux plus tomber amoureuse !

La sorcière me toise.

— Décidément, tu n'es pas encore prête…

Elle vient de disparaître au détour d'un couloir lorsque Roxanne me rejoint.

— Roxanne, je…

— Il faut nous changer de toute urgence car la soirée va commencer.

***

— Rob est venu ici pour toi, pas vrai ? sourit Roxanne. J'ai croisé Jay qui pestait parce que Rob lui a forcé la main.

Roxie se change derrière un paravent tandis que je suis assise sur le lit de sa chambre.

— Aucune idée ! (Je hausse les épaules, contrariée.) De toute façon, peu importe la raison de sa venue ici. Il a décidé de passer la soirée avec Laurine. Et, la connaissant, ce sera même « et plus si affinités ».

De surprise, Roxanne fait tomber la paire de chaussures qu'elle s'apprêtait à me donner.

— Laurine ? Ta Laurine ? Je veux dire LA Laurine ? Qu'est-ce qu'elle fait ici ?

— Elle représente son blog, mais il semble que Rob soit une meilleure cible pour elle.

— OK, alors c'est la guerre !

— Quoi ?

— On sort l'artillerie lourde, chérie. Tu te changes et tout de suite !

Elle me tend ma robe de Blanche-Neige avec un sourire de conspiratrice.

CHAPITRE 38

Dansons ensemble

C'est moi dans ce miroir, cette… cette femme ? Cette longue robe tombe comme si elle avait été cousue sur mon corps. Roxie aurait pu en faire des tonnes, me mettre du maquillage comme Laurine ou encore un décolleté profond, mais non.

Le bustier est brodé de minuscules cristaux qui reflètent la lumière. La jupe est doublée en surface d'une mousseline vaporeuse qui ondule et laisse voir mes jambes par transparence. Si le tissu est bleu nuit sur le bustier, il se décline subtilement jusqu'à devenir clair comme un matin de printemps en bas de la traîne. De minuscules fleurs de dentelle et des papillons de cristal doré parsèment ce qui ressemble à un champ de myosotis. Le styliste a fait de la robe de Blanche-Neige une ode au printemps. Dans mes cheveux, Roxanne place sur le côté une barrette de cristaux rouges et bordeaux assez imposante. Les fils de perles en verre coloré descendent sur mon épaule et rappellent le bandeau à nœud rouge de la princesse du dessin animé. Le rouge profond fait ressortir mes lèvres écarlates. Sur mes bras nus, de petites manches bouffantes décorées de fleurs s'enfilent comme des bracelets sous les épaules. Le travail délicat est digne d'un orfèvre.

Les chaussures assorties, terriblement hautes, sont retravaillées de fleurs elles aussi.

Je ne me ressemble pas. J'ai l'impression de découvrir mon propre corps, que j'ignore si souvent et que je cache sous d'immenses pulls bien trop larges pour moi. Je ne suis pas attentive à mon apparence, parce que c'est Laurine qui monopolisait la salle de bains chez nous. Non, ça c'était mon excuse pour débarquer en cours à peine coiffée et avec des habits d'un autre temps. Honnêtement, je m'en fichais un peu d'être jolie ou non. Mon credo, c'est « le confort avant tout ». Les filles de la fac riaient toujours de mes queues-de-cheval et des crayons piqués dans mes cheveux enroulés pour les faire tenir en chignon, lors des partiels. Réviser me paraissait avoir la priorité sur tout sens esthétique. Moi, je suis moi. Le reste est superficiel, non ?

Mais à présent, dans cette robe de styliste…

Roxanne me sourit.

— Il est temps pour Blanche-Neige d'aller croquer de jolies pommes et de faire tourner la tête de quelques princes !

Elle m'entraîne en riant vers les jardins où se déroule la réception.

Dans les jardins ont été aménagées des tentes blanches et une piste de danse. Des lampions s'allumeront à la tombée de la nuit ; pour l'instant, ils agrémentent les arbres de leur présence colorée. Des serveurs en livrée déambulent entre les invités en robe longue ou en costume sombre.

Roxanne me tient le bras. Elle porte sa robe bleue de Cendrillon. Elle est d'une sobriété fragile et cela ne la rend que plus sublime. Elle n'a besoin de rien d'autre pour se faire remarquer dans toute cette assemblée. Au détour d'un groupe, elle salue Matthias et je tombe sur Rob qui me dévisage en retenant son souffle.

Je fais inconsciemment un pas vers lui, mais Matthias me devance. Laurine me jette un regard interrogatif tandis que Rob la tient fermement par la taille, en se retenant, mâchoires serrées. Ses yeux bleus brillent d'une sombre colère.

— Je suis l'homme le plus chanceux de cette soirée, décidément ! s'exclame le frère aîné en prenant ma main. J'ai la plus belle cavalière, de toute évidence.

Il fait un geste en l'air avec sa main, et les musiciens démarrent une musique douce.

— Il est trop tôt pour danser, mais je ne peux résister à l'envie de t'inviter, jolie Blanche ! murmure-t-il.

Nous passons tous les deux devant Rob en l'ignorant. La piste de danse se trouve sous une tente dressée devant le château. J'ai l'impression de voir sourire Roxanne, mais elle disparaît aussitôt, me laissant seule avec Matthias au milieu de la foule qui nous observe valser dans ce décor féerique.

Je vois Jay danser avec Stella. Elle lui a sûrement réclamé ses « deux minutes » gagnées au parc. Jay danse vraiment bien, mais il grimace de temps en temps. Je crois que Stella lui marche sur les pieds (je me demande si elle le fait exprès ou non) et ça me fait sourire.

Rob fait valser Laurine. Je le savais. Qu'est-ce qu'une robe et quelques coups de peigne pouvaient changer à la situation ? Je suis bien naïve. Ça a toujours été comme ça. Je suis dans l'ombre des belles femmes. Je m'y étais habituée, mais, ce soir, ça me fait du mal. Je n'aurais pas dû croire Roxanne aussi facilement. Moi, je ne suis que moi. Pourtant, dans les bras de Matthias, je valse et je me sens comme la reine du bal. Juste pour ce soir, je vais fermer les yeux et me laisser rêver un court instant. Même si Matthias est avec moi par politesse ou par ruse pour énerver Rob, peu m'importe.

Matthias est patient. Il s'adapte à mes pas, moi qui sais à peine danser. Quand il me sourit, j'oublie que je ne fais pas partie de cet univers ; j'oublie que ces dernières semaines ont été éprouvantes pour moi. Il me paraît bien différent de l'homme froid que j'ai croisé en sortant de l'appartement luxueux de Rob, le premier jour. Il est bien plus doux et attentionné que l'image que je m'étais faite de lui. C'est un homme avec un charme profond, même s'il me semble avoir toujours une zone d'ombre en lui. Quand il se penche vers moi pour me murmurer que je suis belle, le trouble que cela provoque en moi est très différent de celui que j'ai eu lorsque Rob m'a fait le même compliment dans le dressing de Roxanne. Je ne suis pas sûre de ce que je ressens à présent, mais je pense toujours à Rob et à ses sourires sur le pont parisien lors de cette première nuit.

Soudain, la musique change et Matthias se tourne vers le couple de son frère et de mon ex-meilleure amie.

— Mademoiselle, dit-il à Laurine, puis-je vous demander de m'accorder la prochaine danse ?

— Avec plaisir, répond-elle. Je ne peux rien refuser à l'hôte de la soirée.

Je me détache de Matthias. Rob réagit immédiatement pour changer de cavalière et m'entraîner dans une nouvelle valse.

Rob ne me parle pas alors que nous dansons, il fuit mon regard. Il doit me détester…

Si Matthias n'avait pas invité Laurine, Rob danserait encore avec elle. Il y a une véritable tension entre les deux frères, elle est presque palpable. J'ai compris ce que Rob essayait de m'expliquer dans les couloirs du château, alors que nous nous disputions, même si je ne connais pas les origines de cette animosité fraternelle.

Aujourd'hui, en les voyant échanger leurs cavalières, comme si Laurine et moi n'étions que des éléments négligeables pris dans leurs disputes familiales, je réalise que je ne pèse rien dans la balance de leur rancœur. Je ne suis qu'un pion. J'ai déjà été celui de Fred et Laurine. Je refuse d'endosser encore ce rôle médiocre et douloureux.

Pourtant, dans les bras de Rob, je voudrais danser, rester là avec lui pour toujours. Que je suis naïve ! Ici, ce n'est pas mon monde. J'aurais dû écouter les conseils que Roxanne m'a donnés ce premier soir dans la boîte de nuit, et retourner à ma vie.

Ma main tremble légèrement sur son épaule. Peut-il entendre mon cœur qui bat si vite ? Sait-il à quel point cette situation me torture ? Je voudrais m'enfuir, ne plus penser à ses yeux, sortir de la piste de danse, partir très loin pour tout recommencer. Je dois quitter ce rêve merveilleux où nous dansons sur cette musique envoûtante. Il faut que je retourne à ma réalité. La désillusion sera moins violente si je sais à quoi m'attendre, si j'arrête d'espérer.

Lorsque la musique se tait, j'ai un mouvement de recul. Je ne dois pas hésiter : c'est le moment de partir. Mais Rob me serre contre lui. Je suis sa captive. Jouit-il de ce moment en son for intérieur ? Sait-il qu'il a déjà gagné contre une proie facile ? Je le repousse doucement, pourtant ce sont toutes mes forces que je rassemble dans ce geste qui semble si faible et anodin.

Sa main s'écrase dans le bas de mon dos. Elle est brûlante et tremble un peu. Je ne peux pas le regarder en face. Je serais comme une souris hypnotisée par un cobra, incapable de m'enfuir, bercée par de fausses promesses, de fausses espérances. Je ne veux pas de l'issue fatale, je ne veux plus être une victime. Plus jamais !

— Blanche, murmure-t-il doucement, et je sens son souffle effleurer mon oreille, ses lèvres sur ma tempe et mon cœur battre près du sien. Regarde-moi. Ne m'ignore pas ainsi.

Je ne peux ni lui répondre ni bouger. Mon souffle se fait court. Sa main remonte dans mon dos, chaque millimètre parcouru par ses doigts me fait trembler de la tête aux pieds. Il répète mon prénom, comme un mantra. Sa voix est profonde et suppliante, ma respiration saccadée. Je ne peux le cacher, je le désire. Lui, ses lèvres, son sourire, ses cheveux très doux dans lesquels je souhaite passer la main. Ses moues de gamin me font chavirer et je suis si jalouse des filles que j'imagine défiler dans ses bras que cela me rendrait malade si j'y pensais réellement.

Quand il est si près de moi, je me sens stupide. Être en couple avec Fred m'avait appris la patience et le silence. Je pensais que c'était naturel dans un couple, mais en fait j'encaissais sans rien dire. Avec Rob, j'ai des envies différentes, je ressens de colère parfois et nous nous disputons. Mais ce n'est pas si méchant, je peux m'exprimer quand il est là. Je ne me cache pas, je ne me mens pas… si ce n'est sur ce qu'il provoque en moi. Tous ces sentiments que je ne connais pas et que je ne sais comment assumer.

— Blanche, regarde-moi. Juste une fois, comme tu me regardais sur ce pont, comme chez moi cette nuit-là.

Comment ça, comme chez lui cette nuit-là ?

Je n'ai pas de souvenir de la première nuit, pas après que nous avons quitté le pont. Qu'est-ce que j'ai oublié ? Je le vois à présent aussi clairement que dans mon rêve. Près du plan de travail dans la cuisine, il m'attire vers lui… Oui, mais après ça ?

Après ça, qu'est-ce que j'ai fait ? Est-ce que nous…

L'horrible sensation de louper quelque chose d'important creuse un trou dans mon estomac.

Je le revois m'attirer vers le réfrigérateur, me coller contre une des portes.

Et ma respiration se coupe. Je viens de gagner deux secondes de mémoire sur les évènements de cette nuit-là. Après ça, après ça, qu'est-ce que…

— Blanche, je t'en prie.

Je lève la tête de surprise et le visage de Rob se colle à ma joue. Ce sont ses lèvres tremblantes près de mon oreille, ce sont ses mains brûlantes dans mon dos.

— Il ne reste qu'un seul couple encore sur la piste, annonce Matthias en prenant un micro. Je leur demande bien gentiment de ne plus bouger et j'invite les spectateurs à regarder ce qui va se passer.

Je me retourne en entendant la voix de l'aîné des frères Duval. Bien sûr, il ne reste que Rob et moi sous le chapiteau blanc. Depuis quand sommes-nous seuls sur la piste ? J'ai eu l'impression d'être hors du temps, dans le creux de ses bras. Rob se raidit et jette un regard mauvais à son frère qui l'ignore, continuant à donner des instructions au micro. Toute la foule est pendue à ses lèvres.

— Vous avez vu, dans l'invitation que vous avez reçue, que vous seriez filmés durant la soirée. Il y a des caméras dans tout le château et, bien sûr, sous cette tente. Certains ont même renoncé à leur droit à l'image pour quelques heures et ont offert le profit des ventes à des œuvres caritatives de leur choix. Je me permets de lancer la première surprise de la soirée. Merci à mon frère et sa charmante amie de ne pas bouger pendant les secondes qui suivent.

— Matthias, qu'est-ce que tu…, siffle Rob entre ses dents, sans me lâcher, alors que soudain la musique reprend.

D'un coup, devant moi, apparaît un couple qui se met à danser, puis deux, puis trois, puis dix, puis vingt. Ils ont l'air de chair et d'os, tellement réels. Mais ce sont des images projetées, comme des hologrammes. Ils sont à taille humaine et virevoltent sur la piste autour de Rob et moi sans que nous sachions comment réagir.

La surprise est totale, car ces danseurs fictifs ont le visage de Laurine, de Matthias et des autres invités. C'est comme si personne n'avait quitté la piste de danse. Pourtant, les vrais invités sont sur les bords de la piste. Ils poussent des cris et se montrent leurs doubles respectifs qui dansent joyeusement.

Brusquement, je laisse échapper un cri de surprise. Rob, un autre Rob, danse avec une autre moi, là, juste sous mes yeux. Nous aussi nous avons été dupliqués ! Je nous observe danser, c'est comme si je regardais dans un miroir ! Mais c'est une réminiscence d'un passé récent et non un reflet de nous-mêmes. Nous revivons la reconstitution grandeur nature des minutes précédentes.

— Je remercie les investisseurs de s'être déplacés pour le lancement de ce nouveau logiciel de traitement et de création d'images, qui sera offert au monde de la mode et de la vente en ligne en partenariat avec Pomme-d'amour.com. Mesdames et messieurs, des illustrations de ses possibilités hors normes vous seront présentées ce soir. Mon équipe et moi-même comptons sur vous pour vous prêter au jeu et profiter de cette expérience unique, avant le lancement mondial du logiciel et de ses applications commerciales dans quelques semaines. Afin de rendre cette soirée inoubliable, je vous propose également de participer aux activités ludiques. Les hôtesses en robe jaune vous offriront les programmes. Je vous souhaite une agréable soirée.

Je n'ai pas le temps de comprendre ce qui se trame que Rob, furieux, m'entraîne loin de la piste. J'aperçois juste Roxanne interroger Matthias du regard. Il lui fait un sourire et disparaît aussitôt dans la foule.

— Où allons-nous ?

J'ai beau répéter la question, Rob ne m'écoute pas. Mes protestations sont vaines. Sa main tient fermement la mienne et m'oblige à le suivre.

Rob traverse le parc, ignorant au passage les hôtesses qui nous tendent des programmes. Nous pénétrons dans le bois privé. La nuit commence à tomber. Je ne comprends pas où nous allons.

Courir en robe et talons hauts n'est absolument pas pratique. Encore plus dans une forêt, mais ça, Rob s'en moque. À chaque pas, ma cheville droite se tord et je manque de m'étaler de tout mon long sur l'herbe. Ce serait du Blanche tout craché : regardez-moi, j'ai une robe magnifique, une coiffure réalisée par un professionnel et je vais me retrouver face contre terre. Ah ! Glamour, quand tu nous tiens !

CHAPITRE 39

Une vieille chaumière dans les bois

— Rob ! Arrête de courir, je n'arrive pas à suivre !

C'est la cinquième fois que je lui demande de ralentir, mais Rob ne décroche pas un mot. Nous arrivons enfin à une clairière, avec une maison un peu délabrée qui ressemble à une vieille grange. Rob ouvre violemment la porte et m'attire à l'intérieur, toujours en silence. Nos souffles après la course emplissent la petite bâtisse de sons. Que faisons-nous ici ?

Rob observe les murs autour de nous, puis il me relâche et me fait signe de le suivre à l'étage. Je le suis, sans comprendre, en montant à une échelle. Juste sous le toit, le plafond est si bas que je dois rester accroupie ou à genoux. Pour deux adultes, c'est un peu étroit. On dirait que l'étage est une sorte de petite remise ou un pigeonnier.

— Il n'y a pas de micros ni de caméras ici, dit Rob. Matthias a dû quadriller les environs avec ses gadgets sophistiqués pour avoir le contrôle visuel sur toute la propriété. J'imagine qu'il prépare quelque chose. Bon sang ! Je n'aurais jamais dû venir ici ! Et toi non plus !

— Qu'est-ce que tu racontes ?

Il me plaque contre le mur, son souffle dans mon cou est brûlant. Ses yeux me traversent et mon cœur se serre. J'ai du mal à respirer.

— Je ne vais pas à nouveau me disputer avec toi, Blanche. Si je te dis que Matthias prépare quelque chose, c'est le cas. Pourquoi lui faire confiance à lui plutôt qu'à moi ?

— Il me traite en adulte et ne me donne pas d'ordres, lui ! répliqué-je. Je n'ai pas à obéir aveuglément selon son bon vouloir. Il ne me dit pas que mon job est une « petite chose », ni qu'il va régler mes problèmes. Il me laisse faire ce que je souhaite.

— Oh, mais tu es une vraie tête de mule !

Le silence s'installe de nouveau entre nous. Il boude, moi aussi ! Nous sommes ridicules et butés. L'espace ici est suffocant de chaleur. La promiscuité de nos corps dans cet espace réduit me met mal à l'aise. Je détourne le visage et j'observe dehors. Une fenêtre donne sur les arbres et je vois, au loin, la lumière rouge du soleil entre les branches. C'est le crépuscule qui s'annonce, mais le spectacle du soleil couchant ne parvient pas à me distraire des lèvres de Rob, si près de mon visage.

— Je vais redescendre. La soirée n'est pas terminée, dis-je. Matthias doit m'attendre.

— Arrête ! Ne fais pas ça !

Sa main repousse doucement mon épaule contre le bois du mur.

Son corps tout entier me fait obstacle. La petite échelle derrière lui est la seule issue : je suis coincée.

Ses lèvres se rapprochent des miennes. Il murmure mon prénom et je tressaille. Je ne veux pas jouer, pas avec un prédateur comme lui ! Combien de femmes a-t-il emmenées ici ? Avec combien d'entre elles a-t-il passé la nuit ? Je ne suis pas comme elles. Fred m'a embrassée quelques fois et je n'aimais pas vraiment ça. Il me mentait, même si pour moi c'était sincère. Si l'amour ressemble à ces premiers baisers, je n'en veux pas.

Je n'ai pas l'expérience de Rob, je n'ai d'ailleurs aucune expérience. L'odeur de caramel qu'il dégage remonte en effluves et se colle à mon corps, comme s'il me marquait de sa présence. Je suis déjà sous son emprise.

— Blanche, est-ce que mon frère t'a parlé de ce que j'ai fait dans le passé ? Des raisons qui font qu'il veut se venger de moi ?

— Non, il ne m'a absolument rien dit à ton sujet.

— Je vois… J'avais si peur que tu me juges à cause de cela que je t'ai évitée tous les jours à partir du moment où j'ai su que tu travaillais pour mon frère. Je ne veux pas te cacher qui je suis, mais, si mon frère t'a déjà tout expliqué, alors je ne peux pas lutter…

Il soupire, son ton est presque désespéré.

— Matthias ne m'a rien dit, répété-je sans comprendre où il veut en venir.

— Je croyais… après cette nuit tous les deux que… que…

Il lève les yeux vers moi. Mon cœur rate un battement, j'ose à peine respirer. Son visage se rapproche du mien, ses pupilles sont presque noires. Je baisse les paupières.

— Blanche, qu'ai-je fait pour que tu me haïsses à ce point ? demande-t-il tout bas.

Sa voix se casse dans le creux de mon oreille. Il est fébrile et je tremble légèrement. Dire que je n'ai pas envie qu'il m'embrasse serait un affreux mensonge, mais me laisser séduire serait une plus grave erreur.

— Je ne te déteste pas. Tu plais à toutes les femmes, dis-je comme si j'étais jalouse. (Et de toute évidence je le suis, de lui et de son passé qui s'affiche sur Internet.)

— Mais toi, tu me repousses. Pourquoi ?

— Qu'est-ce qui me dit que je compte vraiment ? J'ai été trompée par le seul homme à qui j'ai fait un peu confiance. Je ne veux plus recommencer ce genre d'histoire. Laisse-moi partir.

— Qu'est-ce que je dois faire pour te convaincre de rester avec moi ? supplie-t-il.

— Rien.

Nos regards, qui s'évitaient, s'entrechoquent. Je ne joue plus. Je ne peux pas me le permettre. On ne joue pas quand on est sûr de perdre, ce serait bien trop stupide.

— Blanche ! Je ne suis pas celui que tu crois, je ne suis pas…

— Quoi ? Un séducteur ? Tu vas me dire que, lorsque je t'ai croisé dans ce bar, tu ne passais pas quelques moments délicieux avec une horde de mannequins ?

— C'est vrai, dit-il dans un souffle. Mais je ne suis pas que ça. Je voudrais te parler, je voudrais t'expliquer. Je t'en prie, accorde-moi le bénéfice du doute. Je peux tout te dire, mais fais-moi confiance.

J'hésite. Il est le chat, je suis la souris. Qu'est-ce que j'y gagne, à part me faire dévorer ? Je campe sur mes positions. Ma naïveté a trop longtemps été abusée. Si c'est pour me faire détruire comme l'a fait Laurine avec son sourire hypocrite, c'est non.

— Je ne pense pas que tu puisses tout me dire, Rob.

— Si, je…

— Par exemple, qui est Camille ?

Rob se recule légèrement, choqué de ma question. Sa main se retire de mon épaule, caressant légèrement mon bras au passage.

Soudain, un cri strident me fait sursauter. Cela ressemble à des pleurs, mais en plus effrayant. Surprise, je me suis agrippée à ce que je trouvais. Ma main serre avec terreur la chemise blanche de Rob. Il caresse mes cheveux et ses lèvres collées à mon front m'embrassent doucement. Je n'ose plus bouger quand il s'éloigne de quelques millimètres à peine.

— N'aie pas peur, c'est un bricolage que j'ai fait, enfant. À l'époque, je voulais que ce soit Matthias et Roxanne qui se serrent l'un contre l'autre, mais même cela, ça n'a pas marché. Je ne suis pas doué pour les histoires d'amour.

Il tend son index vers la fenêtre et je me penche pour regarder…

— Tu vois sur l'arbre à gauche ? m'indique-t-il. Accroché à une branche, il y a un long tube peint en marron.

Je me penche par la fenêtre ouverte. Il y a effectivement un drôle de tube percé, à l'intérieur duquel je distingue des fils tendus d'un bout à l'autre. Tout en bas des fils, de petits gobelets sont fixés à ce gadget étrange. On le distingue à peine dans l'arbre et, si Rob ne m'avait rien dit, je n'aurais pas pu deviner son existence. Soudain, le vent s'engouffre entre la grange et les arbres et traverse les feuillages. Les pleurs atroces et cristallins reprennent de plus belle.

— C'est une harpe éolienne, m'explique Rob. Le vent fait vibrer les fils du tube, et les verres en plastique servent d'amplificateur de sons.

— C'est beau et en même temps, je ne sais pas, ça fait peur. C'est triste et angoissant. On dirait… une femme qui pleure.

Rob me sourit. Sa fossette sur la joue droite et ses yeux qui brillent de malice me laissent deviner quel genre d'enfant espiègle il était quand il était petit. Est-ce qu'on peut être séduisant, charmant et aussi atrocement « mignon » ? Je me détourne de son visage, tandis qu'il remet en place une mèche qui lui tombe sur les yeux.

— Exactement, approuve-t-il en entendant ma description. C'est génial : on dirait un fantôme qui hurle, n'est-ce pas ? C'est une technique du Moyen Âge. Les gens qui venaient se réfugier dans les forêts s'en servaient pour faire croire que la forêt était hantée et effrayer les curieux. J'ai monté ça avec le jardinier, il y a très longtemps. Je ne pensais pas que c'était encore ici.

Il rit. Quand il fait ça, mon cœur s'apaise. C'est comme s'il arrivait à désamorcer nos disputes et surtout ma mauvaise humeur. Comment réussit-il à faire ça ? Comment peut-il changer l'atmosphère si facilement ? Cela a quelque chose de magique.

— J'ai construit cette harpe pour faire croire qu'un fantôme se baladait dans le bois. C'était une de mes idées saugrenues pour rapprocher mon frère et Roxanne.

— Je ne comprends pas.

— Roxanne venait souvent ici, pendant les vacances d'été. Il faut savoir que Roxanne a trois passions : les chaussures, les contes de fées et les histoires de fantômes. Donc, j'ai fait en sorte que le jardinier lui raconte qu'une princesse vivait autrefois dans ce château mais que, à la suite d'une histoire d'amour malheureuse, son fantôme errait toutes les nuits en pleurant. Et que, lorsque le vent est très fort, en tendant l'oreille, on pouvait entendre ses pleurs dans les bois. Il n'en fallait pas plus à Roxanne pour nous entraîner, Matthias et moi, dans une aventure épique jusqu'ici pour voir celle qu'elle avait surnommée « la Dame blanche ».

— Quel rapport avec Matthias ?

— Quand j'étais petit, mes parents étaient souvent absents. Je n'avais que mon frère. C'était mon modèle, tu sais ? Et j'adorais Roxanne. M'imaginer qu'ils puissent être comme un père et une mère, c'était juste parfait. J'étais persuadé que Roxanne aimait Matthias en secret, mais mon frère était quelqu'un d'assez renfermé qui ne vivait que pour ses ordinateurs et ses calculs scientifiques. Il a toujours été ce qu'on appelle un « enfant précoce ».

— Tu veux dire un genre de surdoué.

— C'est ça. Il a même eu son bac avec deux ans d'avance. Mais, côté relations humaines, par contre, il était à la traîne… Roxanne était sûrement la seule fille à qui il prêtait un peu d'attention. Je me suis donc dit que, si j'arrivais à les attirer ici et à faire peur à Roxanne, mon frère la protégerait et ils pourraient tomber dans les bras l'un de l'autre. Rusé pour un gamin de sept ans, non ?

Je souris.

— Et ton plan a fonctionné ?

— Pas du tout ! soupire-t-il, déçu. Roxanne était surexcitée d'entendre le fantôme et ne voulait plus partir. En désespoir de cause, j'ai hurlé que j'avais trop peur et je me suis enfui pour les laisser tous les deux dans le bois, mais Matthias, au lieu de rester avec elle, s'est lancé à ma poursuite. Il ne voulait pas que je me perde de nuit dans les bois. Gros échec !

Je ris aux éclats.

— Oh, mon pauvre ! Tous ces efforts pour rien !

— Mon frère est réellement un crétin ! Je lui ai offert une occasion en or et il a tout gâché ! Mais ce n'était pas la première fois qu'il ratait tout. Je lui en ai voulu par la suite. Il a fait beaucoup de mal à Roxanne. Je pense qu'il a été son premier chagrin d'amour. Ensuite, il a continué sur sa lancée d'actes débiles… Puis il a disparu. Pendant plusieurs années. Je lui en ai tellement voulu. Je lui en veux encore, d'ailleurs. Alors, qu'il revienne ici, dans ce lieu où nous étions si heureux, et qu'il s'en serve pour ses ambitions professionnelles, ça me donne envie de lui casser la figure. Tu ne peux pas savoir à quel point il m'énerve. La simple vue de mon frère me file des boutons : je le déteste. Sous son regard moralisateur, son cœur est de glace.

Il soupire en quittant la fenêtre et redescend par l'échelle, sans m'expliquer davantage la situation.

— Viens, Blanche, je te ramène à la fête. Je ne veux pas que tu me détestes de te retenir loin de tout le monde.

Il me tend les bras et je descends. Lorsqu'il ouvre la porte de la grange, il me murmure :

— Rappelle-toi que tout sera filmé ce soir, alors fais très attention à ce que tu vas dire. Cette grange est certainement le seul endroit que Matthias n'a pas fait équiper de micros ou de caméras.

Le vent froid des bords de Loire me fait frissonner lorsque nous sortons ensemble de la bâtisse. Rob ôte sa veste et me la pose sur les épaules d'un geste naturel. Nous traversons le bois en sens inverse. Je voudrais encore lui parler, mais l'idée d'être filmée m'inquiète. Il y a tant de questions que je voudrais lui poser. Je voudrais en savoir plus sur son frère et Roxanne, et savoir où Matthias a disparu et à quel moment. Peut-être que, si je demandais à Roxanne, elle m'en parlerait ? Mais comment aborder le délicat sujet d'un amour d'enfance ? Je ne peux pas faire ça.

CHAPITRE 40

Détruire la mine d'or

Nous arrivons aux tentes de réception. Des tapis et des salons de jardin ont été installés dans tout le parc. Je vois Matthias discuter avec des hommes d'affaires.

Lorsqu'il aperçoit Rob, il délaisse les hommes en costume et vient à notre rencontre. Jay, juste à côté du buffet, nous regarde pour savoir comment réagir.

— Alors, petit frère, on s'enfuit avec ma cavalière ? se moque-t-il. Tu ne m'en veux pas d'avoir échangé avec la tienne un court instant ?

— Tu me prends tout ce que j'aime, de toute façon, non ?

— Tu exagères un peu, tu ne crois pas ?

Matthias met les mains dans ses poches et regarde les invités qui s'installent sur les fauteuils et les tapis à même l'herbe.

— Pourquoi tenais-tu tellement à ma présence ici ? demande Rob en croisant les bras. Tu veux m'en mettre plein la vue avec ta future réussite professionnelle ? Ou bien tu veux reprendre les rênes de la GoldMine après avoir tant critiqué notre société ? Sache qu'il est trop tard pour toi : JE suis l'héritier en titre.

— Tu n'es rien du tout, Rob. Juste un gamin qui croit que tout lui est dû simplement parce qu'il se plie aux desiderata de sa famille.

— Espèce de…

— Tu veux me frapper devant tous les photographes et la presse ? Tu sais à quel point ton image de « prince idéal » t'est précieuse, ironise Matthias. Fais attention !

— Pourquoi me tourmentes-tu ?

— Je suis venu t'ouvrir les yeux. Tu es prisonnier de ton destin tracé d'avance depuis bien trop longtemps.

— Je n'ai pas besoin de toi.

— Mon pauvre Rob… Crois-tu vraiment que l'entreprise familiale va te revenir ? Mais le conseil d'administration et les actionnaires pèsent bien plus lourd dans la balance que toi. Tu penses pouvoir diriger la GoldMine à dix-huit ans ? Tu n'as aucune expérience réelle, tu n'as pas encore fini tes études et tu n'as aucune vision à long terme pour l'entreprise. Hériter d'un empire et le laisser stagner, c'est déjà entrevoir sa chute. Tu obéis sans rien dire, mais as-tu déjà envisagé de changer l'avenir de la société ? Non, n'est-ce pas ? Car toi, tu te contentes de faire ce qu'on te dit.

— Tu veux prendre la tête de l'entreprise et m'évincer ?

— Non. En réalité, je pense plutôt couler la GoldMine !

— Quoi ?

— Je vais réduire à néant la manière dont on conçoit le mannequinat actuellement. La GoldMine devra donc s'adapter, et elle devra le faire vite ou sombrer. Le conseil d'administration me suivra, car il sait que j'ai une nouvelle stratégie à lui proposer. Je suis venu avec les hélicoptères de l'entreprise, au cas où tu ne l'aurais pas remarqué. C'est un signe fort de leur part. Ils sont prêts à s'allier avec moi.

— Qu'est-ce que tu racontes ?

— Je parle d'une mini-révolution dans le monde de la mode et du traitement d'image. Je travaille dessus depuis des années.

— Tu n'es qu'un simple patron de start-up et un professeur bénévole !

— Oui… J'ai un job pour avoir un salaire et être indépendant de notre famille. C'est ce qui avait été convenu avec nos parents quand j'ai quitté la maison : une liberté totale, sans pression, en échange de quoi je ne leur demandais rien. Ni argent, ni support logistique. Tout ce que la famille m'a payé avant mon premier poste de professeur l'a été sous forme d'avance que j'ai déjà remboursée. Je ne dois rien à personne. Contrairement à toi et à Roxanne qui travaillez par devoir pour obéir à vos parents, je trace ma propre route !

— Roxanne ne travaille pas par obligation ! s'énerve Rob. Créer est sa raison de vivre !

— Au début, elle aussi était un pantin, tout comme toi. Faire risette aux photographes, se vendre comme un produit, ça me dégoûtait. Je suis parti pour échapper à tout ça, et aussi pour trouver une solution. Mais tu as raison sur un point : Roxanne aime son métier. C'est juste qu'elle n'assume pas son talent et se cache encore derrière son fiancé. Mais je suis venu changer tout ça.

— Oh ! Monsieur joue les sauveurs ! Tu te prends pour qui, à nous faire la morale ?

— Pose-toi les bonnes questions, Rob ! Roxanne suit son rêve et, même si son entreprise coulait, elle la remonterait parce qu'elle a ça dans le sang. Mais toi ?

— Quoi, moi ?

— Quel est ton rêve ?

— …

— Si demain la GoldMine appartenait à quelqu'un d'autre ou si elle disparaissait purement et simplement, que ferais-tu de ta propre vie ?

— Mais, je…

— Tu es jeune et tu as le pouvoir de changer ton futur. Commence à y penser dès ce soir, petit frère, car l'avenir auquel tu t'attendais n'existera plus d'ici quelques minutes.

Matthias salue soudain un groupe d'hommes d'affaires qui avance vers nous et nous plante là.

Rob semble dévasté. Je le prends par le bras.

— Des mots toujours durs, aucune empathie pour qui que ce soit, murmure Rob. Il n'a aucunement changé, en fait, depuis notre enfance. Il n'est qu'un cerveau gigantesque camouflé dans un corps d'être humain.

— Rob, il doit y avoir une explication. Tu disais que tu adorais ton frère avant.

— Bien sûr, il était mon grand frère… Alors, même ses remarques dénuées de compassion, je les acceptais. Même quand elles étaient si acerbes ou si tranchantes qu'elles faisaient pleurer nos cousins. Mon frère sait faire très mal et appuyer sur nos plaies béantes, nous qui essayons de les dissimuler. Chaque fois que j'oublie ma peine, Matthias arrive et souffle sur les braises. Pourtant, j'ai beau le haïr en ce moment très précis, je sais qu'encore une fois son raisonnement implacable a fait mouche.

Il soupire et je me sens impuissante.

— Moi, quel est mon rêve ? Si ma famille ne me donnait plus d'ordres, si je ne devais plus satisfaire personne et si je pouvais juste penser à moi, quel chemin prendrais-je ? Je n'y ai jamais pensé, parce que l'idée même aurait été une trahison. Parce que je serais devenu comme lui. Je prends soin des autres, je fais ce que l'on attend de moi, mais, au fond, tout ce que je fais, c'est pour faire plaisir aux autres. Ma bonne volonté n'y changera rien.

— En quoi Matthias aurait-il raison ?

— Je n'ai pas vraiment de rêve. J'ai abandonné l'idée d'imaginer un autre avenir pour moi que celui qu'on m'ordonnait d'avoir. Je ne sais plus… Si l'entreprise n'existe plus, si je ne suis plus l'héritier, alors j'aurais souffert inutilement ? Je ne vaudrais plus rien ? J'ai l'impression que mon univers s'écroule, comme un château de cartes sur lequel on souffle.

Je lui prends la main, son front se pose sur le mien doucement. Comme moi, Rob a tout fait pour donner le change et satisfaire ceux qu'il aime. Mais ça ne marche pas comme ça. Il faut s'ouvrir et aussi accepter d'avoir ses propres envies. Je le comprends avec lui.

— Rob…, dis-je doucement, tu es Rob et ça me suffit.

Il ferme les yeux et sourit, de ce sourire timide et doux qu'il ne montre qu'à moi.

— Je dois te sembler si minable, dit-il en passant ses doigts dans mes cheveux. Je suis loin de l'image parfaite des magazines.

— Je ne savais pas qui tu étais quand je t'ai rencontré. Et quand bien même, je ne juge pas les gens sur leur famille. Je serais mal placée pour le faire.

— C'est vrai… Quand je t'ai rencontrée, ce soir de pleine lune, j'ai cru aussi que ta manière innocente de me répondre, de refuser mes avances et de te confier à moi était spéciale. C'était comme si on m'avait envoyé un ange. Un ange qui n'avait aucune idée de qui j'étais, de ce que je représentais. Et tu m'as parlé si librement. De tout. Tu as même pleuré dans mes bras lorsque nous étions seuls sur le toit de mon immeuble.

Soudain, j'ai un flash. Je me souviens…

CHAPITRE 41

Le cercueil de verre

Nous courons. Nous sommes sur le pont aux grilles bardées de cadenas. Je ris. Rob me fait tourner sur moi-même, il a déclenché *Un jour mon prince viendra* dans sa version jazz sur son téléphone. Jay et les filles improvisent des pas de valse. Nous sommes ivres et heureux de vivre. Ou nous faisons semblant. La lune nous accompagne de ses rayons dorés ; la Seine est à nos pieds ; la tour Eiffel reste impassible. Des fêtards, elle en a vu d'autres en plus d'un siècle d'existence.

— Un pique-nique ? propose Rob.

— Oui, approuve Jay. J'ai faim !

Il est près de quatre heures du matin, nous voilà dans un immense appartement. Rob ne lâche jamais ma main et je crois que je m'y suis habituée. Ou plutôt, j'aime qu'il la tienne. Dans l'immense cuisine, nous entassons tous les plats possibles sur des plateaux et nous nous dirigeons vers le toit-terrasse de cet immeuble luxueux. En route, Rob et moi perdons les autres, trop occupés à flirter dans les escaliers et entre les meubles design.

Rob ouvre une porte et me voilà dehors. Le vent frais de la nuit ne parvient pourtant pas à calmer la chaleur qui monte en moi quand Rob m'attire à lui, allongé sur une énorme couverture qu'il a déposée sur le sol. Je lève les yeux. La lune et quelques étoiles brillent au-dessus de nos têtes. Il rit et j'observe son sourire de si près. Sa fossette sur sa joue droite m'intrigue et, sans m'en rendre compte, mon index se pose dessus.

— Pardon, dis-je en le retirant. J'ai trop bu, je ne sais plus ce que je fais.

Il attrape ma main et la repose sur sa fossette.

— Ça ne me gêne pas, dit-il.

Je rougis mais je ne bouge pas. Je ne retire pas mon doigt de sa joue, ni ma main de la sienne. Il ferme ses yeux d'un bleu presque noir et embrasse le bout de mes doigts, l'intérieur de ma main, le creux de mon poignet.

Ses yeux s'ouvrent et me fixent de ce regard que Fred jetait parfois à Laurine, mais qui ne m'était jamais destiné. J'ai un mouvement de recul.

— J'ai trop bu, dis-je à nouveau.

— Très bien, fait-il en hochant la tête. Je ne ferai jamais rien que tu puisses regretter. Je ne suis pas ce genre d'homme.

Je ravale inconsciemment ma salive. Je sais ce qu'il insinue et c'est la première fois qu'un homme me parle ainsi.

Je baisse les yeux. Je ne sais pas comment réagir.

— Tu es tellement belle.

Il passe ses longs doigts dans mes cheveux noirs, effleurant mon cou.

— Non, je ne suis pas belle. Ne dis pas ça.

— Si, Blanche, tu l'es tellement que je ne peux pas croire que tu sois si timide envers les hommes. Tu dois avoir tous ceux que tu veux, n'est-ce pas ?

— Moi ?

Je ris.

— Non, personne ne fait jamais attention à moi. Je suis invisible.

— Tu te crois invisible ou tu veux l'être ? demande-t-il soudain très sérieusement. Parce que aucun homme ne peut t'ignorer, crois-moi.

— Arrête, même le type ivre en boîte se moquait de moi quand il te disait : « Tu as déjà les plus belles de la boîte, tu peux me laisser celle-là ! Ce n'est pas du tout ton type, en plus. »

— Ce qu'il voulait dire, Blanche, c'est que tu ne ressembles pas aux filles que je fréquente habituellement, c'est tout. Mais cet homme te voulait. Tu crois que j'étais là par hasard quand je suis intervenu ? Je t'observais depuis le début. À danser comme si tu étais l'ombre de toi-même, à fermer les yeux pour oublier que tu existes.

— Je…

— Je revois encore ton corps se balancer sensuellement sur les refrains violents. Tu es belle et tu l'ignores. Ce type est le seul qui a eu le courage de t'approcher, parce qu'il avait trop bu. Mais d'autres te regardaient te perdre dans ta solitude. Moi, je te regardais.

Ses yeux sérieux contredisent le ton doux qu'il emploie. Il me fixe intensément et je me mords les lèvres.

— Je te regardais quand tu es entrée dans ce bar. Je t'ai suivie sans même m'en rendre compte et, quand tu t'es retournée et que tu m'as foncé dedans par accident, j'ai souri d'avoir l'occasion de te parler enfin.

Il pose son menton dans sa paume et son coude sur son genou replié.

— J'ai honte, dit-il. Je ne fais jamais ça. Mais c'était plus fort que moi. Je voulais te parler, je ne savais pas comment. Et toi, avec ta petite répartie bien sentie, tu m'as envoyé balader.

— Pardon, je…

— C'était tellement inattendu.

Il rit doucement.

— Tu n'as aucune idée de qui je suis et ça me fait encore plus plaisir que tu restes ici avec moi. Ne t'inquiète pas. Je ne suis pas saoul, contrairement à ce que tu peux penser. Je ne te toucherai pas si tu n'en as pas envie et d'ailleurs, ce soir, je ne ferai rien. Mais si demain tu veux qu'on se revoie, j'en serai ravi. Même plus que ça, je crois que te revoir me rendrait heureux.

Je le dévisage, interdite.

— Non, Rob. Je ne suis pas de ton milieu. J'ai bien vu l'appartement où tu vis, les gens que tu fréquentes, ce n'est pas possible.

— Tiens, se moque-t-il. Tu n'as pas dit « J'ai un copain », cette fois.

— Oh…

Je n'y ai même pas pensé. Fred était complètement sorti de ma tête. De la même manière que, quand je me suis enfuie de mon appartement, je n'ai pas envisagé qu'il puisse réellement m'aider ou me comprendre.

Je me sens seule depuis si longtemps. En fait, je me sens seule tout le temps. Mes problèmes, j'ai l'habitude de les résoudre par moi-même. Les seules personnes que j'aimais vraiment, c'était Laurine et mon père.

Je m'en veux de ne pas valoir la peine qu'on pense à moi, qu'on prenne soin de moi. Je m'en veux de mon cœur si minable, incapable de pardonner et d'accepter le pire qui soit : je ne suis pas une personne de confiance aux yeux de ceux que j'aime. Je m'en veux que Rob ait pu comprendre ça alors que personne d'autre ne l'a jamais décelé. Des larmes coulent doucement sur mes joues.

— Blanche, ne pleure pas ! s'inquiète Rob en me prenant dans ses bras. Je ne ferai rien qui puisse te nuire, je ne voulais pas te faire de la peine.

— Ce n'est pas toi, murmuré-je entre mes larmes. Je suis saoule, n'y fais pas attention.

— Tu pleures et tu veux que je n'y fasse pas attention ? Mais c'est quoi ton problème ?

— Mon problème ?

Je ne peux plus retenir toutes mes larmes et me retrouve le front contre le torse de Rob, qui me tient fermement contre lui. Il caresse mes épaules.

— Blanche, raconte-moi.

C'est de cette manière que j'ai passé la nuit dans les bras d'un garçon que je ne connaissais pas et qui me semblait plus digne de confiance que n'importe qui dans mon entourage. C'est de cette manière que je lui ai tout raconté. Il ne m'a pas reproché de m'être enfuie, d'être si en colère, si triste. Il a dit : « J'aurais fait bien pire ! Mais, moi, je ne suis pas une princesse. »

Plus tard, dans la cuisine, Jay s'est moqué de moi avant de partir avec un mannequin et je suis restée seule avec Rob. Quand il m'a poussée contre ce réfrigérateur, c'était pour me voler un timide baiser sur la joue, et de son air si sage il m'a souhaité bonne nuit. J'espérais le revoir dès le lendemain lorsque je me suis écroulée dans ce lit qui n'était pas le mien avec d'autres filles inconnues.

Mais, en me réveillant, je ne me souvenais de rien. Et Rob n'a pas eu d'autre choix que d'ignorer ma moue boudeuse. Moi qui ne me souvenais plus d'avoir pleuré dans ses bras toute la nuit.

Mon cerveau ne voulait pas se rappeler qu'on pouvait être si gentil avec moi, me dire que je suis belle, me désirer, me déclarer si honnêtement : « Te revoir me rendrait heureux. » Ce genre de paroles, personne ne les avait jamais prononcées pour moi. Il est plus facile de mettre son esprit en sommeil et de faire semblant de vivre emprisonnée et protégée dans un cercueil de verre. Donner le change et sourire faussement, comme une poupée sous emballage. Faire croire qu'en apparence tout va bien quand à l'intérieur on est brisée. Je ne dors pas vraiment dans mon cercueil transparent, je fais juste semblant de vivre éveillée de l'autre côté d'une vitre protectrice.

Si Rob m'avait embrassée, j'aurais dû admettre que je n'étais pas une fille sage condamnée à rester muette et à croire à son couple si fade avec un homme qui regarde en secret sa meilleure amie. J'aurais dû admettre ce désir qui s'emparait de moi et mon cœur qui s'emballait pour un parfait inconnu croisé en soirée.

La réalité est trop crue, je n'osais pas l'affronter. Mon cercueil de verre est si protecteur. Je pensais y rester encore un peu…

Mais Rob a vu à travers. À travers la vitre, à travers moi et jusqu'au fond de mon cœur. Je ne peux pas lui mentir. Et je ne peux pas non plus cacher ce que je ressens pour lui, depuis cette toute première soirée.

CHAPITRE 42

Blanche-Neige et la reine

Je vois Jay s'avancer vers nous alors que ces souvenirs remontent en moi.

— Blanche, me dit Rob, je voudrais parler à Jay. Pour te dire mon secret, je dois d'abord voir avec lui car il en fait aussi partie.

Je comprends et laisse les garçons seuls.

En me dirigeant vers les salons du château pour rejoindre Roxanne que je viens d'apercevoir, je me fige. Laurine est là ! À me dévisager de la tête aux pieds, comme on jauge l'ennemi. Est-ce que je suis prête ?

Son départ au bras de Rob dans les couloirs du château, ses lèvres sur celles de mon père, mon cœur qu'elle a piétiné en se servant de Fred au passage…, tout cela me remonte en boule dans la gorge. Jamais je n'ai été aussi en colère contre quelqu'un. Toutes ses excuses ne suffiront pas à me calmer.

Pourquoi est-elle encore ici ? Veut-elle me réduire à néant ? Tout le mal qu'elle m'a fait n'est donc pas suffisant ? Est-elle venue voir ce qu'elle pouvait encore tirer de cette stupide et naïve Blanche ? Elle est mal tombée !

Je me redresse et la dévisage.

— Tu n'es plus accompagnée ? dis-je en pensant aux hommes successifs au bras desquels on l'a vue ce soir. Si tu viens t'excuser, je t'écoute, tu as deux minutes. Sinon, tu peux partir.

— M'excuser ? dit-elle, piquée au vif. Mais de quoi ?

— Ah, non ! Ne prends pas tes airs de diva avec moi. Je ne suis pas un de tes prétendants, que tu peux manipuler et éconduire après l'avoir utilisé ! Je connais tes techniques, à force. Renverser la situation à ton avantage ne marchera pas cette fois. Soit tu t'excuses, soit la conversation est terminée et notre amitié avec.

— M'excuser ? De quoi ? D'être majeure et de sortir avec un homme consentant ? J'ai essayé de t'en parler le soir de la Saint-Valentin dans ce bar, mais ta réaction a été si étrange que j'ai préféré éviter. Tu crois que c'est facile pour moi d'être avec le père de ma meilleure amie ? Et puis, ne rejette pas la faute que sur moi ! Ton père est concerné aussi, je te signale. Et lui, il est parti en reportage à l'autre bout du monde plutôt que de s'expliquer avec toi.

— Laurine, mes relations avec mon père ne te regardent pas ! Ne me fais pas la morale ! Le tien n'est pas mieux !

— Mais au moins, moi, je le sais. Alors que toi, tu lui passes tout ! Tu es venue faire tes études à Paris, aussi pour prendre ton indépendance, et tu te rends bien compte que c'est impossible avec lui. Dis-moi que j'ai tort ! Il se décharge de toutes ses responsabilités sur toi et tu ne dis rien ! Tu n'es pas sa mère ! Et tu ne seras jamais sa femme ! Tu le comprends, au moins ?

— Je sais tout ça, je…

— Vraiment ? Ton « papa chéri » a toujours été le seul homme dans ta vie. Quand vas-tu prendre ta liberté et être en couple ?

— Mais j'étais en couple avec Fred !

— Parlons-en de Fred, justement ! Il t'aimait et toi, tu jouais avec ses sentiments, dans le genre : « Oh non, je ne sais pas… Je pensais que l'amour ce serait différent. » Tu n'étais pas amoureuse de lui, ça se voyait ! Rien ne t'obligeait à rester dans ses bras, tu pouvais partir quand tu voulais !

— Tu m'accuses d'avoir joué avec les sentiments de Fred ? Mais il ne sortait avec moi que sur ton ordre !

— Pardon ?

— C'est toi qui lui as demandé de détourner mon attention pendant que tu séduisais mon père ! Tu t'es bien fichue de moi.

— C'est vrai ! avoue-t-elle.

— Ah ! (Les bras m'en tombent.)

— Je lui ai demandé de t'éloigner un peu de l'appart car j'avais besoin de temps pour convaincre ton père. Je voulais qu'il t'avoue la situation. Mais jamais je n'ai dit à Fred de t'embrasser ! Cette histoire-là s'est faite sans moi !

— Tu te fiches de moi ?

— Au point où nous en sommes de ce grand déballage, je ne vois pas pourquoi je te mentirais là-dessus ! Si Fred est sorti avec toi, c'était sa décision ! Fred agit dans son propre intérêt, pas pour moi. Tu lui plaisais vraiment, même si ce n'était pas l'amour fou. Et puis, ce baiser, tu le lui as rendu. Et les suivants aussi. Tu n'étais pas forcée de continuer à le voir. Moi, j'ai juste vu ça d'un bon œil puisque, cette fois, il y avait un autre homme dans ta vie que ton père. Mais, dès que ton « papa chéri » était là, nous passions tous au second plan et Fred également. Si tu ne peux pas aimer un autre homme que ton père, ne reproche pas à Fred de s'être senti délaissé. Au fond, c'est toi qui ne l'aimais pas vraiment. Mais ce n'est pas la fin du monde : des couples qui se quittent car ils ne s'aiment pas ou plus, ça arrive tous les jours. Ne me rends pas responsable de tout.

— Mais Fred m'a dit…

— Quoi ? Il a dit EXPLICITEMENT que je lui avais ordonné de t'embrasser ? Ou bien avait-il seulement honte que tout ait pu démarrer parce que je lui avais demandé de détourner ton attention ?

Ma mémoire fait un rapide retour en arrière : Fred n'a rien dit clairement… Je me suis énervée et je suis partie en courant. Pourtant, il a été odieux par la suite. Il a rompu de la pire des manières… Mais, ça, ça n'a rien à voir avec Laurine.

— Je te déteste quand même, tu sais ! D'avoir manipulé mon père comme ça, de l'avoir séduit.

— Dans la séduction, on est toujours deux. Je ne lui ai pas mis un couteau sous la gorge. Tu es vraiment immature !

Nous nous dévisageons. Je suis toujours en colère. Je suis folle de rage. Je lui en veux, mais je m'en veux aussi, car tout n'est pas faux dans ce qu'elle avance. Il aurait été si facile de la haïr sans scrupule, sans limite.

— Est-ce que tu l'aimais ? (Au fond, c'est la seule chose qui m'importe.)

— Je crois, oui. Mais te le cacher était bien trop lourd à gérer. Alors… je ne sais plus trop à présent. Mais qu'importe : il est parti et j'imagine que nous en resterons là. Satisfaite ?

— Je ne sais pas. Laisse-moi digérer tout ça !

Je sors brusquement du château. Dehors, le vent frais m'accueille, moi avec mes sentiments désordonnés.

Peu importe la colère que j'ai envers elle, elle reste mon amie. Je le sais au fond de moi et c'est ce qui rend la situation si difficile.

Entretenir ma rage, c'est la mettre au cœur de mes préoccupations. Je ne veux pas. Je ne veux plus rien avoir à faire avec elle pour le moment. Je dois me recentrer sur mon cœur et sur ce que je veux faire de ma vie.

CHAPITRE 43

Le projet de Prof

Je m'avance vers Matthias qui me fait signe. Il est tout au bout du parc, avec Stella. Je dépasse les invités installés sur les bancs et les tapis pleins de coussins. Le parc a des allures de conte des *Mille et Une Nuits*, des lanternes en cuivre et des lampions rouges sont disséminés partout sur la pelouse et dans les arbres. J'évolue comme dans un autre monde.

Certains invités me regardent passer et j'entends des murmures sur mon passage. La robe fait sensation.

Matthias me sourit.

— Tu es si belle ! dit-il naturellement. Tu es la Blanche-Neige idéale.

Rob s'interpose entre son frère et moi. Jay le suit de très près. Matthias se moque.

— Allons, petit frère, je ne te la volerai pas. J'ai compris depuis longtemps qu'elle est trop précieuse pour toi. Je veux simplement que tu observes ce qui va se passer. Je veux que tu comprennes que j'ai gagné et que je reprends les rênes de l'entreprise familiale. Dans quelques instants, tu seras libre.

— Libre ? s'étonne Rob.

— Libre de tracer ton propre chemin, loin des médias, loin des projecteurs. J'espère que, de cette manière, tu auras le courage de dire la vérité à ceux que tu aimes et, enfin, de prendre ton avenir en main.

— Tu as fait tout ça pour moi ?

— En partie, oui. J'ai aussi mes propres intérêts dans cette histoire, mais que tu puisses enfin dépasser l'épisode douloureux de notre passé commun serait un soulagement pour moi. Réfléchis, Rob : que veux-tu faire de ta vie ?

Soudain, une musique retentit. Des hôtesses distribuent des téléphones aux invités en leur demandant de se prendre en photo. Sans un mot de plus, Matthias s'éloigne et disparaît dans la foule.

— Des photos de chacun de vous, dit une hôtesse en donnant un téléphone à Stella. De la tête aux pieds. Une de face et une de dos. Ensuite, nous allons vous expliquer.

— C'est pour une surprise ? demande la jeune fille.

— Pour une expérience, continue l'hôtesse. Je vous prie de prendre des photos de vos amis également.

Les autres invités se photographient déjà et tout le monde se demande ce qui va se passer.

— Mesdames et messieurs, laissez-vous maintenant tenter par les tenues que nous vous proposons, annonce la voix de Matthias, qui marche avec un micro dans la foule.

Sur une musique rock, des dizaines d'apparitions surgissent au milieu des invités, qui poussent de petits cris de surprise. Moi-même j'hallucine. Ce sont… des dizaines de Jay dans toutes les tenues. En fait, ce sont des hologrammes plus vrais que nature qui défilent sur la pelouse.

— Argh ! Il y a eu un atroce clonage de Grincheux, plaisanté-je, et Stella éclate de rire. Enfin, au milieu d'un aussi grand parc, il est normal de croiser des nains de jardin !

Jay (le vrai) me jette un regard amusé.

— Cette vision de dizaines d'hommes parfaits doit te rendre folle, marmonne-t-il à sa façon habituelle, celle d'un frère un peu contrarié.

Les femmes applaudissent à la vue de ces mannequins d'un nouveau genre.

Il y a également des clones de Roxanne dans sa robe bleue de Cendrillon et d'autres vêtements de la marque Rosso qu'elle représente pour la collection femme.

— Vous pouvez prendre en photo toutes les tenues que les hologrammes portent actuellement, explique la voix de Matthias. Ensuite, choisissez celle que vous préférez et cliquez sur l'icône à droite de la photo.

— Prends vite une photo d'un hologramme, dis-je à Stella, qui s'empresse d'essayer son nouveau gadget.

Aussitôt, nous poussons un petit cri et rions.

Stella a également pris une photo de moi et à présent je porte la même tenue que Roxanne sur l'écran du téléphone.

— Oh ! s'excite Stella. Alors, on prend une photo de quelqu'un, puis une photo d'un hologramme, et ça mixe les deux comme si on portait la tenue ! C'est adapté à la morphologie de chacun.

Les invités ne savent plus où donner de la tête, et tout le monde s'amuse en se voyant avec ces tenues haute couture sur leurs écrans de téléphone.

— L'application Miroir magique du réseau social Pomme-d'amour.com vous permet de vous imaginer dans les vêtements que vous souhaitez, juste en quelques photos. Le logiciel évalue vos mensurations, reconnaît la taille adaptée et vous en donne un aperçu. Nous allons révolutionner toute l'industrie du prêt-à-porter et du sur-mesure de luxe. Le logiciel dont vous avez ici une version simplifiée et ludique sera lancé la semaine prochaine. Il permettra aux sites de vente en ligne de simuler des essayages par simple ajout de la photo d'un client sur son profil d'acheteur. Nous pensons diminuer de soixante-dix pour cent les retours de marchandises vendues sur Internet.

— Formidable ! s'écrie un homme que je reconnais.

C'est le président d'un site international de vente de vêtements. Je me souviens de l'avoir vu à la télévision lors d'un reportage.

— Les futurs défilés pourront en outre avoir des airs de films ! Voici quelques tenues présentées dans un conte que vous reconnaîtrez tous, avec pour vedette ma cavalière que nous avons filmée il y a quelques instants.

Dans le ciel, qui sert d'écran, des lumières apparaissent et nous apercevons une jeune femme qui marche dans la neige, au milieu d'une forêt. C'est… moi ?

Je m'échappe d'un château en arrière-plan. Je semble apeurée, sous un manteau argenté à grande capuche d'un styliste réputé pour avoir lancé des fausses fourrures colorées. Je cours à présent dans une forêt et lève les bras devant mon visage pour me protéger du vent. Lorsque la brise s'interrompt, mon manteau se transforme en robe longue. C'est la tenue que je porte actuellement. Quelque chose me fait peur, comme une ombre de sorcière, et je tombe évanouie.

Fondu enchaîné. Voilà Rob dans un château. On l'a affublé d'un costume de prince, dans une version très moderne. Il semble las sur son trône et regarde avec dédain les plats qu'on lui soumet. C'est la scène qui a été tournée chez Matthias quand j'étais déguisée en soubrette. Puis, soudain, il se lève et se penche sur un siège dont on ne voit que le dossier. Il regarde intensément quelqu'un qui y est assis et se penche vers cette personne.

Oh ! Mon Dieu…, c'est moi qui posais avec lui à cet instant ! Je reconnais la mèche de cheveux noirs qu'il tient délicatement dans sa main.

Une pomme rouge roule vers nous. C'est la pomme empoisonnée du conte. Mais la trace de morsure qu'on y voit est en forme de cœur. C'est le logo de Pomme-d'amour.com.

Changement de décor. Une salle de bal. Rob danse. Avec une jeune femme en robe longue aux longs cheveux noirs.

Nous avons été filmés quand nous dansions ensemble au début de la soirée.

C'est bien moi. Lorsque je me vois dans ce film, la manière dont je regarde Rob est très explicite. Je ne peux pas le nier. Tout le monde doit penser que je joue divinement bien la comédie, moi qui suis nulle en improvisation. Il n'y a que ceux qui étaient présents lors de cette valse qui savent que je ne joue pas. Cette scène n'est pas truquée, ce sont vraiment nos regards timides et gênés qui se cherchent durant cette danse. Notre désir qui n'ose pas s'exprimer. La sensualité de nos corps qui se frôlent sans oser se donner.

J'ai beau me voiler la face, ici, sous l'œil des caméras, tout est clair. Nous sommes tout près de nous avouer quelque chose de difficile, nos lèvres sont si proches. Les spectateurs doivent penser que nous allons nous embrasser. Je ne me souviens pas de l'avoir fait, pourtant. Ah, oui… À cet instant, Matthias a interrompu la musique et Rob m'a entraînée loin de tout.

— Tout le monde le sait à présent, murmure Rob à mon oreille. Tous ces invités qui nous observent en souriant sont les témoins de mes sentiments. C'est tout mon être qui te déclare un silencieux « je t'aime » dans ce film qui s'étale sur le ciel de la nuit estivale.

Je le sais.

Que Rob est sincère.

Que c'est mon cœur que je cache et qui refuse le sien.

Je n'osais pas me l'avouer non plus.

Moi aussi, je l'aime.

À en perdre la raison.

Et, quand Rob me regarde si intensément, je crois à ses sentiments, car moi aussi je lutte contre eux depuis plusieurs jours. Comment peut-on tomber amoureux en si peu de temps ? C'est incompréhensible ! Jamais je n'aurais pu croire une telle chose si cela avait concerné une autre personne, si on me l'avait juste raconté.

Le film s'achève sur le logo gigantesque du site Pomme-d'amour.com et le slogan : *Trouvez l'amour, réalisez le souhait de votre cœur.*

— Vous avez eu ce soir un petit aperçu de notre capacité à changer le milieu de la mode, annonce la voix du frère aîné. La GoldMine sera la première agence à proposer des films préconçus ou sur mesure avec ses mannequins pour permettre aux créateurs de lancer leurs collections rapidement sur les réseaux sociaux et Internet. Fini le stress des défilés et le travail de préparation des mannequins réels qui va avec !

— Alors c'était ça…, commente Rob. Matthias anticipe un changement à grande échelle pour les lancements des futures collections du monde entier. C'est la fin des défilés tels que nous les connaissons, c'est pour ça qu'il parlait d'une révolution. Et, si nous pouvons cloner l'image des mannequins à l'infini, il faudra moins de personnes pour un seul défilé. Toutes les agences de mannequinat vont devoir prendre ce tournant technologique très vite.

Je comprends bien ce que Rob m'explique. La GoldMine, pour survivre, devra être à la pointe de cette nouvelle tendance. Avoir les faveurs de Matthias était donc indispensable. C'est un coup de maître.

Il s'agit de s'adapter ou de couler, voilà pourquoi Matthias parlait d'une stratégie à long terme.

— Moi, je ne fais que prêter mon image, reprend Rob. Je ne transforme pas l'avenir. Au fond, je ne sers plus à grand-chose… Je me sens comme un pantin inutile qui a fini de jouer le rôle qu'on lui a attribué.

Il soupire et regarde au loin.

— Mon rôle s'arrête ici, murmure-t-il. Peut-être que, finalement, c'est mieux ainsi. Il est temps pour moi de repenser mon avenir. Ai-je le talent et l'imagination nécessaires pour cela ?

Je pose ma main sur son bras. Il me regarde tristement et caresse ma joue. Nos visages se rapprochent jusqu'à ce que nos fronts se collent. J'ai envie de l'embrasser.

— Blanche, j'aimerais tant te parler et te dire certaines choses. Puisque la GoldMine n'a plus besoin de moi, rien ne m'empêche de reprendre le cours de ma vie et de partager le secret que je cache à la presse depuis si longtemps. Blanche… Est-ce que tu accepterais de m'accompagner quelque part, demain ?

Je hoche la tête. Si c'est avec Rob, j'irai n'importe où. Même si ce n'est pas un château merveilleux.

CHAPITRE 44

Dormeur

Le soleil se lève à peine. C'est le petit matin. Je me lève et me prépare. Aujourd'hui, j'ai promis de voir Rob.

Dehors, adossé à sa voiture, Rob me sourit en me voyant venir à sa rencontre. Roxanne a insisté pour que je porte la même robe qu'au brunch.

— Est-ce que tu es prête ? demande-t-il en m'ouvrant la portière de la voiture pour que je m'y assoie.

— Oui.

— Moi aussi, me dit-il tout bas en se penchant vers moi, je crois que, pour la première fois, je suis prêt aussi.

Son sourire et ses yeux si près de moi accélèrent les battements de mon cœur. Rob fait le tour de la voiture, puis vient s'installer près de moi.

— J'ai parlé à Jay. Il m'a dit qu'il nous rejoindrait.

— Où allons-nous ?

— Dans mon sombre passé, avoue-t-il doucement. En espérant que tu…

Il s'arrête de parler, hésitant à continuer sa phrase.

— … que tu comprendras qui je suis, finit-il par lâcher. C'est une chose que je cache. J'avais si peur que mon frère te le dise sans que je puisse rien y faire. Je n'en dormais plus.

Sur la route qui défile, nous ne parlons pas. Nous atteignons un espace vallonné en pleine campagne, puis, au loin, je distingue quelques maisons. Nous traversons à pied la rue principale de ce petit village.

— Est-ce que nous allons rendre visite à quelqu'un ?

— Oui, nous allons voir Dormeur, se moque-t-il gentiment, mais son ton est triste et j'ai un peu peur de ce qui m'attend.

Nous sommes arrivés au bout du hameau. Il y a un muret gris devant nous, derrière lequel on devine quelques arbres. La plaque de métal et les grilles noires me font frissonner. Que faisons-nous devant un cimetière ?

Je sens que Rob hésite. Il s'arrête devant la grille et semble rassembler tout son courage avant de la pousser. Il me regarde et, sans que je sache pourquoi, je glisse mes doigts entre les siens par réflexe. Je n'aime pas quand Rob a ce regard perdu.

Nous entrons ainsi. La main de Rob serre toujours la mienne lorsque nous nous arrêtons devant une tombe d'un gris anthracite. Je lis : *Camille Leprince.*

Rob prend soudain la parole. Sa voix tremble un peu :

— Camille, je suis venu avec Blanche, je voulais te présenter aujourd'hui la personne dont je te parle depuis quelques temps.

Je retiens mon souffle. Je dévisage Rob, sans comprendre. Sur la tombe, un médaillon avec une photo en noir et blanc. C'est un garçon ? Camille est un garçon ? Il semble si jeune.

— Camille est un ami de lycée, me dit calmement Rob. Il est la preuve que mon cœur est impur.

Ma main serre celle de Rob un peu plus fort. Il me regarde, ses yeux glissent sur moi puis fixent les gravillons du sol. Mon cœur bat dans mes tempes, et celui de Rob semble prêt à s'éteindre dans un soupir.

— Matthias est mon demi-frère, commence-t-il. Je suis le fruit d'une union non désirée. Je suis le deuxième fils, celui de la maîtresse d'un grand chef d'entreprise. Matthias est l'aîné, le fils légitime, l'héritier en titre. Ainsi avaient été définis nos rôles, je vivais dans l'ombre et ça me suffisait.

» Mais un beau jour, sans que rien me soit expliqué, mon frère est devenu un paria. Mon père l'a accusé de vouloir faire couler son entreprise, de nuire à ses propres intérêts. Matthias a été envoyé aux États-Unis, puis mon père a commencé à s'intéresser à moi. Il m'a déclaré : « Tu es l'héritier, ne me déçois jamais. Ne sois pas comme ton frère ! »

» C'était un ordre. Un ordre de mon père. Ma mère en a vu tout de suite l'intérêt : elle allait devenir la mère du nouvel héritier de la GoldMine.

» J'avais une dizaine d'années, je ne comprenais pas ce qui se jouait. Matthias était considéré comme un traître, mon père avait enfin un fils tel qu'il le souhaitait et l'avenir de ma mère, qui ne possédait rien, était assuré. C'est comme ça que, entre la colère et l'incompréhension, je suis devenu aux yeux des médias et de la famille « le jeune prince ». Tout ce que je disais ou faisais était traqué, photographié, relayé, c'était ainsi. Fils irréprochable pour mon père et soutien de ma mère, mon destin était tout tracé. J'ai tenu longtemps dans ce rôle, je tiens encore un peu.

» Et puis, un jour, Matthias est revenu. Sans prévenir. Il a débarqué à Paris et s'est fait engager dans mon propre lycée comme professeur. Ce qu'il avait fait durant toutes ces années m'était complètement inconnu. Je ne lui avais jamais pardonné son départ sans explication et puis je vivais dans l'espoir d'être mieux que lui, pour mon père, pour ma mère.

» Le revoir dans les couloirs de mon lycée, à me fixer, à essayer de me parler comme si de rien n'était, comme s'il allait revenir dans ma vie et tout faire exploser, m'angoissait. Que voulait-il vraiment ? Allait-il se venger de la place que je lui avais volée ? À l'époque, je connaissais déjà bien Jay. Il avait une mauvaise réputation, mais nous faisions la paire. C'était une des rares personnes à me comprendre, à savoir que je n'étais pas aussi gentil que ce que les médias voulaient bien laisser croire. Il m'a proposé une solution : et si nous faisions renvoyer Matthias ?

Je regarde Rob et j'essaie de comprendre. Stella m'a parlé du renvoi de son frère, est-ce que c'était à cause de Rob ?

— Mais le faire renvoyer n'était pas suffisant. Matthias est intelligent, il aurait trouvé un autre moyen de resurgir dans ma vie. La seule manière de le mettre à l'écart, de le sortir de la tête de mon père qui commençait à lui pardonner, c'était de ruiner sa réputation. Il me fallait un scandale que ma famille pourrait étouffer, mais suffisamment intense pour que mon père haïsse de nouveau le fils prodigue. Pour qu'il le sorte définitivement de nos vies. Jay a eu l'idée du scandale idéal : une relation entre un professeur et un élève mineur. Nous étions dans un lycée de garçons, mais pourquoi pas ? C'est là que Camille est intervenu. Il était un de mes camarades de classe. Un des meilleurs élèves, bien que très solitaire. C'était un boursier dans cet établissement privé hors de prix. Je me suis dit qu'il aurait sûrement besoin d'argent.

» Voilà le marché que nous avons passé : il séduirait Matthias ou ferait semblant, je lui donnerais ce qu'il voudrait. Jay et moi pourrions prendre des photos. Pourquoi pas sur le toit de l'école pendant qu'ils discutaient tous les deux ? En choisissant bien l'angle de vue, nous pourrions faire croire ce que nous voulions. Et puis nous nous en servirions pour faire renvoyer mon frère. Bien sûr, personne ne saurait qu'il s'agissait de Camille. Nous portions tous le même uniforme en classe, il suffisait de ne pas prendre son visage en photo et le tour serait joué. Le plan nous semblait parfait, mais les choses ont dérapé.

» Au début, Camille prétextait des envies de suicide pour que Matthias s'intéresse à lui, et lui donnait souvent des rendez-vous sur le toit de l'école. Nous prenions des photos. Jamais du visage de Camille. Ensuite, nous avons envoyé les photos au principal. Matthias a démissionné avant que le renvoi ne soit prononcé. J'imagine que ma famille a sorti le chéquier pour étouffer l'affaire.

» Nous avions gagné, du moins c'est ce que nous pensions.

» En salle des professeurs, c'était devenu l'histoire à raconter. Matthias était adoré de ses élèves, certaines personnes avaient vu le professeur se rendre sur le toit, d'autres savaient que Camille allait là-haut pour déjeuner. Ils ont vite fait le lien. Camille est devenu un paria et, pour que nous ne soyons pas impliqués, Jay et moi, il nous a demandé de l'ignorer. Le temps que « les choses se tassent ».

» C'est sur le toit de l'école, un soir de juin, que je l'ai vu pour la dernière fois.

» Il m'avait donné rendez-vous. Je ne voulais pas venir de peur qu'on nous voie, mais j'allais avoir dix-huit ans et quitter le lycée, alors je ne risquais pas grand-chose.

» Lorsque je suis arrivé, Camille était debout sur le bord. Sans bouger, il chantonnait, perdu dans son monde à fixer le sol de la cour, trois étages plus bas. Au moment où je me suis avancé, il s'est retourné vers moi.

» Son regard triste m'a bouleversé. "Rob, tu diras à Matthias que je suis désolé. Je suis désolé. Vraiment ! Je ne voulais pas tout ça. Je t'aimais tellement."

» La seconde d'après, il n'y avait plus personne sur ce rebord. Simplement le vent qui balayait le toit et mes cris d'appel à l'aide qui résonnaient dans l'air moite.

» Camille avait pris son envol pour se libérer de toute cette pression qui lui collait à la peau par ma faute.

» Lorsque nous sommes allés à l'enterrement, sa mère m'a dit : “Nous ne pensions pas qu'il avait tant de problèmes. Nous sommes navrés pour la démission de votre frère. Camille était une personne un peu fragile. Il cherchait sûrement un appui en classe. Rob, il nous parlait de vous souvent. Il disait que vous étiez son ami, qu'il était heureux que vous lui parliez. Il vous aimait tellement. Il aurait fait n'importe quoi pour vous voir rire.”

» Soudain, j'ai compris. Les sourires de Camille à l'intercours, son envie de m'aider, son refus que je lui parle après tous ces évènements afin de me protéger. Sa façon de vouloir me parler, de me dire que je comptais. Il m'aimait. Il m'aimait de cet amour vrai que je ne comprenais pas, moi qui ne l'avais jamais ressenti en retour.

» Il m'aimait et moi je n'avais rien vu. Ni son amour. Ni sa détresse. Juste ma haine immense envers mon frère. Ce jour-là, j'ai compris que je ne pourrais pas aimer. J'ai juré de ne plus impliquer personne dans ma haine envers mon frère.

» J'ai mal et je porte en moi cette atroce culpabilité. Je n'ai pas vu le cœur souffrant de mon ami.

» Mon père est un homme sévère qui ne pouvait pas me pardonner une telle chose. Quand finalement je lui ai parlé de la situation car je n'étais plus capable de lui taire la vérité, il a décrété que je devrais porter ce secret jusque dans ma tombe. J'ai reçu l'ordre de faire comme si rien ne s'était passé et de jouer aux séducteurs. D'afficher une image glamour et hétérosexuelle ouverte, dans le cas où le scandale finirait par éclater, afin de rejeter la faute sur les journalistes et leurs stupides ragots. Je suis prisonnier de mon propre secret, de ma culpabilité immonde.

» Je souris pour donner le change. Je fais la fête pour oublier, mais le sourire de Camille juste avant son envol restera toujours gravé en moi comme la plus lourde faute de ma vie.

» Tu vois, Blanche, je ne veux pas te mentir et te laisser croire que je suis cette image parfaite sur papier glacé. Je suis un monstre. Le pire qui soit. Mais j'ai été puni. Parce que je t'aime et que je ne sais pas comment te le dire. Je voulais simplement que tu saches que, pour toi, je peux ouvrir mon cœur, même si j'ai peur de te le montrer.

Je regarde nos mains enlacées. Jamais je n'ai eu autant l'impression d'être impuissante. Rob… Sa colère envers Matthias et l'amour de son ami… Lui non plus ne savait pas gérer les sentiments de son cœur ou ceux des autres, comme moi. Moi aussi, j'ai haï mon père et Laurine en rejetant leur amour : je ne comprenais rien. Mais la situation est différente, car eux sont encore de ce monde.

— Peux-tu accepter cette part de moi ? demande-t-il.

Je me tourne vers lui, nos fronts se posent l'un contre l'autre. Le dormeur est témoin des larmes de son ami, de nos cœurs fragiles.

— Ce n'était pas ta faute, Rob. Tu ne pouvais pas savoir ce qui allait se passer.

— Je m'en veux tellement… (Sa voix se brise.)

Je le serre contre moi et sens ses larmes dans mon cou. J'ai tant de mal à retenir les miennes.

— Rob, ce n'est pas ta faute et je ne pense pas que Camille t'aurait accusé de quoi que ce soit.

— Est-ce que je te dégoûte à présent ?

— Non. Je comprends mieux pourquoi tu avais peur de m'en parler et la peine que tu ressens.

Mes mains relèvent son visage.

— Rob, je comprends ton cœur, ta peur, et je t'aime d'autant plus.

Il faut du courage pour montrer ses faiblesses et dévoiler ses craintes. Il faut tant de courage pour se relever. Je donnerai ma force à Rob, il me donnera la sienne, et ensemble nous affronterons nos angoisses.

— Blanche, je…

Jay arrive avec des fleurs, Stella l'accompagne. Il me sourit. Il me dit à l'oreille que Rob l'avait prévenu que nous serions ici, qu'il est heureux que son ami puisse enfin ouvrir son cœur à quelqu'un. Qu'il espérait bien que je serais la bonne personne et que, lorsqu'il s'est inscrit sur Pomme-d'amour, il a fait ce vœu pour son ami : que quelqu'un vienne à lui et comprenne sa peine.

Stella me regarde :

— Il t'a tout dit ? me demande-t-elle.

— Oui. Et toi ? Que fais-tu ici ?

— Jay… Nous sommes devenus amis depuis quelques jours. Il m'a expliqué la situation.

— Toi, amie avec Jay ?

— Oui, c'est… une longue histoire. Je te la raconterai.

Elle rit et ça détend un peu l'atmosphère.

Sur le chemin qui nous ramène vers Paris, je prends la décision de faire moi aussi face à mes peurs. Pour être digne de Rob et de sa franchise, pour vivre ma propre vie sans haine ni colère.

CHAPITRE 45

Le retour du roi

Depuis une semaine, j'essaie de reprendre ma vie en main. Rob semble aller mieux, il parle souvent de Camille et ça lui fait du bien. J'aime entendre leurs histoires de lycée parce que, entre deux anecdotes, Rob sourit et ça bouleverse mon cœur. Je sais que Matthias essaie de faire de son mieux pour reprendre sa relation avec son frère. Maintenant que Rob se dégage de l'entreprise familiale et qu'il essaie de se reconstruire, c'est sur les épaules du frère aîné que retombe la pression médiatique.

Cela prendra du temps mais je suis convaincue que tout s'arrangera, j'y veillerai avec Roxanne. Jay aussi fait des efforts. Il garde pourtant en lui une certaine rancœur. La seule qui arrive à le faire rire, c'est Stella. Je les observe en souriant, je suis sûre qu'ils me cachent des choses, ces deux-là…

Mon père est rentré hier. Il m'a appelée pour que nous parlions.

Je suis devant la porte de chez moi. La main sur la poignée. Je suis venue aussi faire face à mes craintes, comme Rob devant cette tombe.

Mes mains sur la poignée, j'hésite encore. J'inspire et je sonne…

Soudain, des bras m'entourent. La chaleur familière qui m'a tant manqué ces dernières semaines est revenue.

Je m'agrippe à son gilet bleu et retiens mes larmes. Entre la peine et le soulagement, je ne sais plus trop où j'en suis.

— Papa.

Papa ignore tout des derniers évènements. Pour lui, tout doit sembler similaire à avant ma fuite. Moi, j'ai l'impression que tout a changé.

Je regarde les murs, les étagères et le canapé. L'appartement me semble petit, comme sorti d'une ancienne vie. J'ai décidé de déménager.

J'espère qu'il va me dire qu'il est désolé, qu'il ne me mentira plus jamais. Je veux sortir de ce cauchemar et de la colère immense dans laquelle il m'a laissée.

— Blanche, je suis bien content d'être enfin de retour à Paris. J'ai besoin de te parler

Mon père est un séducteur. C'est en partie à cause de ça que les relations amoureuses me font si peur. Moi, je l'aime à la folie : c'est mon père, il est tout pour moi. Il est le roi qui règne en despote sur mon cœur.

— Ma petite princesse, nous devons parler, je te dois une explication…

Soudain, les mots de Laurine lors de notre dispute au château me reviennent en mémoire : « Tu n'es pas sa mère ! Et tu ne seras jamais sa femme ! Tu le comprends, au moins ? »

Elle avait vu clair en moi. Elle avait compris la relation que j'avais avec mon père, sa manière bien à lui de me traiter. Pour mon père, je suis la nouvelle remplaçante permanente de ma propre mère. Je suis celle qu'il trompe et oblige à rester à la maison, celle qui fait pour lui les papiers, le ménage, et a le rôle de l'adulte. Lorsque j'ai emménagé dans la capitale, j'ai été un peu soulagée : seule, enfin, sans parent intrusif. J'espérais construire mon propre royaume, même minuscule. Aujourd'hui, je comprends mieux pourquoi j'étais si heureuse. Je l'avais mis à distance.

Moi, j'espérais simplement qu'il m'aime. J'ai donné sans compter, juste pour ne pas être comme ma mère : pour ne pas être celle qui part, celle qui l'abandonne. Il m'a fallu perdre ma meilleure amie et me confronter encore à ses caprices pour prendre conscience de la situation.

Pourtant, cette fois, je ne m'enfuirai pas. Cette fois, je reste au château. C'est MON château.

— Toi et Laurine ! Vous deux, est-ce que c'est sérieux ? Est-ce que c'était vraiment de l'amour ?

— De l'amour, comme tu y vas, ma chérie, se justifie mon père. Tu es si romantique.

Je lui lance un regard amer, prête à le rembarrer. Il a toujours été si inconséquent avec les femmes, avec moi et maintenant avec Laurine.

Quand je pense à Laurine, j'imagine qu'elle l'aimait sincèrement. Peut-être que, comme moi avec Rob, elle avait du mal à accepter ses sentiments. Ce n'était pas un jeu, ce n'était pas contre moi. C'était juste son cœur qu'elle ouvrait, son cœur qu'elle me cachait douloureusement. C'est sûrement pour cette raison qu'elle m'a tenue à l'écart dans les premiers temps.

— Je regrette, avoue mon père. Je ne voulais faire de mal à personne.

— Pourtant, tes actes ont des conséquences. Si votre couple est une possibilité, je ferai de mon mieux pour l'accepter, mais, si c'est juste une aventure, laissez-moi en dehors de tout ça.

— C'est bien ce que j'ai essayé de faire. Je ne voulais pas t'en parler avant d'être sûr, je… Tu nous as tous mis brutalement en face de la réalité lorsque tu nous as surpris. C'était un très mauvais moment. Je regrette, répète-t-il.

Il se gratte la tempe. Il n'a pas les mots.

— Je pense que tu dois prendre du recul et moi aussi, répliqué-je, très calmement. Je ne dis pas ça par méchanceté ou colère, papa. Tu es mon père, je t'aimerai toujours, mais je ne veux plus que tu interfères dans ma vie comme tu l'as fait jusqu'à présent. J'ai besoin de penser à moi d'abord. Laurine et toi, vous pouvez faire les choix que vous souhaitez. Je vous laisse y réfléchir, prenez la décision qui vous conviendra le mieux, mais ne me cachez plus rien. Je ne vous pardonnerai pas un nouveau mensonge.

Je ne sais pas si c'était ce qu'il fallait dire, mais c'était ce que j'avais sur le cœur.

Mon père me serre dans ses bras, il a décidé de s'en aller. Je vais être seule ici pour affronter ma vie, même si je sais qu'il me soutiendra de loin.

Il y a pourtant une personne que je veux voir plus que tout.

C'est Laurine. Ma meilleure amie reste chère à mon cœur. Elle ne m'a pas tout raconté, et ça j'en suis sûre. Qu'est-ce que je n'ai pas compris dans son comportement ? Il manque comme une pièce du puzzle.

À travers la ville, je la cherche. Il n'y a qu'un endroit où j'ai une chance de la trouver. Un seul endroit. C'est un petit parc où nous aimions réviser et faire notre jogging le matin.

Elle est là. Je m'en veux d'avoir mis du temps à comprendre qu'elle aussi avait cet amour immense dont elle ne pouvait pas me parler.

Sur le petit pont du parc arboré, éloignée de la foule, cachée des passants, elle regarde ses pieds se balancer au-dessus de l'eau tranquille. À mon arrivée, elle me sourit tristement.

— Moi et ton père, c'est fini, m'annonce-t-elle. Tu sais, je ne voulais pas. J'ai lutté pendant des semaines contre cet amour qui n'était pas celui que je souhaitais, celui que tu pouvais accepter.

— Je sais.

— Je n'avais pas calculé tout ça. J'ai essayé de te le dire, mais je n'y arrivais pas.

Je m'assois à côté d'elle et, sans un mot, nos épaules se touchent.

— Je sais, répété-je.

Derrière chaque personne se cache un cœur en attente, un cœur en souffrance, un cœur en devenir. Je n'avais pas compris toute l'histoire, je n'avais jamais fait attention aux sentiments des gens qui m'entouraient.

On ignore souvent les nains ou la reine lorsqu'on lit l'histoire de Blanche-Neige. Pourtant, ils sont eux-mêmes des êtres qui grandissent dans la découverte de leurs sentiments.

Et moi, ai-je dormi tout ce temps ? Dans mon cercueil de verre, j'ai caché mon âme et mes sentiments, espérant observer les évènements de loin sans en faire partie. Mais, moi aussi, je dois donner un sens à ma vie et accepter les sentiments des autres.

C'est grâce à mes amis que j'ai compris qu'on ne peut pas juger le cœur et les secrets d'autrui.

Et c'est grâce à ce que je ressens pour Rob que je comprends que lutter contre ses sentiments est si difficile.

— Laurine, peu importe ce que tu décideras de faire, je veux que tu saches que je t'aimerai toujours.

Avec un hochement de tête, elle me sourit à travers ses larmes. Sa tête se pose sur mon épaule.

— Blanche, tu as changé.

— Je crois que j'ai grandi un peu, et mon cœur aussi.

— Ton cœur a toujours été immense. C'est le cœur d'une princesse. Peut-être même, dit-elle en souriant, celui d'une fille amoureuse.

Je souris à mon tour. Oui, peut-être celui d'une fille amoureuse. Nous restons ainsi assez longtemps, proches l'une de l'autre, même si nous savons que nous devons aussi apprendre à évoluer chacune à notre manière à présent.

Dans la nuit parisienne, je me dirige vers l'appartement de Fred. J'ai aussi besoin de clarifier la situation.

Il ne me faut que quelques instants de discussion avec lui pour mettre les choses à plat. Il écoute mes reproches, mon malaise et s'excuse. Il ne voulait pas me faire tant de mal, mais la jalousie qu'il éprouvait de voir Laurine avec mon père l'a rendu fou. C'est là qu'il a compris à quel point il aimait Laurine, à quel point, elle, ne l'aimerait jamais en retour, à quel point notre couple n'était pas celui qu'il voulait en réalité. Nous nous quittons simplement. Je ne le reverrai peut-être qu'à la fac, où nous nous saluerons poliment. Avant j'aurais pleuré, j'aurais pu tout casser. Aujourd'hui je suis triste. Il me reste encore un peu de colère, mais le voir sortir de ma vie ne me fait, finalement, qu'un amer pincement au cœur.

Comparés à la souffrance qui s'empare de moi lorsque je pense à Rob qui ne reverra jamais Camille, mes sentiments pour Fred me semblent dérisoires.

Je marche à l'aveugle dans la capitale. Je ne veux plus rester à Paris. Je ne veux plus être ici, l'air me manque un peu. Si je partais ? Loin. Loin de tout.

Où pourrais-je aller à présent ? Je voudrais me construire une nouvelle vie. Et je pense à ma mère et à cette carte postale qu'elle m'a envoyée de New York. Je n'avais jamais osé aller la voir, parce que cela aurait été comme une trahison envers papa. Mais, à présent que j'ai décidé d'agir pour moi et plus pour les autres, j'ai envie de la revoir. Est-ce qu'elle acceptera de m'accueillir dans sa vie après tout ce temps ?

CHAPITRE 46

La grosse pomme

Dans les rues, il fait frais. La nuit tombe déjà. Ma main agrippe et remonte le col de mon blouson.

J'ai rendez-vous avec Rob sur le pont des cadenas.

En arrivant, je constate que les grilles pleines de serments d'amour ont disparu, elles ont été remplacées par des barrières en verre. La mairie de la capitale a préféré supprimer ces témoignages trop lourds qui menaçaient la structure. Le pont me semble nu et beaucoup plus réel que dans mes souvenirs, pourtant très récents.

Je me sens observée et fixe le bout du pont. Je me prends à sourire sans m'en rendre compte. Rob s'avance vers moi.

Quelque chose se passe dans son regard bleu qui me fixe, mais je n'ai pas le temps de comprendre que deux bras m'enlacent chaleureusement. Son parfum de caramel m'enivre et j'aime cela. Rob, je voudrais faire partie de ta vie plus que n'importe qui, mais j'ai aussi besoin d'évoluer.

— Ma princesse, que me vaut ce rendez-vous nocturne ?

— J'ai décidé de partir à New York, je voulais te l'annoncer.

Ma voix tremble un peu, j'ai peur que notre relation en reste là. Je ne pourrais pas lui en vouloir, mais je ne peux pas non plus rester ici. J'ai envie de grandir et de le faire loin du cocon parisien.

— Je comprends, répond Rob, mais son étreinte ne se desserre pas. Les autres nous attendent sur les quais. Si tu as invité tout le monde, c'était pour annoncer ton départ ?

Je hoche la tête.

En contrebas, sur les quais, je vois Stella et Jay nous faire signe et Roxanne retenir son souffle en nous voyant nous enlacer. Matthias court sur le quai après Théo, qui rit aux éclats malgré l'heure tardive. Il me semble que la sorcière me fait un petit signe. Elle lève le pouce vers le ciel. La lune au-dessus de nos têtes est argentée.

— Et accepterais-tu que je sois du voyage ? demande Rob dans un souffle qui me redonne l'espoir qui me manquait tant.

— J'espérais que tu dirais ça !

— Blanche, je n'ai pas le courage d'être séparé de toi. Je suis prêt à tout, même à jouer les nains pour rester près de toi.

— Ou les princes ?

— Ou les princes !

Nos cœurs qui battent l'un contre l'autre ont raison de ma logique. Mon amour pour lui est si vaste que je peux tout accepter. Tout. Même que la magie existe.

Ses mains caressent mes épaules, ses doigts passent dans mes cheveux longs sur ma nuque, ses lèvres près de mon oreille murmurent délicieusement :

— Blanche, je t'aime.

Et Rob me serre tendrement contre lui.

— Moi aussi, je t'aime.

— Est-ce que Blanche-Neige a le droit d'aimer un malheureux nain ? demande-t-il alors que nos cœurs se lient.

— Je suis une princesse moderne, je choisis le prince qui me convient ! Et, si cela n'est pas possible, alors qu'on ne m'appelle plus jamais Blanche-Neige.

Nous nous sourions. Ensemble nous irons à New York, et ensemble nous croquerons la Grosse Pomme.

Lorsque nos lèvres se rencontrent, je sais que j'ai trouvé mon prince et que toutes ces épreuves n'ont pas été qu'un rêve qu'on oublie au réveil. Je sais qu'enfin je suis maîtresse de ma vie et que plus jamais je ne me cacherai dans un cercueil de verre pour laisser les autres contrôler mon univers. Le baiser de mon prince me sort de mon enfance, de cet état où je préférais me terrer plutôt que d'affronter ma colère, mes craintes et mon avenir.

C'est à Rob que je dois d'avoir grandi, à lui et à mes nouveaux amis qui jamais ne m'ont jugée et qui ont tant contribué à l'évolution de mon cœur. Grâce à eux, je peux comprendre et accepter ce sentiment étrange et curieux qui bouleverse nos vies et celle des autres.

Nous qui doutions, sur un pont de Paris, par une nuit de pleine lune, que l'amour est pur et qu'il existe, nous voilà en train de nous embrasser. Mon cœur est à lui, le sien est pour moi. Nous sommes unis, le temps de nos amours et j'espère pour toujours.

Épilogue

La sorcière regarde avec un sourire le jeune couple qui s'embrasse sous la lune d'été. À présent que Blanche-Neige a trouvé son prince, elle doit s'occuper des autres…

— Tu vas te réconcilier avec Rob ? demande Roxanne à Matthias.

— Il est venu me parler. Les choses semblent s'améliorer entre nous, mais ça prendra du temps.

— C'est déjà un bon début, sourit Roxanne. Je suis heureuse que Blanche fasse partie de notre bande, nous lui devons beaucoup. Et puis, avec un peu de chance, toi aussi tu reviendras dans nos vies.

— Je ne crois pas que tu aies besoin de moi, Roxanne.

— C'est à moi d'en juger !

— Non, je t'assure que je serai mieux loin de toi.

— Marraine, demande Roxanne en se tournant vers la sorcière, comment puis-je le convaincre ?

— Je n'ai pas la solution à tout, grommelle la sorcière.

— Fiche-moi la paix, Jay ! Je ne chante pas sur demande ! proteste Stella en rejoignant le groupe. Roxanne ! Dis à Jay de me laisser tranquille !

— Allez, juste une chanson, gamine ! la taquine-t-il en ébouriffant ses cheveux roux.

La sorcière soupire. Décidément, oui… Elle a encore du travail avec d'autres princesses ! Heureusement, elle a des noisettes dans sa poche pour leur remettre les idées en place et peut-être même pour changer leur destin si elles font les bons vœux…

Pourront-elles croire à la magie ?

Et vous ?

Oui, vous !

Quel est le vœu de votre cœur ?

Remerciements

Merci à ma famille de me laisser écrire mes folies et à mon prince chéri d'avoir suivi toutes les étapes de ce projet.

Merci à tous les lecteurs qui ont fait de moi cette « conteuse 2.0 », née sur les sites d'écriture participative, merci à la communauté New Fairies et ses abonnés à la fois auteurs et lecteurs.

Merci à Cécile Térouanne et Isabel Vitorino de Hachette Romans et leur extraordinaire équipe d'avoir pris le temps de transformer mon histoire en réel conte de fées de l'édition.

Merci à l'écriture collaborative de transformer les auteurs en conteurs et merci à vous d'avoir lu ce livre. Retrouvez-moi sur les réseaux sociaux et le vaste Net ! Ne changez pas pour les autres et rêvez en grand !

hachette s'engage pour l'environnement en réduisant l'empreinte carbone de ses livres. Celle de cet exemplaire est de : 500 g éq. CO_2
Rendez-vous sur www.hachette-durable.fr

PAPIER À BASE DE FIBRES CERTIFIÉES

« Pour l'éditeur, le principe est d'utiliser des papiers composés de fibres naturelles, renouvelables, recyclables et fabriquées à partir de bois issus de forêts qui adoptent un système d'aménagement durable. En outre, l'éditeur attend de ses fournisseurs de papier qu'ils s'inscrivent dans une démarche de certification environnementale reconnue. »

Composition et mise en page : Nord Compo

Achevé d'imprimer en France par CPI Brodard & Taupin
Dépôt légal 1re publication : mars 2017
31.9094.8 - ISBN : 978-2-01-702811-6
Edition : 01 - Dépôt légal : mars 2017
N° d' impression : 3021158

Loi n° 49-956 du 16 juillet 1949
sur les publications destinées à la jeunesse